Marie Calloway

Es hat echt überhaupt nichts mit dir zu tun

Aus dem Amerikanischen
von Jenny Merling

Ullstein

MIX
Papier aus verantwortungsvollen Quellen
FSC® C014496

Die amerikanische Originalausgabe erschien 2013 unter dem Titel
what purpose did I serve in your life? bei Tyrant Books, New York.

ISBN: 978-3-550-08080-7

Gesetzt aus der Quadraat
Satz: Pinkuin Satz und Datentechnik, Berlin
Druck und Bindearbeiten: GGP Media GmbH, Pößneck
Printed in Germany

Inhaltsverzeichnis

Für Tom und GABM

»Aufgrund unserer gesellschaftlichen Struktur sind männlich und weiblich zwei getrennte Kulturen, deren Lebenserfahrungen total verschieden sind.« *Kate Millett*

Portland, Oregon 2008

Sollte ich wirklich mit in seine Wohnung gehen? Als ich vor der Tür stand, musste ich plötzlich an etwas denken, was ich mal gelesen hatte: »Kindern bringt man immer bei, nicht bei Fremden mitzugehen – wieso machen wir es dann bloß als Erwachsene?« Er wirkte eigentlich ziemlich nett, aber Mörder und Vergewaltiger kamen ja auch meistens erst mal harmlos rüber. Ich wollte aber unbedingt erwachsen wirken und das hier durchziehen, also verdrängte ich den Gedanken und folgte ihm nervös in seine Wohnung.

Er entschuldigte sich für die Unordnung, er zog gerade um. Überall standen Kartons herum, der Fußboden war komplett mit Klamotten und Haushaltsdingen bedeckt. In der Ecke lag eine Matratze, Bettdecke und Kissen darauf waren ordentlich zusammengelegt. Die meisten Mädchen hätte der Anblick seiner Wohnung wahrscheinlich abgeschreckt, aber mir machte es nichts aus, ehrlich gesagt, gefiel es mir sogar, dass dieses Zimmer so ziemlich das Gegenteil darstellte von den romantischen Umständen, unter denen ein Mädchen normalerweise seine Jungfräulichkeit verlieren sollte.

Er ließ mich in der Tür stehen und ging ins Bad. Ich wusste nicht, was ich machen sollte, stellte meine Handtasche auf den Boden und setzte mich auf das Bett.

Er kam zurück und setzte sich neben mich, wir redeten ein bisschen und fingen dann an, uns zu küssen. Ich legte mich hin, und er kniete sich halb über mich, während wir uns weiterküssten.

»Du bist echt hübsch.« Seine Stimme klang irgendwie gepresst. Ich hörte da Genervtheit heraus, weil ich vorhin gesagt hatte, dass ich mit meinem Aussehen unzufrieden war. Einen Moment lang fühlte ich mich sehr unwohl.

Er strich mir den Pony aus dem Gesicht, und ich legte mir sofort den Arm über die Stirn, um meine nicht gezupften Augenbrauen zu verdecken, die man jetzt sehen konnte.

Ich versuchte erfolglos, den ersten Knopf an meinem Blazer zu öffnen.

»Kann ich?« Seine Hände schwebten über meinen.

»Klar, wenn du es hinkriegst. Die Knöpfe gehen ganz schön schwer.«

Er hatte jedoch keine Probleme mit ihnen und öffnete sie schnell.

Mein schlichter weißer BH, auch schon etwas älter, war mir peinlich.

»... kein Oberteil, hm?«

»Nein, hab ich dir doch gesagt.« Ich sah hoch, um rauszufinden, ob er meine Brüste betrachtete, und stellte überrascht fest, dass er mir ins Gesicht sah. Vielleicht fand er sie ja hässlich oder mochte Brüste generell nicht.

»Kann mich nicht erinnern, dass du mir das gesagt hast.«

Ich zog mir den Rock und die Unterwäsche runter, und dann ging er mit seinem Kopf nach unten.

Ich starrte eine Weile die Wand an. Plötzlich fiel mir auf, dass sein Kopf zwischen meinen Beinen war. Ich fragte mich, was er da machte.

Nach ein paar Minuten kam er wieder hoch. Sein Gesicht war nah an meinem.

»Hat das schon mal ein Typ bei dir gemacht?« Er klang nervös und aufgeregt. Er roch aus dem Mund nach meiner Pussy. Ich überlegte, ob ihn die Vorstellung anmachte, der Erste zu sein.

»Was gemacht?«

Ich hatte sein Gesicht und seine Haare an der Innenseite meiner Oberschenkel gefühlt, sonst nichts. (Ein paar Jahre später fand ich heraus, dass ich aufgrund eines sexuellen Traumas in der Vergangenheit Oralsex nicht fühlen kann.)

»Dich geleckt.«

»Hm? Ja, klar«, log ich lässig.

»Du so: ›Ist doch logisch‹«, sagte er und lachte kurz, vielleicht war er unsicher. Ich überlegte wieder, ob ihn die Vorstellung wohl anmachte, der Erste zu sein.

Er kam näher und wollte mich küssen. Ich wollte das auch, wollte aber nicht, dass er wusste, dass ich es wollte, und drehte den Kopf zur Seite, um ihm auszuweichen. Er ließ aber nicht locker, grinste mich breit an, und dann küssten wir uns, und ich fand es geil, dass er mich zu diesem Kuss gezwungen hatte, mich gezwungen hatte, mich selbst zu schmecken.

Dann steckte er mir zwei Finger in die Vagina. Es tat unglaublich weh. Ich schloss die Augen und fing an zu stöhnen, teils vor Schmerz, teils aus einer Art Pflichtbewusstsein heraus, ihm das Gefühl geben zu müssen, dass es mir gefiel. Außerdem wollte ich ihn mit meinem Seufzen und Stöhnen auch anmachen.

Ich öffnete die Augen. Sein Gesicht war direkt über meinem, er beobachtete meine Reaktion. Er grinste von einem Ohr zum anderen.

»Wow, bist du feucht.«

Er hielt seine Finger ans Licht. Sie waren komplett nass. Ich wollte, dass er mir die Finger in den Mund steckte, sagte aber nichts. Er wischte sie an der Innenseite meines Oberschenkels ab, und ich tat so, als würde ich das eklig finden.

»Du so: ›Iiih‹.«

Er steckte mir wieder die Finger rein, bewegte sie immer schneller und rieb dann auch noch grob an meiner Klit herum. Es tat so wahnsinnig weh, dass ich mit den Tränen kämpfte. Ich hätte gern einen Orgasmus vorgetäuscht, damit er endlich aufhörte, aber ich wusste nicht, wie man das machte, ich wusste nicht, wie eine Frau aussieht, wenn sie kommt.

Ich stöhnte einfach immer lauter.

»Sag mir, was ich machen soll.«

Ich traute mich nicht, etwas zu sagen.

Er fingerte mich noch eine Weile, dann legte er sich auf mich drauf und rieb seinen harten Schwanz durch seine Unterhose an meinem Schritt. Das fühlte sich phantastisch an.

»Soll ich das hier machen?« Seine Stimme klang lieb.

»Ja …«, stöhnte ich.

»Okay! Ich hol nur kurz mal was.«

Er stand auf. Ich starrte seine Beine und seinen Hintern in der grünen Unterhose von American Apparel an. Dann kniete er neben mir, und ich hörte, wie er eine Kondompackung aufriss. Ich drehte mich zu ihm um.

»Du willst mir doch nicht echt dabei zusehen, oder?«

Ich drehte den Kopf wieder weg. Wieso war ihm das peinlich?

»Ich glaub, ich hab's falsch rum drauf.«

»Nicht im Ernst!« Ich musste lachen. Und dieser Typ sollte mich jetzt wirklich entjungfern?

»Nicht im Ernst!«, machte er mich nach.

Das fand ich ein bisschen blöd von ihm und überlegte kurz, ob ich wirklich mit jemandem Sex haben wollte, der mich die ganze Zeit nachmachte.

Er legte sich auf mich drauf und begann, in mich einzudringen. Es tat weh. Ich stöhnte und klang wahrscheinlich wie ein verletztes Kätzchen.

Er machte ein beruhigendes Geräusch und flüsterte mir ins Ohr: »Brauchst keine Angst zu haben.«

Ich fragte mich, wieso er das sagte, ich war doch vollkommen ruhig und entspannt. Es war der absolut perfekte Zeitpunkt, das hier endlich zu tun.

Er versuchte wieder, in mich einzudringen, und es tat so weh, dass ich erst mitbekam, dass er dann endlich tatsächlich drin war, als ich den Kopf hob und sah, wie sein Schwanz in meiner Vagina rein und raus ging. Es war so schockierend und seltsam und faszinierend, ich hätte seinem Schwanz gern noch weiter dabei zugesehen. Ich merkte aber, dass er mich ansah, und da war es mir peinlich und ich ließ den Kopf wieder sinken.

Ich hatte zwar schon seit frühester Jugend Pornos gesehen, hatte mir Sex aber trotzdem völlig anders vorgestellt als das, was hier gerade passierte.

Ich rief seinen Namen, weil ich mir dachte, das würde ihm bestimmt gefallen.

»Mann, bist du eng«, stöhnte er.

Ich fragte mich, was das genau eigentlich heißen sollte.

Es tat sehr weh. Er fickte mich ziemlich hart und schnell (später gab er zu, dass es ihn wahnsinnig geil gemacht hatte, Sex mit einer Achtzehnjährigen zu haben), aber irgendwie gefiel mir trotzdem, wie sich das anfühlte, und ich dachte so was wie: »Es tut weh, aber auf eine gute Art ...«

Er fickte mich eine Weile, während ich einfach nur dalag. Vor lauter seltsamem, schmerzhaftem Genuss war ich gar nicht richtig anwesend, stöhnte nur ab und zu wie ein verletztes Kätzchen.

Plötzlich schämte ich mich wahnsinnig, weil ich mich so überhaupt nicht eins mit ihm und seinem Körper fühlte. Ich war sicher, dass ihm das keinen Spaß gemacht haben konnte.

»Tut mir leid.«

»Was denn?«

Es war mir alles unglaublich peinlich.

Ich wusste nicht, was ich sagen sollte, also stöhnte ich eben noch ein bisschen mehr.

Er machte weiter, als sei nichts passiert.

Plötzlich hörte er auf. »Willst du dich vielleicht mal ein bisschen bewegen oder so? Ich werd hier gleich ohnmächtig.«

Was meinte er mit bewegen? Wollte er, dass ich oben bin?

Ich versuchte, meine Hüften und meinen Bauch zu bewegen, aber ich brachte nur seinen Rhythmus komplett durcheinander und schämte mich. Außerdem rutschte durch meine Bewegungen auch noch sein Schwanz aus mir raus. Wir lachten beide. Ich versuchte stillzuhalten und lag wieder einfach da, während er mich noch ein bisschen fickte.

Plötzlich hörte er auf und seufzte: »Mann, fühlt sich das gut an.«

Ich war überrascht. Ich wusste nicht, dass Jungs mitten beim Sex anhalten konnten, bevor sie gekommen waren. Ich dachte, sie würden dann explodieren oder so.

Er zog das Kondom aus und hielt es ins Licht. Es war Blut dran. Ich war entsetzt und hoffte, es würde ihm nicht auffallen. Aber er sagte: »Hm ... du hast ein bisschen geblutet.«

Ich starrte ihn aus großen Augen an, in mir Panik. Oh nein, wusste er jetzt, dass ich noch Jungfrau gewesen war? Wie würde er reagieren? Oh Gott.

Aber er sagte nichts weiter dazu, stand auf und warf das Kondom weg.

Er kam zurück und legte sich zu mir aufs Bett. Es war ziemlich spät, etwa zwei Uhr morgens. Ich drehte mich von ihm weg, versuchte, so weit entfernt wie möglich von ihm zu liegen. Ich war aus irgendeinem Grund überzeugt, dass Männer Kuscheln nach dem Sex hassten, deshalb wollte ich das nicht machen. Er sollte mich nicht für anhänglich halten. Aber er schob sich an mich heran und legte mir den Arm um die Taille.

Ich schlief ein.

Mitten in der Nacht stand ich auf und ging ins Bad. Ich machte das Licht an und betrachtete mein Gesicht im Spiegel. Etwa zehn Minuten lang versuchte ich irgendetwas an mir zu entdecken, das man hübsch finden konnte, aber ich fand nichts.

Ich legte mich wieder zu ihm ins Bett und versuchte zu schlafen.

Ich konnte aber nicht wieder einschlafen und weckte ihn stattdessen, indem ich ihn in den Nacken küsste. Er fing sofort an, meinen Mund zu küssen und fingerte mich dann wieder. Ich stöhnte laut. Er fragte wieder: »Was soll ich machen?«

»Fick mich«, stöhnte ich.

»Okay.« Er grinste.

Er stand auf, um ein Kondom zu holen. Nach einer ganzen Weile kam er zurück.

»Ich hab keine mehr«, sagte er und lachte genervt.

Er fasste mich wieder an.

Ich wollte ihn anmachen. »Fick mich«, stöhnte ich noch mal, obwohl ich es gar nicht so sehr wollte.

»Obwohl ich nichts dahabe?«, fragte er ganz aufgeregt. Seine Finger wurden schneller.

Sein Vorschlag schockierte mich. Ich hatte nicht gedacht, dass manche Leute tatsächlich noch ungeschützten Sex hatten.

»Ja!«, stöhnte ich.

»Bist du sicher?«

»Ja!«

Ich war entsetzt. Wieso sagte ich ja, obwohl ich doch gar keinen ungeschützten Sex haben wollte? Mir war schließlich jahrelang in der Schule eingebläut worden, dass ungeschützter Sex zwangsläufig zu ungewollter Schwangerschaft und schrecklichen Krankheiten führt. Später führte ich es auf den Einfluss von Pornos auf meine Psyche zurück. Ich wusste nicht, wie ich mich beim Sex verhalten sollte, und diese Lücken waren von Pornos gefüllt worden, die mir beigebracht hatten, dabei die ganze Zeit total geil und verzweifelt zu wirken.

»Bist du sicher?«, fragte er noch mal.

»Nein.« Ich schüttelte den Kopf.

Er hörte auf, und wir beschlossen, weiterzuschlafen.

Morgens wurden wir von seinem Telefon geweckt.

Er ging dran.

»Hallo?«

Er hörte etwa eine Minute lang zu. Am anderen Ende war eine Frauenstimme.

»Klar kannst du vorbeikommen. Ich hab nichts vor. Ich ... lieg hier nur so rum.«

Sie redeten noch kurz, dann beendete er das Gespräch.

Er sagte, eine Freundin würde gleich vorbeikommen und deshalb müsste ich sofort verschwinden, denn um ehrlich zu sein, hätte er keine Lust darauf, dass sich herumsprach, er würde mit einer Achtzehnjährigen schlafen.

Ich kramte meine Sachen in dem Durcheinander seiner Wohnung zusammen und zog mir BH, Blazer, Rock und Unterwäsche im Bad an. Es war mir zu peinlich, mich vor ihm anzuziehen.

Die Strumpfhose zog ich aber im Zimmer an. Er starrte fasziniert auf meine Beine.

Als ich fertig angezogen war, nahm ich meine Handtasche und ging zur Tür.

Ich stand davor und war unsicher. Ich wusste nicht, was ich sagen sollte.

Wir standen einen Moment lang schweigend da.

Dann sagte er plötzlich ganz nervös: »Kann ich deine Nummer haben?«

Ich war nicht sicher, ob ich ihn wiedersehen wollte. Das passte irgendwie nicht zu der Idee in meinem Kopf, meine Jungfräulichkeit an einen Fremden zu verlieren und ihn dann nie wiederzusehen.

»Ähm ... ich hab neulich mein Handy verloren, aber vielleicht finde ich es ja wieder.«

»Soll ich dir meine geben?«

Ich kaute auf meiner Lippe herum.

»Du so: ›Nööö ...‹« Er lachte ein bisschen, wirkte verletzt.

»Nein, klar will ich.« Er tat mir leid.

Er nahm ein Stück Papier und einen Bleistift vom Boden und schrieb seine Nummer und seine E-Mail-Adresse drauf. Ich steckte den Zettel in die Handtasche.

Ich wollte gerade aus der Tür gehen, aber er hielt mich auf.

»Ich darf dich doch noch mal umarmen, bevor du gehst.« Er legte mir die Arme von hinten um die Taille und drückte mir sanft einen Kuss auf den Kopf.

Auf dem Weg nach Hause rauchte ich eine Zigarette und fühlte mich sehr unwohl, weil ich dieselben Klamotten anhatte wie gestern. Ich hatte das Gefühl, man würde mir genau ansehen, dass ich hier den Walk of Shame machte. Ein typischer Portland-Hipster fuhr auf dem Rad an mir vorbei und starrte mich an. Ich drehte den Kopf weg, um seinem Blick auszuweichen.

Als ich an der Uni ankam, sah ich auf mein Handy und stellte fest, dass ich spät dran war. Also ging ich direkt zu meinem Philosophieseminar, ohne mich vorher umzuziehen oder zu duschen.

Den ganzen Tag über hatte ich Schmerzen, weil meine Vagina so wund war. Ich schrieb die ganze Zeit wie eine Verrückte alles in mein Notizbuch, was passiert war. Und ich hatte ständig das Bild vor Augen, wie sich sein Penis in meiner Vagina rein und raus bewegt hatte.

Ich schrieb ihm zwei Tage später eine E-Mail: »Lass uns noch mal miteinander schlafen.«

»Montagabend? 22 Uhr? CoffeeTime?«

»Okay.«

Als wir uns ein paar Tage später wiedersahen, war mein erster Gedanke angesichts dieses Typen mit den wunderschönen blonden Haaren, der da mit seiner schicken schwarzen Jacke und dem Burberry-Schal vor mir stand: »Ist der echt hier, um mit mir Sex zu haben?«

Prostitutions-erlebnis Nummer Eins

»Hi, ich hab deine Anzeige gesehen und würde mich heute gern mit dir treffen, ich wohne in Blackheath, allein, bei Interesse kann ich die Anreise übernehmen. Meld dich bitte X.«

»Hi Süße, hab dir vorhin eine Nachricht geschrieben, hab aber meine Nummer vergessen: xxxxxxxxxxxxxxx Bei Interesse würd ich dir mehr als 200 Pfund pro Stunde zahlen. XX Seh übrigens echt ok aus!«

»ok klingt gut wann denn am besten? können uns an der u-bahn-station treffen, die am nächsten bei dir ist, hab übrigens kein handy, müssen uns über e-mail abstimmen, würd aber gern heute noch vorbeikommen, emily.«

»Hi Emily, danke für die Antwort, ich wohne in Blackheath und würde mich gern um sieben mit dir treffen, falls das nicht zu spät ist. Hab keine U-Bahn in der Nähe, kann dich aber vom Bahnhof Blackheath abholen oder dir ein Taxi bezahlen. Sag Bescheid.«

»ich komm dann zum bahnhof. heute um 7 geht klar.«

»OK ich hol dich um 7 vom Bahnhof ab, woran erkenne ich dich denn? Und kannst du bestätigen, dass du nicht für eine Agentur arbeitest, das will ich nicht. Sorry dass ich frage.«

»ich hab die große sonnenbrille vom foto auf und trage ein schwarzkariertes hemd und einen schwarzen rock + schwarze strumpfhose und schwarze schuhe. wie soll ich das denn bestätigen? hier ist der Link zu meiner facebookseite, falls dir das hilft. gibst du mir dann das geld am bahnhof und dann gehen wir zu dir? wie viel willst du denn zahlen, wenn es mehr als 200 pfund ist?«

»Danke für deine Ehrlichkeit, ich geb dir die 200 am Bahnhof und dann noch mal 100 extra bei mir zu Hause. Würd dir auch gern was zu trinken ausgeben, wenn du ankommst.«

»okay klingt gut. was trinken gehen klingt auch gut. danke, dass du so nett bist. freu mich auf dich X«

Ich starrte auf den Computerbildschirm.

Ziehe ich das jetzt echt durch? Ich habe wohl keine andere Wahl, ich habe nur noch etwa zwölf Pfund, mit denen ich die nächsten zehn Tage in London über die Runden kommen muss. Wo ist bloß meine EC-Karte? Als ich an der Waterloo Station ein Ticket nach Portsmouth gekauft habe, hatte ich sie noch. Wieso warst du bloß so unvernünftig, Marie? Aber gut, wenigstens bringe ich das ja gerade alles wieder in Ordnung. Anders geht es auch gar nicht, ich habe schließlich niemandem erzählt, dass ich nach England fliege. Außerdem will ich jetzt mit zwanzig sowieso endlich mein eigenes Geld verdienen.

*

Ich sah nach, wie ich nach Blackheath kam. Es nervte mich, dass ich nicht einfach die U-Bahn nehmen konnte. Ich musste zur London Bridge und von da einen Zug nehmen.

Es war vierzehn Uhr. Ich machte den Computer aus und versuchte, in meinem Hostelzimmer noch kurz zu schlafen.

Um sechzehn Uhr zog ich mich um, putzte mir die Zähne, machte mir die Haare, tupfte mir ein bisschen Parfum auf und versuchte, meine Augenringe mit Concealer abzudecken. Es war aussichtslos. Ich würde einfach die Sonnenbrille aufbehalten, bis wir in seiner Wohnung waren, dann konnte er sich ja wohl nicht mehr umentscheiden. Ich überlegte, ob ich ihn damit über den Tisch zog, mir dreihundert Pfund dafür geben zu lassen, dass ich mit ihm ins Bett ging. Wieso er mir wohl mehr zahlen wollte, als ich verlangt hatte? Das kam mir ein bisschen verdächtig vor, aber da wir uns ja in der Öffentlichkeit trafen und er mir das Geld vorab geben wollte, war es bestimmt okay.

*

Ich verließ das Hostel um sechzehn Uhr dreißig.

Auf dem Weg zur U-Bahn-Station pfiff mir jemand von der anderen Straßenseite aus hinterher. Ich drehte mich um. Es waren ein paar Australier in meinem Alter aus meinem Hostel. Sie winkten mir zu. Ich ignorierte sie.

Ich fuhr mit der U-Bahn zur London Bridge und dachte darüber nach, dass ich mich dort vor ein paar Tagen mit einem Freund getroffen hatte, und jetzt fuhr ich unter ganz anderen Bedingungen ein zweites Mal hin.

In der U-Bahn saßen drei Mädchen, die noch zur Schule gingen. Sie waren geradezu vollgekleistert mit Make-up und ließen sich lang und breit über ihre Diäten und die anderen Mädchen an ihrer Schule aus. Sie hatten alle wahnsinnig nervige Stimmen, sogar noch schlimmer als die Durchschnittsengländerin.

»Gestern war ich echt gut, aber heute Morgen hab ich Toast gegessen. Ach so, und zum Mittag noch Kirschen.«

»Kirschen sind gut, aber Toast ...«

»Neulich hab ich sooo viel gegessen, dass ich ...«

»Hast du gesehen, dass die sich jetzt die Haare rotblond und schwarz gefärbt hat? Wie scheiße das aussieht, ey.«

»Die ist echt sooo fett, krass!«

Die drei kicherten los und wollten gar nicht mehr aufhören, es war nervtötend, und ich hatte so einen schlimmen Kater.

Ich hielt es nicht mehr aus und ging an der nächsten Station einen Waggon weiter.

Beim Aussteigen hörte ich die eine sagen: »Die sah ja echt komisch aus.«

Dass es solche Leute wirklich gibt.

Ich fragte mich, wie der Typ wohl sein würde. Ich wünschte, ich hätte ihn um ein Foto gebeten. Er war mir von allen am nettesten vorgekommen und schien es auch wirklich ernst zu meinen (es hatte eine ganze Menge nerviger Typen gegeben, die ich ignoriert hatte, weil sie nur Fotos von mir und seitenlange Ausführungen dazu haben wollten, »worauf ich so stehe«).

Ich hatte Angst, dass kein Gespräch zustande kommen würde, oder dass alles total verkrampft wäre. Ich nahm mir vor, davor noch ein Bier am Kiosk zu kaufen und auf ex zu trinken, dann wäre ich ein bisschen angetrunken und nicht mehr so nervös.

*

Die Zugfahrt nach Blackheath war schlimm. Ich hatte Kopfschmerzen vom Kater, und der Zug war voller lauter italienischer Touristen, die ununterbrochen lachten und mir die ganze Zeit ins Ohr brüllten. Ich hielt meinen Kopf mit den Händen fest. »Ich kann diese Scheißleute nicht ertragen«, flüsterte ich vor mich hin.

Mein Blick fiel auf einen süßen, kleinen schwarzen Jungen. Ich lächelte ihn an. Dann war ich traurig.

Der Zug kam gegen achtzehn Uhr in Blackheath an. Ich kaufte mir am Kiosk zwei Stella Artois. Man konnte sich nirgendwo hinsetzen und das Bier in Ruhe trinken, also kippte ich eins im Stehen neben einem Mülleimer runter und hob mir das zweite für später auf.

Viele Leute sahen mich böse an. Blackheath ist ziemlich hübsch und wirkt ganz schön reich. Alle waren so geschmackvoll angezogen. Ich fühlte mich fehl am Platz.

Ich überlegte, wo ich auf den Typen warten sollte. Schließlich lehnte ich mich gegen eine Wand in der Nähe des Ausgangs.

Zwei Teenager kamen auf mich zu, die eine war ein ziemlich hübsches Mädchen.

»Kriegst du schon welchen?«, fragte sie mich.

»Was?«

»Kriegst du schon welchen?«, wiederholte sie etwas langsamer.

»Tut mir leid, ich versteh nicht, was das heißt.«

Sie gingen weg.

Mir ging auf, dass sie hatte fragen wollen, ob ich alt genug war, um ihr Alkohol zu kaufen. Ich seufzte beim Gedanken, wohl nie wieder die Chance zu bekommen, eine süße fünfzehnjährige Engländerin abzufüllen.

Ein nett aussehender Banker stand auf dem Gehweg gegenüber vom Bahnhof und rauchte.

Ich ging zu ihm. »Ähm, haben Sie vielleicht eine Zigarette für mich?«

»Wie bitte?«

»Dürfte ich auch eine Zigarette haben?«

»Ja, klar.« Er gab mir eine.

»Danke.«

Ich musste rauchen, weil es mittlerweile halb sieben war und mir das Ganze immer unwirklicher vorkam.

Ich versuchte mich zu beruhigen. *Der wird mir schon nichts tun, und es bringt ja auch eh nichts, über so was nachzudenken. Die meisten Männer hätten einfach nur gern Sex mit hübschen Zwanzigjährigen. Die wenigsten sind Psychopathen und Serienmörder. Caroline hat mit total vielen Männern von Craigslist geschlafen, und der ist auch nichts passiert. Und England ist auch nicht so gewalttätig wie andere Länder.*

Und dann dachte ich: *Außerdem ist mir eigentlich auch egal, ob der mich umbringt oder nicht. Das ist wahrscheinlich nicht sehr erwachsen, so da ranzugehen, und wenn mir wirklich was passieren sollte, hätte ich bestimmt auch wahnsinnig Angst, aber jetzt gerade, wo ich so drüber nachdenke, ist es mir egal. Wenn der mich umbringt und sie meinen Eltern dann von den Umständen der Tat erzählen, das wär schon blöd, aber sonst …*

Am meisten Angst machte mir der Gedanke, dass er mich zu hässlich finden und ich dann ohne Geld dastehen würde, oder dass kein richtiges Gespräch zustande kommen würde und alles nur verkrampft wäre.

Ich betrachtete mein Spiegelbild in der Fensterscheibe des Bahnhofsgebäudes.

»Keine Sorge, du siehst gut aus«, sagte ein alter Mann im Vorbeigehen zu mir. Ich lehnte mich wieder gegen die Wand und sah ständig auf die Uhr. Bei jedem Mann, der auf den Bahnhof zukam, überlegte ich, ob er es war. Ich war schon wieder sauer auf mich, dass ich mir kein Foto hatte schicken lassen oder ihn wenigstens darum gebeten hatte, sich ein bisschen zu beschreiben. Andererseits war das vielleicht auch besser so, dann konnte ich wenigstens nicht abhauen, falls ich ihn unattraktiv fand.

Dann endlich, um fünf nach sieben, kam ein glatzköpfiger Mann mittleren Alters in einem schicken Hemd und Khakihose auf mich zu.

»Hallo, schön dich zu sehen, Emily. Ich hatte schon Angst, du kommst nicht!«

»Hallo, nett dich kennenzulernen«, sagte ich höflich und schüttelte ihm die Hand.

»Ich muss kurz zum Geldautomaten, bin aber gleich wieder da, ja?«

»Okay.«

Ich überlegte, ob er jetzt wirklich zum Geldautomaten ging oder ob er mich zu hässlich fand und heimlich abhaute.

Aber nein, er war ziemlich schnell wieder da.

Er wirkte sehr aufgeregt.

Er führte mich zu einem Pub.

»Ich war nicht ganz sicher, was du mit ›schwarzkariertes Hemd‹ meinst, aber dann hab ich die Sonnenbrille gesehen und wusste, das bist du.«

Er erzählte mir, dass er Manager in einer Bank war, für eine französische Firma arbeitete und ständig nach Frankreich reiste. Ich erzählte ihm, wie sehr ich Frankreich mochte und dass ich dort gern mal hinfahren würde, wie ich damals in der Highschool französische Musik und Existentialismus toll gefunden hatte, und François Truffaut und Jane Birkin und Anna Karenina, und dass ich mal einen Stalker hatte, der meinte, ich sähe aus wie Chantal Goya, und dass ich jetzt gern eine Gauloises rauchen würde. Ich gab mir nicht so viel Mühe, ihn zu unterhalten, wie ich es hätte tun sollen, ich redete einfach nur über die Sachen, mit denen ich mich gern ablenke, um nicht darüber nachzudenken, was wir hier eigentlich taten.

Ich erzählte ihm, dass ich Kunst und Design studierte und mein Geld damit verdiente, Websites und Flyer zu designen.

»Du siehst auch aus wie eine Kunststudentin.«

Es war ganz in Ordnung, es fühlte sich ein bisschen an, wie wenn ich mich zu Weihnachten mit meinem Onkel unterhalte.

Im Pub bat ich ihn, mir irgendeinen Cider zu kaufen, den er mir empfehlen konnte.

Es machte mich nervös, dass er mir das Geld noch nicht gegeben hatte, ich machte mir aber keine ernsthaften Sorgen, weil wir ja in einem Pub saßen. Wenn er mir das Geld hier nicht geben wollte, würde ich eben wieder gehen.

Er kam mit einem Cider und einem Bier zurück an den Tisch.

»Seitdem ich hier bin, krieg ich gar nicht genug von Cider. Ich hab so was vorher noch nie getrunken.«

Er erklärte mir den Unterschied zwischen Lagerbier und normalem Bier, und erzählte von seinem Heimatort, der anscheinend berühmt war für sein Lagerbier.

Er fragte, was ich hier in England machte.

Ich erzählte, dass ich britische Musik und Mode schon immer mochte, seit neuestem besonders Alexa Chung, und dass ich mir gedacht hatte, meine Leute zu Hause wären bestimmt ziemlich beeindruckt und neidisch, wenn ich ihnen von meiner Londonreise erzählte.

Wir redeten darüber, dass wir beide Marianne Faithfull gut fanden. In den USA würde man wohl kaum einen spießigen Banker mittleren Alters finden, der Marianne Faithfull mochte.

»Willst du noch was?«, fragte er, nachdem ich meinen Cider ausgetrunken hatte.

»Ja, ich hätte gern einen Mimosa, so was wie ein Buck's Fizz.«

Wir mussten den Champagner und den Orangensaft selbst zusammenmischen.

Nachdem ich ein Glas davon getrunken hatte, fragte ich ihn endlich: »Ähm, willst du mir dann mal das Geld geben?«

»Ja, natürlich.« Er holte es aus seinem Portemonnaie und reichte es mir unter dem Tisch.

Ich zählte schnell nach und steckte die Scheine in meine Handtasche.

Es waren tatsächlich zweihundert Pfund.

Jetzt hatte ich Geld, also ging's mir wieder gut.

Seitdem ich zu Hause ausgezogen bin, hatte ich nie genug Geld. In meinem ersten Jahr an der Uni hatte ich manchmal zwei, drei Tage lang nichts zu essen. Nach meinem Umzug nach Chicago war mir die ersten paar Tage dort ununterbrochen schlecht vor lauter Panik. Es gab ein Problem mit meiner Bank, deshalb war ich kurz davor, auf der Straße zu landen. Dasselbe panikartige, verängstigte Gefühl hatte ich in London, nachdem ich meinen Koffer und meine Handtasche durchwühlt hatte, die EC-Karte aber nirgendwo zu finden war.

Egal, was mit dem Typen noch passieren würde, damals war es mir das wert, wenn ich dafür nicht diesen schrecklichen Stress und die Angst haben musste. *Ich will einfach nur ganz viel Geld und teure Sachen haben, damit ich mir nie wieder darum Sorgen machen muss, was aus mir wird, egal, was ich dafür tun muss.*

»Ich hab ganz schön Hunger. Kaufst du mir was zu essen?«

»Klar. Willst du vielleicht einen Burger? Hier ist die Speisekarte.«

»Ich glaub, ich nehme *Fish and Chips*.«

»Du willst *Fish and Chips* zu deinem Champagner?« Er lachte.

»Wieso nicht?«

Er ging zur Bar und bestellte mir mein Essen.

Als er wieder da war, unterhielten wir uns noch ein bisschen mehr über London und allgemeine Dinge.

Irgendwas brachte mich dazu, ehrlich zu sein. »Du kannst dir bestimmt denken, dass ich so was noch nie gemacht habe.«

»Ja. So wie du aussiehst und wie nervös du am Anfang warst, so sind die Mädchen von den Agenturen nicht. Also, ich meine, ich war ja auch nervös.«

»Wie oft hast du das schon gemacht?«

»Das ist das dritte Mal. Die ersten beiden Male waren mit professionellen Mädchen, aber mit denen konnte ich mich überhaupt nicht unterhalten. Du wirkst ziemlich intelligent. Bei dir merkt man, dass da mehr dahintersteckt.«

»Von manchen Dingen habe ich eine ganze Menge Ahnung, aber nicht, was Menschen angeht, oder Erwachsensein. Und das sind ja die wirklich wichtigen Dinge.«

⋆

Der Kellner brachte die *Fish and Chips*. Er gefiel mir. Ich fragte mich, ob es für die anderen Leute aussah, als würde ich hier mit meinem Dad sitzen.

»Muss das so sein, dass das ein ganzes Fischfilet ist?«

»Ja, das sind traditionelle *Fish and Chips*. Guck, da ist sogar eine Portion *Mushy Peas* dabei.«

»In den USA kriegt man normalerweise Fischstäbchen. Aber wenn man schon mal hier ist ...«

Nachdem ich aufgegessen und den Champagner ausgetrunken hatte, sagte ich: »Wollen wir los?«

Auf dem Weg zu seiner Wohnung hielten ihn ein paar junge Mädchen an, die sich verlaufen hatten. Er sah für sie auf seinem iPhone nach dem Weg. Er war sehr nett zu ihnen. Mir ging durch den Kopf, wie surreal es war, dass sich diese Gruppe Kinder höflich mit einem Mann unterhielt, der mit einer Prostituierten unterwegs war. Ich hätte sehr gern eine Zigarette gehabt.

»Das war nett von dir, dass du den Kindern geholfen hast.«

*

Er hatte eine schöne Wohnung. Man merkte gleich, dass er Geld hatte. Gleichzeitig wirkte die Wohnung aber auch ziemlich kahl und einsam.

Ich setzte mich auf die Couch.

»Willst du jetzt das restliche Geld haben?«

Er gab mir die hundert Pfund, und ich tat sie in meine Tasche.

Wir unterhielten uns noch ein bisschen.

Er fragte mich, ob ich irgendwas falsch daran fand, was wir machten, und ich sagte, nein.

Er sah das genauso. »Wir hätten uns ja auch in einem Pub kennenlernen können. Dann wärst du vielleicht nicht gleich mit mir nach Hause gekommen, aber …«

»Ich wollte es nur mit einem Typen machen, und du hast am nettesten gewirkt.«

»Echt? Nur mit einem?«

*

Ich fragte ihn nach seinem ersten Mal, weil ich Männer immer danach frage.

Er erzählte, er wäre siebzehn gewesen. Er wäre verliebt gewesen in das Mädchen, mit dem sein erstes Mal war, und dass diese Gefühle »nie ganz weggehen«, was mir Sorgen machte, weil ich nach anderthalb Jahren immer noch sehr in den Mann verliebt war, der mich entjungfert hatte.

Wir unterhielten uns noch eine Weile, und irgendwann gab er zu: »Ich bin in einer Beziehung. Aber ich weiß nicht so genau, ob wir wirklich noch zusammen sind. Sie ist gerade in Südamerika und macht eine Yoga-Ausbildung. Sie hat sich seit ein paar Monaten nicht mehr gemeldet. Gut, sie ist ja erwachsen und kann machen, was sie will.«

Schweigen.

»Du, Emily, ich will nicht, dass du was machst, was du gar nicht machen willst. Du musst nicht mit mir ins Bett gehen, du kannst das Geld auch behalten und gehen.«

Ich dachte kurz darüber nach.

Ich bin es nicht gewohnt, dass Leute nett zu mir sind.

»Nein, ist schon okay. Das wär ja, als würde ich dich beklauen oder so.«

Er sagte, er müsste mal kurz in ein anderes Zimmer. Während er weg war, zog ich mich aus und stand dann da.

Als er zurückkam und mich sah, sagte er: »Wow, wunderschön. Du bist wirklich wunderschön, und auch noch so natürlich.«

»Ja, ich bin in Los Angeles aufgewachsen, da sind die meisten Mädchen blondiert, solariumbraun, tragen jede Menge Make-up und so. Ich meine, das ist ja auch in Ordnung, aber mein Ding war das nie.«

*

Ich setzte mich auf die Couch, er stand vor mir, und ich begann, ihm einen zu blasen. Ich fand es gar nicht sonderlich eklig oder so, wie ich befürchtet hatte. Es war okay.

Aber dann kniete er sich hin und fing an, mich zu lecken, und das war richtig ekelhaft. Ich mag das nicht mal, wenn ich den Typen heiß finde. Ich zwang mich, so zu stöhnen, als würde es mir gefallen.

Er hörte auf, und ich stand auf.

»Willst du mich ficken?«

»Klar will ich.« Er klang nervös. »Hast du ein Kondom? Ich hab nämlich keins da.«

»Ich hab eins.« Ich holte eins aus meiner Handtasche.

Er machte einen Witz darüber, dass man einer Frau nie in die Handtasche sehen sollte.

Wir gingen ins Schlafzimmer, und er legte sich aufs Bett.

Ich gab ihm das Kondom.

»Ach so, soll ich oben sein?«

Ich kletterte auf ihn drauf, und es war wieder wie davor, irgendwie einfach nur egal, nicht eklig oder verstörend.

Er lag da und hatte eine Erektion, während ich mich bewegte.

»Wollen wir vielleicht noch eine andere Stellung ausprobieren?«

»Was?«

»Ich werd langsam ein bisschen müde.«

»Na ja, ich bin gerade gekommen, also gutes Timing, würde ich sagen.«

Ich konnte mein Glück kaum fassen, dass er nach dreimal rein-raus schon fertig war.

Wir zogen uns wieder an.

Er wollte mir ein Taxi rufen.

Er ging telefonieren. Ich saß auf der Couch.

»Ich hab beim Taxiservice angerufen, müsste in zehn Minuten da sein. Kann ich dir noch was anbieten?«

»Ich hätte gern einen Kaffee, ich bin total müde. Einfach einen schwarzen Kaffee, nichts drin. Und Toast mit Marmite, falls du so was dahast.«

Er ging in die Küche.

Ich rauchte eine Zigarette, die auf dem Tisch lag.

Ich betrachtete das viele Geld in meiner Handtasche.

Er trug den Kaffee und den Toast auf einem Tablett herein, aber als ich nach der Kaffeetasse griff, war sie so heiß, dass ich sie mit einem Schrei sofort wieder fallen ließ. Sie landete auf der weißen Couch.

»Oh Gott, das tut mir so leid!«

»Ist doch nicht schlimm. Flecken kann man rauswaschen, Narben bleiben für immer. Tut mir leid, dass ich dir die Tasse einfach so gegeben habe. Ich hab nicht mitbekommen, wie heiß sie ist.«

Ich aß den Toast im Stehen.

Er gab mir fünfzig Pfund für das Taxi.

»Emily, lass das vielleicht nicht zur Gewohnheit werden. Ich hab wirklich das Gefühl, du hast Potential. Du wirkst nicht wie ein Mädchen, das so was machen sollte.«

»Na ja, es musste gerade sein, weil ich meine EC-Karte verloren habe. Ich wollte es ja auch nur das eine Mal machen. Und, also, kein Mädchen macht so was gern, aber ich bin froh, dass es mit dir war.«

»Kann ich verstehen, ich meine, gerade hier in London, da ist das Geld schnell ausgegeben.«

Er wollte mit mir in Kontakt bleiben, wollte mir London zeigen, »auch wenn wir uns unter ungewöhnlichen Umständen kennengelernt haben«.

Ich log, dass ich mich melden würde.

Er redete davon, wie seltsam doch das Leben wäre. »Man weiß nie, was morgen passiert. Als ich heute Morgen aufgewacht bin, hatte ich zum Beispiel noch keine Ahnung, dass ich wieder mal auf dieser Website lande, auf der ich schon lange nicht mehr war, und dann mit einer Zwanzigjährigen schlafen würde.«

Mein Taxi war da.

Ich gab ihm einen Kuss auf den Mund (er fragte mich, ob mir das was ausmachen würde, und ich sagte, ich hätte kein Problem damit), umarmte ihn, und wir sagten uns tschüs.

Ich fuhr mit dem Taxi zurück zur U-Bahn-Station Hendon Central.

Prostitutions-erlebnis Nummer Zwei

Ich krieg nichts mehr davon runter. Es ist ja auch schon fast vier. Was immer auch passiert, passiert jetzt eben.

Ich trank einen letzten Schluck Limonade und warf die Flasche zu der Bierdose in den Müll, die ich so schnell wie möglich runtergekippt hatte, um meine Panik etwas zu besänftigen.

Ich lehnte mich gegen eine Mauer vor der U-Bahn-Station.

Ich war nicht sicher, ob ich angetrunken war oder ob das nur das Fieber war.

Eine Frau, die aussah, als würde sie in einem der reichen Vororte wohnen, warf mir im Vorübergehen einen missbilligenden Blick zu.

Ich entdeckte einen arabisch aussehenden Typen mit Sonnenbrille und Locken, genau wie auf dem Foto, und überlegte, ob er das wohl war. Ich hoffte nicht, denn mit seinem Dreitagebart und dem Bauchansatz wirkte er ziemlich gruselig.

Ist doch egal, wie er aussieht, Hauptsache, er zahlt.

Das sagte ich mir schon die ganze Zeit.

Dann kam ein Mann vom anderen Ende der Straße auf mich zu, winkte und lächelte.

Das ist er dann wohl, hm?, dachte ich unbeeindruckt. *Wenigstens ist er nicht hässlich.*

Ich fühlte mich komplett leer. Ich hatte zwar sofort den Eindruck, dass mir dieser Mann nicht weh tun und mich auch nicht übers Ohr hauen würde, hatte aber deshalb auch keinerlei positive Emotionen. Ich war nicht mal erleichtert bei dem Gedanken, dass er mich wohl nicht umbringen würde.

»Hallo«, sagte er.

»Hey.«

»Wie heißt du?«

»Emily.«

Er zeigte in eine Richtung, und ich ging ihm hinterher.

»Und du bist Justin?«

»Justine oder Julie.«

Ich fragte mich, wieso er so einen femininen Namen hatte.

Unterwegs fragte er mich aus, wie mir London gefiel, über die Uni, erzählte mir von seinem hektischen Tag und dass er als Innenarchitekt für Hotels arbeitete.

Wir mussten eine Unmenge an Treppen hoch in seine Wohnung. Ich war sofort außer Atem, weil ich vom Kranksein so schwach war.

Er machte mein Keuchen nach.

Ich lachte verlegen.

»Rauchst du oder so?«

»Ja. Sollte wohl lieber mal aufhören, bin echt nicht gut in Form.«

Seine Wohnung war traumhaft, überall riesige Fenster. Er hatte offensichtlich sehr viel Geld. Die Möbel waren wunderschön. Vor dem Kleiderschrank standen zwei große Louis-Vuitton-Koffer herum, auf dem Schreibtisch lag ein Fotoapparat von Leica.

Ich sagte ihm, dass mir seine Wohnung sehr gefiel. Er antwortete, er habe sie selbst entworfen.

»Setz dich doch.« Er zeigte auf die Couch.

Also setzte ich mich. Ich nahm meine Sonnenbrille ab und hoffte, er würde mich ohne nicht zu hässlich finden.

»Willst du vielleicht ein Bier?«

»Ja, gern.«

Er brachte mir ein thailändisches Bier. Das hätte ich normalerweise bestimmt zu schätzen gewusst, nur leider konnte ich nach einer Woche Komasaufen keinen Alkohol mehr sehen. Ich hatte schließlich feiern müssen, dass ich alt genug war, um in England legal Spirituosen zu kaufen.

Er gab mir eine Zigarette. Der Rauch kratzte in meinem wunden Hals.

Wir redeten noch ein bisschen.

Dann sagte er ganz überraschend: »Damit das schon mal geklärt wäre«, und holte zweihundert Pfund aus seinem Portemonnaie.

Ich zählte das Geld nach und steckte es in meine Handtasche. Ich war ein bisschen enttäuscht, dass es nicht zweihundertzwanzig waren, wie er in seinen E-Mails angedeutet hatte, traute mich aber nicht, was zu sagen.

»Soll ich loslegen, brauche ich dir zu lange?«

»Nein, mach dir keinen Kopf. Ich will ja, dass du entspannt bist.«

Er machte Musik an.

Es war Lady Gaga, und da musste ich lachen.

Ich glaube, das hat ihn verletzt.

Ich zog mir die Schuhe aus, und er sah kurz erwartungsvoll aus, sank aber gleich wieder in sich zusammen, als er sah, dass ich wieder nach dem Bier griff.

Ich passte nicht auf, verbrannte mich an der Zigarettenkippe und ließ sie auf den Tisch fallen.

»Oh Mann, das tut mir so leid!«

Er brachte irgendeinen sarkastischen Spruch, so was wie »Danke, dass du mir die Möbel ruinierst«, und wischte die Asche vom Tisch.

Ich trank immer weiter.

Ich will es jetzt endlich hinter mir haben, mir ist langweilig und ich bin müde ich will nach Hause ich will schlafen.

Ich überlegte, selbst die Initiative zu ergreifen, aber es war mir zu peinlich.

»Ach, scheiß drauf. Mir doch egal.« Ich stand auf. Ich stellte mich vor ihn hin, öffnete ohne ihn anzusehen meinen Gürtel und knöpfte mein Kleid auf. Er starrte meine Brüste an. Ich war noch nie vor dem Sex mit jemandem so nervös gewesen. Ich wusste nicht, wieso ich so unsicher war.

Ich zog den Reißverschluss an meinem Kleid herunter und stieg heraus. Dann zog ich BH, Strumpfhose und Unterwäsche aus.

»Wo wollen wir's denn machen?«

»Da drüben.« Er zeigte ins Schlafzimmer.

Ich folgte ihm hinein.

Im Vorbeigehen sah ich mich kurz im Spiegel und fand, dass ich billig und hässlich aussah.

Sein Schlafzimmer war auch riesig und wunderschön eingerichtet.

»Du hast echt ein tolles Bett!« Im Vergleich zu dem steinharten Hostelbett, in dem ich die letzte Woche geschlafen hatte, war es bestimmt total weich.

»Was?«

»Ach, nichts.«

Ich legte mich aufs Bett. Er zog sich währenddessen hinter einer Trennwand um.

Er legte sich auf die andere Seite des Betts.

Er sagte kein Wort. Ich wusste nicht genau, was ich jetzt tun sollte.

»Soll ich dir einen blasen oder so?«

»Oder so?« Er lachte. »Ja, das wär nett.«

Sein Schwanz roch und schmeckte nach Schweiß, aber ich dachte daran, wie viel Sushi und wie viele Margaritas ich mir nachher kaufen konnte, und machte weiter.

Er stöhnte ziemlich viel und schien Spaß zu haben. Er war ganz schön hart. Ich überlegte, ob er bald sagen würde, dass ich aufhören und ihn ficken sollte. Er sagte aber nichts. Ich musste immer weitermachen. Ich fragte mich, ob ich ihm jetzt echt eine Stunde lang einen blasen musste.

Irgendwann konnte ich nicht mehr und holte ihm stattdessen einen runter. Ich sah ihn an.

Er setzte sich auf und fing an, meine Brüste anzufassen und an den Brustwarzen zu saugen. Ich stöhnte gespielt. Er küsste die Innenseiten meiner Oberschenkel und spielte an meiner Klit herum, erst mit den Fingern, dann mit seiner Zunge. Ich zwang mich dazu, weiter rumzustöhnen, war nur dankbar, dass es wenigstens nicht weh tat wie sonst immer, wenn Männer an meiner Klit rummachen.

Er kam wieder hoch.

»Hast du ein Kondom da?«, fragte ich.

»Du etwa nicht? Klar hab ich eins.«

Er holte ein Kondom aus der Nachttischschublade und riss die Verpackung auf, deutete dann aber auf seinen schlaffen Penis.

Ich war ein bisschen beleidigt, dass es ihn anscheinend so abgeturnt hatte, mich zu lecken.

Ich fing wieder an, ihm einen zu blasen.

»Du, hol mir doch vielleicht lieber einen runter.«

Ich machte es ein wenig halbherzig mit links. Ich war so müde.

»Nicht so dein Ding, hm?«, fragte er. Ich ließ los und setzte mich ans Kopfende. Er fing an zu masturbieren und starrte mich dabei an. Er schob meine Beine weiter auseinander.

Er saß da, masturbierte und starrte mich dabei an, und es sah aus, als würde er jeden Moment kommen.

Er fasste wieder meine Brüste an und spielte an meiner Klit herum.

Dann holte er sich weiter einen runter.

Ich fragte mich, ob das alles war, was er vorhatte, dachte mir aber, wenn er mich *dafür* bezahlt, soll's mir recht sein.

Aber dann überlegte ich, ob das vielleicht Teil eines geheimen Plans war, mich ohne Kondom zu ficken oder sonst irgendwie in mir zu kommen. Ich stellte mir vor, wie ich ihn von mir runterschubste und aus dem Bett krabbelte.

»Fass dich ruhig ein bisschen an.«

Ich war erleichtert, endlich mal Anweisungen zu bekommen.

»Ah, okay. Ich wusste gerade echt nicht, was Sache ist.«

»Was?«

Ich rieb langsam über meine Klit und stöhnte dabei wieder laut.

Mit meiner anderen Hand kniff ich mir in die Brustwarzen. Das schien ihm zu gefallen.

Ich überlegte, ob es ihn wohl mehr anmachte, wenn ich meine Klit rieb oder wenn ich mich fingerte.

Ihm schien beides gleich gut zu gefallen.

»Ah, okay.«

Er holte ein neues Kondom und zog es über.

Ich lehnte mich zurück gegen die Kissen, und er war dicht über mir.

»Wie willst du es denn machen?«, fragte ich.

»So ist okay.«

Während er in mich eindrang, fühlte sich sein Schwanz groß und gut an, aber das Gefühl war schnell wieder weg.

Er hörte auf.

»Ich kann das nicht.«

»Tut mir leid.«

»Hat überhaupt nichts mit dir zu tun.«

»Bist du nervös?«

»Ja. Ist das erste Mal, dass ich für Sex bezahle.«

»Für mich auch!«, rief ich fröhlich.

Mir wurde klar, dass er zu sehr von seiner eigenen Nervosität eingenommen gewesen war, um meine zu bemerken.

»Ich dachte, es wäre okay, wenn ich es mit einer Amerikanerin mache, aber anscheinend nicht.«

Waren Amerikanerinnen sein Fetisch?

»Wieso ausgerechnet eine Amerikanerin?«

»Meine Freundin ist aus Amerika. Sie wohnt gerade in New York. Sie meinte, nur so wär es okay für sie.«

»Nur mit einer Amerikanerin?«

»Nein, nur, wenn ich dafür bezahle. Sie hat gesagt (er machte eine strenge Stimme nach): ›Du darfst nicht mit irgendwelchen Mädchen in Bars oder Clubs flirten, du darfst keine Dates haben, so was alles nicht. Wenn du Sex brauchst, bezahl dafür.‹ Aber es muss wohl weiter beim Skypesex bleiben.«

Wir schwiegen. Ich wusste nicht, was ich sagen oder tun sollte. Er anscheinend auch nicht.

»Tut mir leid, dass es nicht so war, wie du wolltest.«

»Es hat echt überhaupt nichts mit dir zu tun. Wenn ich dich in einem Club oder so gesehen hätte, hätte ich dich bestimmt angesprochen. Das hätte nur meiner Freundin eben nicht gefallen.«

Er zog sich an, also zog ich mich auch wieder an.

Wir gingen aus dem Schlafzimmer und standen im Wohnzimmer herum.

»Willst du noch eine rauchen, bevor du losgehst?«

»Nein, lass mal. Wie komm ich denn von hier zu U-Bahn-Station?«

»Ist ganz einfach: Wenn man vorn rauskommt, nach links, dann einmal rechts und wieder links. Dann bist du schon da.«

»Danke.«

Wieder Schweigen.

»Es war cool, dich kennenzulernen.«

»Du bist auch echt in Ordnung, Emily.«

Wir redeten noch kurz, dann ging ich.

Und dann war ich wieder allein, so wie vorher, nur mit Geld.

Ich musste lachen.

»Der hat mir echt Geld dafür gegeben.«

Ich fuhr zurück ins Hostel und machte erst mal siegestrunken ein Schläfchen.

Der irische Fotograf

Ich wollte wissen, ob der wirklich nur gern Leute fotografierte, oder ob er das behauptete, um Mädchen in seine Wohnung zu locken. Ich fragte Tom, und er meinte »wahrscheinlich beides«. Tom und ich schrieben uns seit Wochen, und ich fragte ihn über die ganzen Typen aus, die ich gut fand.

»Was hältst du von dem hier? Ziemlich interessant. Er will mich fotografieren. Scheint auf Asiatinnen zu stehen.«

»Petsheep ... na ja, wenigstens ist er ehrlich. Ich würde echt gern mal wissen, mit wie vielen Frauen der schon Sex hatte, seitdem er auf dieser Seite ist. Der geht bestimmt darauf ab, Mädchen zu fotografieren. Ich fühl mich ein bisschen schlecht dabei, so über ihn zu reden. Aber er ist aus Portsmouth, schon mal ein dicker Minuspunkt. Wenn ich mich nicht irre – was ich vielleicht tu –, bist du aber keine Asiatin, oder? Bist du Asiatin?«

»Ich bin Halbkoreanerin. Sieht man mir aber nicht an, ich hab nur asiatische Augen. Und ziehe mich anscheinend asiatisch an. Egal, ich finde Petsheep jedenfalls toll. Ein richtig verrückter Künstler. Ich entwerfe gerade ein Logo für ihn. Hast du schon mal von ihm gehört?«

»Ich habe ihn noch nie getroffen. Wir würden uns bestimmt auch nicht gut verstehen.«

»OMG. ›Damit du Bescheid weißt: Hab dein Foto als Hintergrund auf meinem Handy.‹ – Petsheep.«

»Willst du mich verarschen? Petsheep klingt wie ein sehr komischer Typ. Nicht dass der dich noch vergewaltigt.«

»Petsheep hat gefragt, ob ich seine Freundin sein will, LOL.«

»Was für ein Iditot. Was hast du geantwortet?«

»Ich hab nein gesagt und ihn geblockt. Er hat Fotos auf seinem Blog, wo Mädchen ihm einen blasen. Sehr seltsam. Wieso will er eine Freundin, wenn er ständig Sex mit jungen Models haben kann? ›Ich hab dein Foto als Bildschirmhintergrund. Ich will heute Abend mit dir schlafen. Worauf ich stehe, sollte offensichtlich sein.‹«

»Der arme, alte Petsheep. Was für ein Freak. Klingt wie ein Arschloch. Vielleicht wollte er nur ein Foto von dir machen, wie du ihm einen bläst? Schick mir mal den Link zu seinem Blog.«

Ich schickte Tom den Link.

»Sein Blog ist total bescheuert. Er ist bescheuert. Alles nur komplett bescheuert.«

»Wieso findest du Petsheep und seinen Blog bescheuert? Er hat mich gefragt, worauf ich im Bett stehe.«

»Petsheep ist bescheuert, weil er so vergewaltigermäßig rüberkommt. Sein Blog ist bescheuert, weil da nur schlechte Fotos sind. Sein Twitter ist bescheuert, weil er nur dir folgt. Sein Schwanz sieht aber ganz okay aus. Redest du jetzt doch wieder mit ihm?«

»Wieso kommt er vergewaltigermäßig rüber? Mir kam er sensibel vor.«

»Vielleicht wirkt er sensibel, wenn du mit ihm redest, aber rein äußerlich wirkt er wie ein Psychopath. Ich würde mich nicht gut mit ihm verstehen.«

»Petsheep fotografiert mich Mittwoch.«

»Ich dachte, du hättest ihn geblockt? Lässt du dich echt nackt von dem fotografieren?«

»Ja, ich hatte ihn geblockt, aber dann war mir langweilig und ich hab ihn wieder angeschrieben. Dann fiel mir auf, dass ich gern mehr Fotos von mir hätte, also hab ich gesagt, er kann mich fotografieren.«

»Bestimmt bist du hinterher voller blauer Flecke.«

»Ich glaube, er steht darauf, dass man ihn verprügelt, nicht darauf, selbst Mädchen zu verprügeln. Vielleicht bringt er mich aber auch um, wer weiß.«

»Fährst du zu ihm nach Portsmouth?«

»Ja, ich fahr nach Portsmouth. Ich seh mir das Meer an. Ich glaub, ich könnte mit ihm genauso wenig Sex haben wie mit dir, also ist das alles nicht mehr so aufregend.«

»Portsmouth ist unglaublich hässlich, ohne Scheiß. Eine der hässlichsten Städte im ganzen Land. Ganz schlimm.«

»Willst du die Nacktfotos von mir sehen?«

»Um ehrlich zu sein, bin ich nicht sonderlich scharf drauf. Ist nicht böse gemeint.«

Die Zugfahrt von Waterloo Station nach Portsmouth ist sehr lang. Im Zug saßen Schulkinder in süßen Uniformen. Ich fragte mich, wieso sie Mitte Juli noch zur Schule gingen. Die Kinder stiegen nach und nach aus, der Zug wurde immer leerer, je näher wir Fratton Station kamen. Draußen waren nur noch Felder und Kühe zu sehen. Ich dachte, ich hätte Petsheep vor dem Fenster entdeckt, aber es war der falsche Bahnhof, und der Mann sah auch viel zu gut aus. Ich konnte mir nicht vorstellen, dass so ein gutaussehender blonder Bankertyp mit mir ins Bett gehen würde. Zwei Stationen bevor ich aussteigen musste, ging ich auf die Toilette. Ich betrachtete mein Gesicht im Spiegel über dem Waschbecken. »Wird schon schiefgehen.«

Der Zug kam genau um siebzehn Uhr in Fratton Station an. Ich lief der Menge hinterher über eine Brücke. Der Bahnhof war klein und leer und grauenvoll. Der blonde Bankertyp stand mitten im Bahnhofsgebäude und ging dann weg. Ich drückte mich eine Weile dort herum. Ein alter Mann sah zu mir herüber. Ich stellte mich neben einen Getränkeautomaten. Auf einmal stand der blonde Bankertyp vor mir.

»Du bist doch garantiert heute hier mit mir verabredet, oder?«

Er klang streng. Das machte mir Angst. Er ragte über mir auf.

Plötzlich musste ich total loslachen. Die ganze Situation war absurd. Ich machte mir Sorgen, ob mein Gesicht hübsch genug war.

»Ehrlich gesagt, hatte ich mir eine positivere Reaktion erhofft.« Er lachte auch.

»Ich hab nicht geglaubt, dass wir uns heute wirklich treffen.«

Wir gingen zum Ausgang.

»Ich auch nicht. Willst du das wirklich durchziehen? Du siehst aus, als hättest du Angst.«

Er zündete sich eine Zigarette an.

»Kann ich auch eine haben?«

»Rauchst du?«

»Ja, guck.« Ich zeigte ihm die Packung American Spirit in meiner Handtasche.

»Bin beeindruckt.«

»Ich hab beschlossen, solange ich in England bin, rauche ich wieder.«

»Willst du mal eine englische Zigarette probieren?«

Er legte mir eine Zigarette in die ausgestreckte Hand.

»Marlboro ist doch keine englische Marke. Meine Eltern rauchen die.«

Ich erzählte ihm, dass ich viel log und mir das Spaß machte. Er fragte, worüber ich ihn angelogen hatte.

»Nichts Wichtiges.«

»Vielleicht hätte ich dich in Bezug auf ein paar Sachen anlügen sollen.«

Wie ich wusste, hatte er bei seinem Alter gelogen. Er hatte gesagt, er wäre dreißig, aber ich hatte herausgefunden, dass er sieben Jahre älter war. Er kam aus Irland. Seine Stimme erinnerte mich an Aufnahmen von James Joyce, die ich mir als Teenager angehört hatte. Ich beschwerte mich darüber, dass die Londoner alle so abweisend und unhöflich waren.

»Ich würde ja durchdrehen, wenn ich so voreingenommen wäre wie du.«

»Ich bin doch gar nicht voreingenommen«, sagte ich.

In seiner Wohnung saß ein Typ und sah fern. Sein Mitbewohner war es bestimmt gewohnt, dass Petsheep ständig irgendwelche jungen Mädchen anschleppte. In seinem Zimmer hingen vier blaue Hemden auf einer Kleiderstange.

»Du trägst ganz schon viel Blau«, sagte ich.

»Vielleicht sollte ich mal mit einer anderen Farbe anfangen.«

»Zeig mal dein Handy.«

Er holte es aus der Tasche.

»Wieso hast du das Foto von mir als Hintergrund?«

»Wieso nicht?«

Sein Bildschirmschoner war eine Abfolge von pornographischen Fotos. Zu einem sagte ich »eklig«.

»Ja, schon, aber ich mag eklige Bilder.«

Eine ganze Menge Fotos waren von mir. Er fragte, ob mir das was ausmachte. Ich sagte, ich fände es schmeichelhaft. Es war für mich nichts Neues, dass irgendwelche Typen komplett besessen von mir waren und solche Sachen machten. Nicht dass er besessen von mir war. Er hatte sich auch Musik auf sein Handy geladen, die ich ihm empfohlen hatte, aber ich glaube, sie hat ihm nicht gefallen.

»Sehe ich in echt so aus wie auf den Fotos?«

»Ja.«

»Sehe ich jung aus?«

»Ja, du siehst unter fünfzehn aus.«

»Findest du, ich sehe dick aus?«

Auf seinem Blog waren so viele Fotos von jungen asiatischen Mädchen, mit denen er geschlafen hatte.

»Nein. Findest du, ich sehe dick aus?«

So unterhielten wir uns etwa eine halbe Stunde lang. Ich war anfangs sehr nervös gewesen, jetzt nicht mehr so.

»Wollen wir Fotos machen und Sex haben, oder was trinken gehen, oder alle drei Sachen?«

Aus irgendeinem Grund hatte ich überhaupt nicht darüber

nachgedacht, mit ihm ins Bett zu gehen, obwohl wir so viel darüber geredet hatten.

»Alles, würd ich sagen.«

»Hast du einen Ausweis dabei? Nur, damit ich keinen Ärger kriege.«

Ich holte meinen Reisepass aus der Handtasche.

»Reisepass, cool.«

»Das Foto ist ganz schlimm.«

Auf dem Foto war ich fünfzehn, pummelig und hatte Pickel.

Er bot mir ein Bier an, das auf dem Fensterbrett gestanden hatte.

»Du musst dich an warme Getränke gewöhnen.«

»Ja, hier machen sie nie Eiswürfel rein.«

Ich öffnete die Dose.

»Weißt du, was ich mal gesagt habe?« Meine Stimme klang zittrig. »Ich hab mal gesagt, solange ich jung bin, werde ich nur Sex mit Leuten zwischen zwanzig und dreißig haben.«

»Hattest du schon mal einen Job?«

»Nein.«

Ich habe noch nie einen Job gebraucht, ich habe einen Treuhandfonds.

»Mit was für Typen gehst du sonst noch so auf Dates?«

»Morgen treffe ich mich mit einem Journalisten. Der ist sechsundzwanzig. Danach ein vierundzwanzigjähriger DJ, danach ein achtundzwanzigjähriger Drehbuchautor, aber der meinte schon, er will keinen Sex.«

»Quatsch. Der DJ ist bestimmt der Beste im Bett.«

Ich sagte, dass ich mich für Politik interessiere. Auf sein Warum wusste ich keine Antwort.

»Vielleicht, weil das viele Leute betrifft.«

»Ich arbeite für eine Firma, die Krebsmedikamente herstellt, *das* betrifft viele Leute.«

»Ich will wirklich gern mit dir ins Bett, aber es wird ganz schön blutig. Mir ist das egal, aber für dich wird es ziemlich eklig. Wenn ich vorher dusche, müsste es aber gehen.«

»Ich finde, wir sollten Sex haben, dann duschen, dann noch mehr Sex haben.«

Ich sah ihn an.

»Ich habe früher in einem Labor gearbeitet.«

Ich nahm noch einen Schluck. Es war mein drittes Bier, und ich war wohl ein bisschen angetrunken.

»Na dann! Machen wir ein paar Bilder. Aber erst mal raus aus den Sachen.«

Er kam mit einem breiten Grinsen auf mich zu.

»Ich kann das allein«, sagte ich.

»Ich mach schon.«

Petsheep zog mir das Oberteil aus und hakte meinen BH auf. Ich hielt meine Brüste mit den Händen fest. Er ging zum Bett. Ich knöpfte mir den Rock auf. Dann zog ich mir die Leggings und die Unterwäsche aus. Man konnte meine Binde sehen. »Iiih«, machte ich. *Ganz so sehr hasse ich mich zum Glück auch wieder nicht, dass ich mich vor meinem eigenen Menstruationsblut ekele, mir ist nur peinlich, wenn es jemand anderes sieht. Als Entschuldigung muss man dann so tun, als ob es was Ekliges wäre.*

»Blas mir einen.«

Ich setzte mich zu ihm aufs Bett und fasste seinen Schwanz an. Ich strich mir die Haare hinter die Ohren und nahm ihn in den Mund. Er machte sofort ein Foto. Ich hatte gedacht, er würde warten, bis er weiter drin war, aber so war es wahrscheinlich am praktischsten. Irgendwann saß ich auf ihm drauf.

»Wir sollten lieber ein Kondom nehmen.« Ich sagte das nur ungern, aber es hatte ja den Anschein, als ob er schon mit einer Million Leute im Bett war. Er ignorierte mich. »Ich bin nicht gut darin, oben zu sein.« Zu der Zeit tat es mir immer sehr weh, wenn ich oben war. Aber vielleicht war es auch unfair von mir, von jemandem zu verlangen, dass er den aktiven Teil übernehmen sollte, wenn es ihm offensichtlich keinen großen Spaß machte. Ich bestand darauf, ein Kondom zu benutzen. Er stand auf, und ich sah ihm zu, wie er sich eins überrollte und auch Gleitgel auftrug. Bei dem vielen Blut hätte er das Gleitgel eigentlich nicht gebraucht. Er legte sich auf mich drauf. Ich hatte ein schlechtes Gewissen, dass ich nur so dalag und ein bisschen rumstöhnte, aber ich wusste nicht, was ich sonst machen sollte. Er ging ziemlich zur Sache. Er küsste mein Gesicht und meinen Hals. Das gefiel mir richtig gut, also stöhnte ich lauter. Er sah an uns beiden herunter und sagte: »Hast echt 'ne hübsche Pussy.« Sein Schwanz wurde kurz schlaff, und ich dachte, dass es bestimmt meine Schuld war. Ich fühlte fast nichts, das lag wahrscheinlich am Blut. Ich winkelte die Beine an. »Na, wie ist das so, mit einem Dreißigjährigen zu schlafen?« Ich öffnete die Augen. Er sah wütend aus. *Ich bin bestimmt gerade total hässlich.* Ich schloss die Augen wieder. Er hob meine Beine höher. Es tat weh. »Ist das okay, oder bin ich zu grob?« »Zu grob.« Er ließ meine Beine los. Es fühlte sich wieder gut an, also stöhnte ich. Wir sahen einander in die Augen. Er fragte: »Liebst du mich?« »Ja.« Ich stöhnte. Was sollte ich sonst machen? »Leg die Arme um mich und sag mir, dass du mich liebst.« Er klang hektisch. Ich machte, was er wollte. Dann sagte ich: »Ich will ohne Kondom ficken«, und stöhnte. »Wieso?« Die Wahrheit war, dass es sehr weh tat, weil ich eine Latexallergie habe, ich sagte aber nur: »Fühlt sich bestimmt gut an.« »Kann ich dich nicht vielleicht in den Arsch ficken? Das macht dir bestimmt Spaß.« »Nein, will ich nicht.« Er fickte mich stumm eine Weile und fragte irgendwann: »Hast du vorhin gelogen, als du gesagt hast, du liebst mich?« Ich antwortete nicht. »Sag schon.« Ich stöhnte einfach nur. Er gab anscheinend auf, zumindest bewegte er sich langsamer. »Hast du's gern hart? Ficken dich die anderen Jungs immer so?« »Ja.« »Dann geh zu denen, ich mach's nämlich gern langsam.« Er drehte mich auf den Bauch und fickte mich langsam. Danach redeten wir nicht mehr viel. Einmal sagte er: »Tolle Titten.« Er ging von mir runter und fing an zu masturbieren. Ich sagte, er soll mir aufs Gesicht spritzen. Er kam in meinen Mund. Ich schluckte es runter, aber ich glaube, das hat er gar nicht mitbekommen. Er gab mir eine Zigarette.

»Was machen deine Eltern eigentlich?«

»Die sind so was wie Manager in einem Casino«, antwortete ich.

»Ich habe nie verstanden, wieso manche so eine große Sache aus der Zigarette nach dem Sex machen. Schmeckt doch genau wie jede andere Zigarette.«

Mir fiel auf, dass ich das erste Mal wieder Sex gehabt hatte, nachdem ich neun Monate zuvor vergewaltigt worden war.

»Bist du jetzt vielleicht nicht mehr so schüchtern, nachdem ich meinen Schwanz in dir hatte?«

»Nein, so einfach geht das nicht. Und wenn du mich wirklich magst, magst du mich auch schüchtern«, sagte ich.

Nach der Zigarette ging ich duschen.

»Die grüne Zahnbürste ist meine.«

Der Badewannenrand war ziemlich hoch und man konnte sich beim Raussteigen nirgends festhalten, so dass ich fast ausrutschte.

»Das wär ja mal eine beschissene Art zu sterben.«

Nachdem ich fertig war, ging er duschen. Ich war froh, kurz allein zu sein. Ich ging an seinen Computer und las mir die Nachrichten durch, die er von seinem Account auf der Dating-Website verschickt hatte, auf der wir uns kennengelernt hatten. Angeblich fragte er darüber verschiedenste Leute, ob er ein Foto von ihnen machen dürfte, aber wie vermutet hatte er ausschließlich junge Mädchen angeschrieben. Nach dem Duschen trug er ein T-Shirt und Jeans. Seine Haut war ganz rot und seine Haare waren nass viel dunkler, nicht mehr blond. Er sah plötzlich viel älter aus und nicht mehr so gut.

»Machst du dir jemals Gedanken darüber, welche emotionalen Konsequenzen es haben kann, mit jemandem ins Bett zu gehen?«, fragte ich. »Viele ältere Männer wollen ja zum Beispiel keinen Sex mit jungen Mädchen, weil sie Angst haben, dass die sich verlieben.«

»Machst du dir jemals Gedanken darüber, welche emotionalen Konsequenzen es haben kann, *nicht* mit jemandem ins Bett zu gehen? Wenn du nicht mit mir ins Bett gegangen wärst, wäre ich am Boden zerstört gewesen.«

Er war schlauer als ich.

»Benutzt du immer ein Kondom?«

»Nein, nicht immer.«

»Hast du keine Angst vor Schwangerschaften oder Krankheiten?«

»Wie hast du vorhin so schön gesagt? ›Darüber will ich nicht reden.‹«

»Na gut.«

Ich musste gähnen, weil ich im Flugzeug nicht geschlafen hatte. Ich merkte, dass er dachte, ich würde mich langweilen, und gähnte mit Absicht noch ein paar Mal, um ihn zu ärgern. Wir gingen los, um einen Spaziergang am Meer zu machen.

»Weißt du noch, wie wir uns das erste Mal gesehen haben?«, fragte ich.

»Du hast dich hinter einem Getränkeautomaten versteckt.«

»Was hast du gedacht, als du mich gesehen hast?«

»›Sie findet mich bestimmt hässlich und nimmt gleich wieder den nächsten Zug nach Hause.‹«

»Als ich meinen Freunden von dir erzählt habe, also nicht meinen richtigen Freunden, ich meine die Leute, die ich aus dem Internet kenne, meinten die alle: ›Triff dich bloß nicht mit dem, der bringt dich bestimmt um!‹«

»Erst mal nicht.«

Wir setzten uns auf einen Felsen am Meer. Ich erzählte ihm, dass ich den Atlantik früher immer langweilig und dreckig fand, aber dass er mir jetzt, wo ich hier war, gut gefiel. Er sagte irgendwas über BP. Ich schnippelte ihm mit den Fingern wie mit einer Schere in den Arm. Er trug eine breite, ziemlich erwachsene Uhr, deren Armband aus einer Metallkette bestand. Ich fragte ihn, wer von uns beiden stärker wäre, und er sagte: »Du auf jeden Fall.« Ich griff nach seiner Hand und drückte zu, sein Arm fiel ohne Widerstand zur Seite. Draußen auf dem Ozean fuhren drei große Schiffe.

»Heute gibt es bestimmt wieder viele Schiffsunglücke.«

Ich zündete mir in seinem Windschatten eine Zigarette an. Er machte ein Foto von mir. »Du bist cool.«

Wieso dachte er das? Ich benahm mich doch die ganze Zeit total zickig. Aus irgendeinem Grund gab ich mir überhaupt keine Mühe, einen guten Eindruck bei ihm zu hinterlassen.

Er sagte, bevor er zum Bahnhof losgegangen war, hätte er mir fast eine SMS geschickt, in der stand: »Ich glaube, ich bin zu uncool für dich.«

»Ich bin doch viel zu seltsam, um cool zu sein.«

»Ich bin aber total bescheuert.«

Ich wusste, was er meinte. Das war aber genau der Grund gewesen, warum ich ihn hatte kennenlernen wollen. Alle Typen, die ich bis jetzt kennengelernt hatte, die ich auch nur im Geringsten interessant fand, waren gleichzeitig immer total unsicher und angeberisch.

Er sagte, er hätte eine Menge cooler Freunde, einer davon wäre sogar schon in allen möglichen Zeitschriften gewesen. Wenn ich mit coolen, älteren Typen zusammen war, fand ich es immer ganz schlimm, ihre Freunde kennenzulernen, obwohl die meistens nett zu mir waren.

»Du hast hübsche Beine.«

Er legte mir die Hand auf den Oberschenkel.

»Find ich auch.«

Wir sahen schweigend aufs Meer.

»Ob ich es mal anfassen kann?«, fragte ich.

»Ob du kannst, weiß ich nicht, aber dürfen tust du.«

Wir standen auf. Ich klammerte mich mit einer Hand an seinem Handgelenk und der anderen an seinem Ellenbogen fest. Der Strand war sehr steinig, und ich hatte Highheels an.

»Meine Schuhe sind nachher bestimmt hin. Na ja, auch egal.«

Wir rannten zum Meer, ich hielt mich an ihm fest, beugte mich ein Stück runter und tauchte kurz die Hand ins Wasser.

Wir liefen zu einem kleinen Supermarkt. Ich entdeckte eine Fleischpastete und sagte, so was würde ich gern mal probieren. Wir haben so was nicht in den USA. Er meinte, es würde mir sowieso nicht schmecken, bot aber trotzdem an: »Soll ich dir eine aussuchen?« Er nahm eine aus dem Regal. »Das hier ist eine traditionelle, glaube ich.« Ich mag das, wenn Männer Entscheidungen für einen treffen, einem Sachen kaufen. »Noch irgendwas?«

»Ach ja, ich wollte mal britische Kekse probieren.« Ich nahm mir eine Packung.

»Britisches Bier auch?«

»Ja.«

Er bezahlte für alles. Ich stand mit verschränkten Armen in der Nähe des Ausgangs herum. Auf dem Weg zurück zu ihm nach Hause zog ich ihn vor ein Schaufenster, um zu sehen, wie wir zusammen aussahen. Ich betrachtete uns kurz. »Nein, wir geben kein gutes Pärchen ab.«

Bei ihm zu Hause setzte ich mich auf das Bett. Er zeigte mir seinen Teddybären und fragte, ob ich es süß fände, dass er einen hatte.

»Nein, finde ich nicht süß.«

Ich legte mich auf das Bett. Er setzte sich auf seinen Schreibtischstuhl. Ich fragte ihn, wie er so als Kind gewesen war.

»Ich war sehr still. Ich war auf einer katholischen Schule. Ich bin nie richtig erwachsen geworden. Ich schlafe bis heute mit einem Teddy.«

Ältere Männer sagen immer von sich, sie wären nie erwachsen geworden. In Portland behaupten immer alle, sie wären so jung und hip, dabei haben sie überhaupt keine Ahnung, was heutzutage so abgeht, und hören Rock aus den Neunzigern. Petsheep war irgendwie anders, aber nicht völlig. Er goss ein wenig Bier in eine Filmdose und stellte sie auf den Tisch neben dem Bett. Er fragte, ob er die Pastete in den Ofen tun sollte.

»Okay.«

Im Rausgehen zwinkerte er mir zu.

Ich sagte: »Das ist ekelhaft.«

Er kam zurück und fing an, mir den Rock aufzuknöpfen. Ich mag es, wenn man mich auszieht. Ich schloss die Augen und legte mich hin. Als ich die Augen wieder öffnete, schlug er gegen meine rechte Brust.

»Was machst du denn da?«

»Ich spiele mit deinen Titten.«

»Okay.«

»Ich hoffe, du erwartest keine tiefschürfenden Antworten von mir.«

Mittlerweile war ich nackt. Ich aß einen Keks.

»Musst du die Kekse im Bett essen?«

Ich lachte sehr lange. Der Keks war eine Enttäuschung.

»Die sind ja genau wie amerikanische, nur nicht so süß!«

Ich zündete mir eine Zigarette an und aschte in die Filmdose.

Er sagte, er würde die Pastete aus dem Ofen holen gehen, bevor sie verbrannte. »Wobei es eigentlich egal ist, man schmeckt sowieso keinen Unterschied.«

Beim Anblick der Pastete sagte ich: »Wow, das sieht echt eklig aus.«

Ich aß nur ein bisschen was vom Teig.

»Komm, blas mir einen.« Er setzte sich auf den Stuhl.

Erst war es mir peinlich, dort vor ihm auf dem Boden zu knien, aber nach einer Weile machte es mir Spaß. Ab und zu bewegte er die Hüften, so dass sein Schwanz tiefer in meinen Mund rutschte. Das gefiel mir auch. Plötzlich hörte ich ein Klicken und zuckte zusammen. Ich sah hoch. Er hatte sich eine Zigarette angezündet. Ich fragte mich, ob ich jemals so selbstbewusst sein würde und ob es ihm wohl Spaß machte, mich zu demütigen. Ich wurde sehr geil bei dem Gedanken und schaltete für einen Moment komplett meinen Kopf aus. Er stöhnte seltsam hoch. Solche Geräusche hatte ich noch nie bei einem Mann gehört. Ich freute mich, dass ich jemanden dazu bringen konnte, solche Geräusche zu machen, aber sobald ich diesen Gedanken gehabt hatte, hörte er schon wieder damit auf. Ich lutschte noch eine Weile an seinem Schwanz, dann legte ich mich wieder auf das Bett.

Er stand auf, ging an seinen Computer und tweetete: »Ziemlich guter Blowjob.«

Ich trank drei Biere und fing an zu gähnen.

»Ich will nicht, dass du jetzt einschläfst und dann um drei Uhr morgens aufwachst und sagst: ›Lass uns noch was trinken!‹, und dann geh ich betrunken zur Arbeit.« Er steckte mir etwas in den Mund, und ich schluckte.

»Was ist das?«

»Gummibären.« Er hatte ein ganzes Glas davon neben dem Bett stehen.

»Ich mag Süßes nicht.«

Wir unterhielten uns eine Weile. Er sagte: »Blas mir noch mal einen. Danach kannst du schlafen.«

Ich stieg aus dem Bett und krabbelte auf dem Boden zu ihm hinüber.

»Magst du es, dabei auf dem Boden zu knien?«

»Ja«, stöhnte ich. Ich war sehr geil.

Er lachte mich aus. Das war nicht fair. Ich wusste nicht, wie ich sonst auf seine Frage hätte antworten sollen. Ich lutschte an seinem Schwanz, und er zündete sich wieder eine Zigarette an.

»Braves Mädchen.« Als wäre ich sein Hund. Er demütigte mich, aber ich fühlte mich sicher und geborgen und total geil. Nichts machte mir mehr Spaß als so was hier. Ich wollte unterdrückt und gedemütigt werden. Sex ist eben eine Möglichkeit, das zu bekommen. Obwohl es ja nicht stimmte, hatte ich trotzdem das Gefühl, er würde mich mögen. Es war mir egal. Jemand war ganz verrückt nach mir, und ich musste mir um nichts Gedanken machen als darum, wie ich dafür sorgen konnte, dass er Spaß hatte. Ob das nun durch einen Blowjob war oder irgendwas anderes. Er hielt meinen Kopf fest, so dass ich nicht wegkonnte. Mir schossen Erinnerungen an meine Vergewaltigung durch den Kopf, wie mir der Kopf festgehalten wurde und ich würgen musste. Ich versuchte es zu verhindern, aber es ging nicht. Ich fühlte fast einen Brechreiz, dreimal. Beim dritten Mal stöhnte er. Er ließ meinen Kopf los. Ich sah hoch. Ich zitterte. Er sah mich an und keuchte. Er sah sich nach seinem Fotoapparat um, nahm ihn aber nicht. Ich legte mich wieder auf das Bett und drehte mich zur Wand. Wir schliefen ein.

In dieser Nacht wachten wir dreimal auf. Beim ersten Mal sagte er: »Du bist so süß! Das kann man echt nicht anders nennen, was du bist.« Beim nächsten Mal sagte er: »Ich mag meine ausgedachte amerikanische Freundin.« Beim dritten Mal sagte er: »Schlaf weiter!« Er klang ärgerlich. Mit dem Gefühl, ausgeschimpft worden zu sein, schlief ich wieder ein.

Ich wachte gegen sechs Uhr dreißig auf. Er schlief noch, aber ich langweilte mich, also fing ich an, ihn auf den Hals zu küssen und ein bisschen zu beißen.

»Ich kann nicht mit Knutschflecken am Hals zur Arbeit gehen.«

Ich hatte noch nie einen Job. Ich drehte den Kopf weg und versuchte weiterzuschlafen.

»Nimm ihn in den Mund.« Er zeigte auf seine Erektion. Ich rutschte im Bett runter und tat, was er verlangt hatte. »Braves Mädchen.« Als mir langweilig wurde, hörte ich auf und legte mich wieder neben ihn. Er sagte, ich sollte ihm weiter einen blasen. Als ich nach einer Weile wieder aufhörte, richtete er sich auf. »Sitz.« Er fickte mich hart von hinten. »Versuch leise zu sein«, sagte er. Er hatte keinen Orgasmus. Er warf das Kondom neben das blutige von letzter Nacht.

Ich zog mich an.

»Hmmm, schicker Hintern«, sagte er und kniff mir durch die Leggings hinein. Das fand ich beleidigend.

»Willst du einen Kaffee?«

»Ja.«

Wir saßen einander gegenüber. Ich trank den Kaffee und

rauchte eine. Er machte mit seiner Polaroidkamera ein Foto von mir. Ich fragte ihn, warum er manchmal die Polaroid nahm und manchmal den normalen Fotoapparat.

»Wieso trägst du manchmal die einen Schuhe und manchmal andere?«

»Sehen meine Brüste groß aus, wenn ich angezogen bin?«

»Jep.« Er zeigte mir das entwickelte Polaroidfoto. Ich fand, ich sah darauf sehr cool aus mit meinen langen dunklen Haaren, ganz dünn, und mit einer Zigarette in der Hand. Wir gingen Hand in Hand zum Bahnhof. Wir schwiegen die meiste Zeit. Morgens habe ich so gut wie nie Lust, mich zu unterhalten.

Wir näherten uns dem Bahnhof. Es war voll. Neben ihm im Anzug sah ich aus wie ein Schulmädchen.

Vor dem Bahnsteig blieb ich stehen und suchte in meiner Handtasche nach der Fahrkarte.

»Was ist denn los?«

»Ich habe nur nach meiner Fahrkarte gesucht.«

»Und, hast du sie gefunden?«

»Ja.«

»Hast aber auch noch eine Weile Zeit. Mein Zug ist ausgefallen.«

Ich sah ihn verwirrt an. Er hatte gesagt, wir würden noch ein Stück zusammen fahren.

»Warten wir dann auf den nächsten?«, fragte ich.

»Ich muss den Bus nehmen.«

Manchmal bist du echt so dämlich, Marie.

»Okay. Tschüs.«

Wir küssten uns.

Während der Zugfahrt zurück nach London stand ich völlig neben mir und bekam überhaupt nichts mit. In der Waterloo Station ging mir auf, dass ich die Nacht mit einem Mann verbracht hatte, der drei Jahre jünger als mein Vater war. Im Hostel zog ich mich um, putzte mir die Zähne, glättete mir die Haare und bereitete mich darauf vor, am Nachmittag mit Tom Sex zu haben.

Cybersex

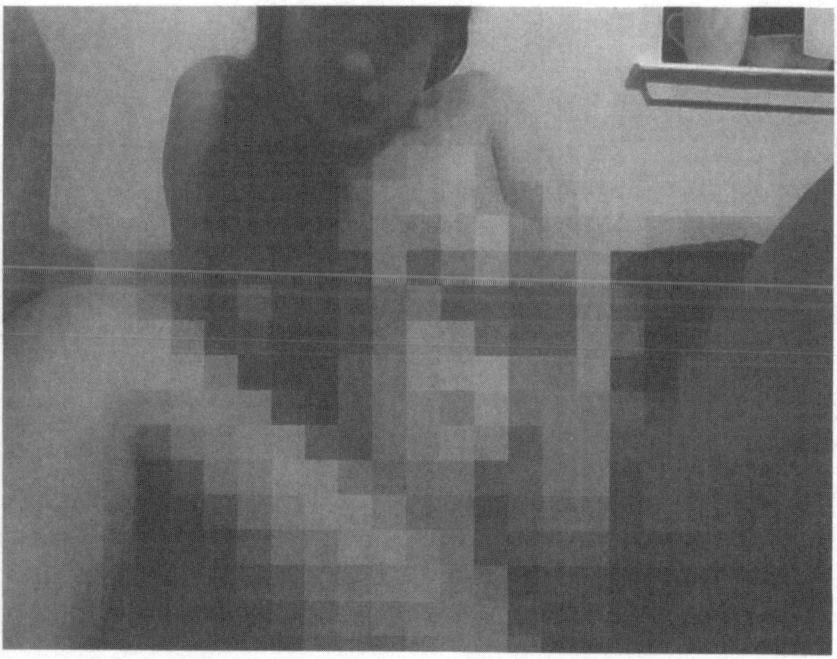

Marie Calloway
hast du vergewaltigungsphantasien

[redacted]
nicht wirklich
also find ich schon heiß
aber ich denk jetzt nicht beim sex dran

Marie Calloway
ok

[redacted]
du etwa

Marie Calloway
hm

[redacted]
?
soll ich dich vergewaltigen?

Marie Calloway
oh

Marie Calloway
nachricht ist nicht angekommen

[redacted]
ja scheiß internetverbindung im bus

Marie Calloway
manchmal stell ich mir vor dass jmd mit mir sex hat während ich schlafe oder total betrunken bin und derjenige aber nicht, also ja, sind wahrscheinlich vergewaltigungsphantasien, aber jetzt nicht diese typischen brutalen sachen, so was eher nicht

[redacted]
ja so was mag ich auch
soll ich dich abfüllen und dann ficken

Marie Calloway
ja

[redacted]
hmmm find ich gut
wir gehen was trinken
du bist total besoffen, ich nur ein bisschen
und dann gebe ich dir noch mehr alkohol wenn wir bei dir zu hause sind

Marie Calloway
ok

[redacted]
hmmm vielleicht behältst du dabei deine Klamotten an

[redacted]
LOL ashfhadhjk ich werd grad
iwie voll geil und keiner da zum
rummachen

Marie Calloway
ok
miau
stehst du auf irgendwas krasses

[redacted]
kA jetzt nicht wirklich krasse
sachen
das mädchen dabei festhlten zb
festhalten

Marie Calloway
ok

[redacted]
den arm auf dem rücken festhalten
während ich sie von hinten ficke,
den kopf festhalten und so

Marie Calloway
ok
miau
wie fühlt sich das für dich an

[redacted]
hm
ich fühl mich dabei als ob ich das
sagen habe
animalisch

Marie Calloway
ok

[redacted]
iwie grob halt
weißte so wie tiere in freier wildbahn,
wenn die sich einfach aufeinander
stürzen und beim sex so halb mitein-
ander kämpfen
ich will jetzt keinem weh tun oder so
ich mein nur

Marie Calloway
ok

[redacted]
kA stehst du darauf wenn
männer so was bei dir
machen?

Marie Calloway
ja

[redacted]
haha
LOL ist jetzt nicht
wirklich krass oder
so aber ich finds gut
wenn das mädchen
auf dem rücken liegt
und ich ihren mund
ficke zb
find ich gut

Marie Calloway
yo
ich auch

[redacted]
da kann man auch gut was mit pisse machen
ich könnte dich auf den boden drücken und dir auf das gesicht/die haare
pissen dass du dich schmutzig fühlst

Marie Calloway
ja

Marie Calloway
würd ich gut finden
miau

[redacted]
ich auch

ok dann fick ich dich also in den mund und komme auf dein gesicht, dann brauchen wir kein kondom
wir haben halt verschiedene meinungen, was sex von hinten angeht
danke dass du dich gemeldet hat, also ich wär dabei

Am 15.02.2012 18:39 schrieb [redacted]

> kA für mich ist beides ok aber ich hab kein bett in meiner wohnung, nur eine couch und so und man kann hier nicht viel machen
>
> ich möchte gern erniedrigenden/brutalen sex mit jemandem der mich nicht respektiert usw. (fühlt sich mit meinem freund unecht/gestellt usw an)
> ok hätte gern dass du meinen mund fickst und dann auf mein gesicht spritzt.
> ich mag es von hinten am meisten!! ich mag kondome auch nicht aber nehm sie trotzdem in 99 % der fälle
>
> *von meinem iPhone gesendet*

Am 15.02.2012 18:26 schrieb [redacted]

ich mag beides wenn das mädchen total liebevoll an meinem schwanz lutscht oder wenn ich ihr gesicht ficke, entweder ziehe ich sie von oben an den haaren oder sie liegt verkehrt rum. ich mag nicht wenn mir das mädchen einen runterholt, ich mag nur gesicht oder mund, mit den händen ist es langweilig, mit dem mund ist es am besten. ich hab noch nie einer ins gesicht gespritzt, will aber gern mal. ach so und ich finds gut wenn sie schlucken, logisch. hat bis jetzt nur eine prostituierte bei mir gemacht (bin übrigens sauber). ich mag blowjobs mehr als muschi oder arsch, ist wahrscheinlich so ein ding bei mir, ich will nicht nur sex, sondern will mich akzeptiert und aufgefressen fühlen.

ganz schön egoistisch, ich weiß, ich bin halt ein mann, außerdem meintest du ja, kein respekt. kann dich aber natürlich lecken, wenn du willst.

bei vaginal mag ich die normalen sachen, missionarsstellung oder cowgirl. von hinten find ich langweilig. ich mag blickkontakt. neulich mal anal ausprobiert, fand ich toll, viel enger, würd ich gern mit dir versuchen. ach ja, ich hasse kondome, geht gar nicht, aber wenn's sein muss … ich bin nach den letzten zwei frauen krasser geworden: ich mag an den haaren ziehen, den hals zudrücken, dass sie kurz keine luft mehr kriegen, den kopf festhalten etc. ich mag auch gern lieben sex aber weil wir uns nicht kennen ist das wohl eher unwahrscheinlich.

hübsches foto, schick mal noch ein paar

Marie Calloway
hm
stehen anscheinend mehr leute auf pisse als ich dachte

[redacted]
besonders männer

[redacted]
ist so ein männerding
leider
frauen müssen es erst mal probieren dann gefällts ihnen auch, aber männer kommen schon so auf die welt

---

Marie Calloway
miau
miau
was hast du schon so an krassen sachen gemacht

[redacted]
eine frau hat auf einem öffentlichen klo meine pisse getrunken und musste dann mit dem mund voll wieder rausgehen

---

Marie Calloway
ah ok

Marie Calloway
ich glaub das könnte ich nicht

[redacted]
hast du angst davor sachen in der öffentlichkeit zu machen

Marie Calloway
nein
davor pisse zu trinken

[redacted]
ach das ist gar nicht so schlimm wie man immer denkt

[redacted]
außer wenn sie kalt ist
dann ist es ekelhaft

[redacted]
zieh die decke weg damit ich meine süße sehen kann
geh mal mit der kamera weiter runter
ich will deine hübsche muschi sehen
stell das rechte bein auf

[redacted]
reib deine klit
braves mädchen
steck dir den finger rein
ich will deine muschi von näher dran sehen süße
ja halt mal die lippen für die kamera auseinander

[redacted]
hmm
jetzt leck deine finger an und steck sie dir rein
echt sexy
hmm ich würd so gern mit deinem ganzen körper liebe machen
du hast eine wunderschöne herrliche muschi

[redacted]
die ist schon richtig feucht und geschwollen
böses mädchen

[redacted]
pack dich am hals

Marie Calloway
rede mit mir
;_;

[redacted]
mit beiden händen
ohrfeigen
härter
härter
drück dir richtig die luft ab

---

ich muss die ganze zeit daran denken. bin heute morgen ganz früh mit einem ständer aufgewacht und konnte nicht mehr einschlafen.

[redacted]

> Am 07.01.2012 um 23:52 schrieb kahimikarie@yahoo.com:
>
>> ich will dass du in mir drin kommst
>> muss die ganze zeit daran denken
>>
>> *von meinem iPhone gesendet*
>>
>>> ich will dich jetzt sofort. Marie …
>>>
>>> [redacted]
>>>
>>> Am 07.01.2012 um 23:06 schrieb kahimikarie@yahoo.com:
>>>
>>>> kann mich für dich auf skype ausziehen,
>>>> wenn du willst ^^
>>>>
>>>> *von meinem iPhone gesendet*

[redacted]

ich auch. hab noch nie was mit einer jüngeren »gehabt«.

[redacted]

> Am 08.01.2012 um 10:26 schrieb kahimikarie@yahoo.com:
>
>> finde den altersunterschied geil
>>
>> *gesendet von meinem iPhone*
>>
>> [redacted]
>>
>>> ich glaube ich würde es nie wirklich machen. ich hab nur ne große klappe.
>>>
>>> Am 08.01.2012 um 08:37 schrieb kahimikarie@yahoo.com:
>>>
>>>> ich finds geil, dass du deine freundin betrügst
>>>>
>>>> *von meinem iPhone gesendet*

➡ Re: Dienstag, 17.01.2012 21:39

[redacted]

an: »Kahimi Karie« <kahimikarie@yahoo.com>

Phantasie, dass ich von der Arbeit nach Hause komme. Du trägst nur eine Schürze und Highheels. Du reichst mir einen Cocktail und kniest dich vor mich hin. Du machst meinen Gürtel auf und bläst mir einen.

Nach etwa drei Minuten drehe ich dich um und du beugst dich über die Couch. Ich gebe dir meinen Cocktail. Ich dringe von hinten in dich ein, währenddessen hältst du das Glas ausgestreckt und gibst dir Mühe, nichts zu verschütten. Ich nehme dich immer härter ran, du konzentrierst dich nur darauf, nichts zu verschütten. Was immer schwieriger wird, je härter ich dich ficke.

Ich komme und du reichst mir fröhlich das Glas. Nicht ein Tropfen fehlt. Ich gehe mit dir als Belohnung shoppen, weil du so ein gutes Frauchen bist.

Am 17.01.2012 um 23:13 schrieb kahimikarie@yahoo.com:

> je mehr du dich zurückziehst, desto mehr will ich dich
> aber es sollte wohl nicht sein

[redacted]
was sexsachen angeht: ich finds geil mädchen zu zwingen, was mit meinem sperma zu machen
ja kannst du

Marie Calloway
was zb

[redacted]
hmmm zb dass ich auf ihr gesicht spritze und dann mit meinem schwanz drüber schmiere und es dann mit ihrer unterwäsche abwische und ihr die in den mund stecke und so

Marie Calloway
werd grad voll geil
ich will dass mir ein typ ins gesicht spritzt und es mit den fingern abwischt und ich dann die finger ablecken muss etc.

[redacted]
hmmm kann ich davor deinen mund ficken

Marie Calloway
ja ich find es toll wenn jmd meinen mund fickt

[redacted]
kriegst du einen brechreiz wenn man zu weit drin ist

Marie Calloway
ja krieg total schnell einen brechreiz

[redacted]
toll, das mag ich

Marie Calloway
ich würd gern einem typen die schuhe sauber lecken *seufz***

Marie Calloway
fuck
ich will dass du mich schlägst/mich anpisst
*seufz***

[redacted]
ich würd dich gern schlagen und dich anpissen
ich würd dich an den haaren ziehen und dich hin und her schubsen und dir ins gesicht schlagen und dich anspucken
dann würde ich meinen schwanz rausholen und dir ins gesicht pissen
ich würde dich zu meiner kleinen klo-schlampe machen

Marie Calloway
ok
miau
worauf steht du noch außer pissen

[redacted]
auf spanking und jmd den hintern ver-sohlen und so

[redacted]
aber ich glaub das ist so eine typisch britische sache ich hab noch nie jmd aus einem anderen land getroffen der darauf steht

---

Marie Calloway
ok
miau
wieso stehst du da drauf

[redacted]
kA

[redacted]
woher soll man das wissen

Marie Calloway
ok

[redacted]
wieso stehst du auf die sachen auf die du stehst?

Marie Calloway
ok
hey was machst du noch gern mit mädchen

[redacted]
du kniest auf dem boden und ich steck dir meine eier in den mund und hol mir dabei einen runter

---

Marie Calloway
ah ok

[redacted]
du drückst deinen hals zu dass du keine luft mehr kriegst während ich dich ficke

---

[redacted]
du musst mein sperma trinken

Marie Calloway
ja

[redacted]
den mund damit ausspülen

Marie Calloway
ich mach was du willst

[redacted]
braves mädchen
ich komm auf deine unterwäsche und dann reib ich dir das alles ins gesicht

[redacted]
nein hast du noch nicht
danke
hast du da sperma im mund

Marie Calloway
kann sein

[redacted]
hmmm
findest du es geil wenn es dir ins gesicht und in den hals spritzt
du hast einen hübschen runden arsch

Marie Calloway

[redacted]
yo das hast du mir grad geschickt

Marie Calloway
das video?
hmmm

[redacted]
aber es müssen auch nicht genau die dinge sein

Marie Calloway
ok

[redacted]
ich find die vorstellung generell heiß jmd zu erniedrigen

Marie Calloway
ok
und was würde dich am meisten anmachen?

[redacted]
hmmm
weiß nicht. wahrscheinlich wenn ich dich zum kotzen bringen würde und dann dein gesicht da reindrücke und dich schlage und du weinst während ich dich zwinge mir weiter einen zu blasen

Marie Calloway
ok

»das beste daran, wenn du vor mir kniest, ist dass ich wechseln kann zwischen langen tiefen stößen und schnellem ficken und meinen schwanz auch einfach rausziehen und damit über deine klit reiben kann. das gefällt mir«

»das wäre nicht das erste mal dass ich komme während ich an dich denke. ich würde dich am liebsten jetzt sofort lecken, sanft mit meinem feuchten daumen über deine klit streicheln und dir dabei leicht über deine spalte lecken«

[redacted]

was soll ich machen
soll ich dir zeigen, dass ich unbedingt deinen mund ficken will

Marie Calloway
miau

[redacted]

du sollst deinen kopf über die bettkante hängen lassen und ich ramm dir meinen schwanz in den mund

Marie Calloway
miau

[redacted]

:)
ich brauch schon ne antwort von dir damit ich weiß ob du das gut findest

[redacted]
28. September 2011
wenn sie richtig wund vom ficken
wäre und so
das würde ich geil finden

Marie Calloway
28. September 2011
ich würde gern benutzt werden
wie eine gummipuppe
ok

[redacted]
28. September 2011
red weiter

Marie Calloway
na so
28. September 2011
ich lieg da hab die beine breit
und den mund offen und der typ
benutzt mich wie er will

[redacted]
28. September 2011
gut

Marie Calloway
augen offen lassen
28. September 2011

[redacted]
28. September 2011
ich werd dich benutzen
trag high heels als meine gummi-
puppe

Marie Calloway
28. September 2011
ok

Marie Calloway
ok

[redacted]
und ganz viel make-up damit es
schön verschmiert

Marie Calloway
ja ganz viel eyeliner und so

[redacted]
ja
ich schlag dich und nenn dich
schlampe

Marie Calloway
ok

[redacted]
und zwing dich dir mein sperma
übers gesicht zu reiben

Marie Calloway
in die augen

[redacted]
ja
ich halte deine augen offen währe
ich dir ins gesicht spritze

Marie Calloway
miau
wieso stehst du auf sperma im mund??

Marie Calloway
miau

[redacted]
hi

Marie Calloway
wieso stehst du auf sperma im mund??

[redacted]
kA
keine ahnung wieso ich die ganzen sachen mag die ich gut finde

---

[redacted]
da stehen nicht viele drauf aber ich finds gut wenn das mädchen mich daddy nennt

---

Marie Calloway
wieso

[redacted]
ist so unanständig. falsch. kA ist halt unterwürfig und geil

[redacted]
ganz schön feministisch von dir LOL

Prostitutions-erlebnis Nummer Drei

Ich brauche Geld für Foundation von BareMinerals und Lippenstifte von MAC und Soja-Latte und Pizza. Wenn ich Geld verdiene, muss ich meinen Eltern nicht mehr auf der Tasche liegen, dann leiste ich was und erreiche auch was im Leben. Dann bin ich wer, alle wollen mich, und ich bin was wert. Ich bin so jung und schön, dass Männer dreihundert Dollar dafür bezahlen, mit mir ins Bett gehen zu dürfen; die Prostitution ist die Bestätigung meiner Jugend und meiner Schönheit. Ich habe keine Freunde und muss mich um nichts kümmern außer um die Uni, und hiermit habe ich endlich was zu tun und auch eine Möglichkeit, Menschen nicht mehr nur online zu studieren. Ich werde am eigenen Leib erfahren, was Prostitution ausmacht, was für Männer das sind, die für Sex bezahlen, und wieso sie es tun.

⋆

Ich stand vor meiner Wohnung und wartete.

In dem Moment, als er aus dem schwarzen SUV stieg, wusste ich sofort, dass er es war.

Er war groß und glatzköpfig, ich schätzte ihn auf Mitte dreißig. Er trug einen orangen Kapuzenpullover und eine Khakihose.

»Bist du Emily?«

»Ja.«

Meistens waren die Klienten ziemlich nervös, aber dieser hier zögerte keine Sekunde, sondern ging ganz selbstbewusst vor mir auf meine Wohnungstür zu.

Ich ging ihm hinterher und verschloss die Tür hinter ihm.

Wir standen im Flur.

»Wollen wir das mit der Bezahlung eben hinter uns bringen?« Ich hatte mir angewöhnt, diesen Satz fest, fast roboterhaft zu sagen, aber diesmal zitterte meine Stimme. Sein Selbstbewusstsein schüchterte mich ein. Normalerweise hatte ich immer eine Art Machtgefühl über die ängstlichen, erbärmlichen Freier, aber bei ihm fühlte ich mich wie früher als kleines Mädchen, wenn mein Vater mich für eine Standpauke ins Wohnzimmer zitierte. Dasselbe nervöse schlechte Gewissen.

»Bitte.«

Er gab mir das Geld. Ich zählte es. Normalerweise ging ich ins Bad und versteckte es, aber in dem Moment hatte ich zu viel Angst. Ich legte das Geld auf meine Kommode, weil die in Reichweite war.

»Ähm, setz dich doch.«

»Was? Ich hab kein Wort verstanden. Du redest zu leise.«

»Setz dich doch!«, sagte ich noch einmal, lauter, und zeigte auf meine Couch.

Er setzte sich auf die Couch, ich ging ihm hinterher und setzte mich stocksteif neben ihn. Ich war unglaublich nervös, und es war mir alles sehr peinlich.

Ich sah starr geradeaus.

Ich muss irgendwas sagen, aber mir fällt absolut nichts ein.

Wir saßen etwa zwanzig Sekunden lang schweigend nebeneinander, ich versuchte verzweifelt, irgendein Thema zu finden, aber mir wollte nichts einfallen.

Schließlich stand ich einfach auf. Ich starrte auf einen Punkt an der leeren Wand rechts von seinem Kopf. Ich zog mich aus. Nach dem langen, peinlichen Moment hatte ich das Gefühl, mich so schnell wie möglich ausziehen zu müssen. Ich hatte Angst, er würde sonst die Geduld mit mir verlieren.

Du musst dafür sorgen, dass der Kunde zufrieden ist, Emily, sonst nimmt er dir das Geld wieder weg.

Ich stand einen Moment nackt vor ihm. Er betrachtete mich.

»Oh, du siehst süß aus.«

»Danke«, murmelte ich. Ich bin nicht »süß«, ich bin unglaublich schön. (In Gegenwart von normalen Männern machte ich mir immer wahnsinnig Sorgen um mein Aussehen, aber gegenüber Freiern spürte ich Feindseligkeit, geradezu Verbitterung angesichts der Vorstellung, sie könnten meine ungemeine physische Attraktivität auch nur im Geringsten anzweifeln.)

»Kann ich ein paar Fotos von dir machen?«

»Nein«, sagte ich leise.

»Nein? Darf ich nicht?«

Ich schüttelte den Kopf. *Ich geb dir doch nicht einfach was extra.*

Er knöpfte seine Hose auf und zog sie runter. Ich ekelte mich vor seiner enganliegenden schmuddelig-grauen Unterhose.

Ich setzte mich neben ihn und er stand auf.

Er rieb seinen Penis an meinem Gesicht.

Wenn ich das in Pornos sehe, macht es mich immer sehr an, aber jetzt erlebte ich es am eigenen Körper, und mir wurde schlecht davon, obwohl es mich auch ein bisschen geil machte. *Ich will, dass mir das mehr gefällt.*

Er führte seinen Penis an meine Lippen, und ich öffnete automatisch den Mund.

Er umfasste meinen Hinterkopf, griff mir in die Haare und fing an, meinen Kopf grob vor und zurück zu bewegen.

Ich kniff die Augen zu. Ich hörte in diesem Moment auf zu denken, fühlte nur noch den Schmerz und das Würgen im Hals, wollte aber auf keinen Fall, dass er bei mir einen Brechreiz auslöste. *Ich darf keine Schwäche zeigen, er darf mich nicht demütigen. Ich darf ihn nicht gewinnen lassen.*

Das ging ein paar Minuten lang so. Langsam wurde ich genervt.

Wieso fickt er mich nicht endlich, damit er schnell kommt und es endlich vorbei ist?

»Sieh mich an«, sagte er.

Ich öffnete die Augen und sah ihm ins Gesicht. Meistens machte ich die Augen zu, wenn ich mit einem Freier Sex hatte, damit ich mich innerlich ausklinken, von dem Erlebnis abspalten konnte. *Vielleicht weiß er, wieso ich die Augen dabei zumache, und will mich deshalb zwingen ihn anzusehen.*

»Hat schon mal jemand deinen Mund gefickt?«

Wieso stellt er mir Fragen, wenn ich seinen Penis im Mund habe und nicht antworten kann?

Er fing an, meinen Kopf noch schneller vor und zurück zu reißen. Mir wurde schwindlig.

Schließlich löste er doch fast einen Brechreiz aus, ich musste husten und keuchte.

»Ist ja auch ein großer Schwanz, Süße.«

Er ist vielleicht nicht klein, aber so groß nun auch wieder nicht.

Er zog seinen Penis aus meinem Mund.

»Ich will dich von hinten ficken.«

Ich ging auf alle viere. Ich drehte mich zu ihm um, um sicherzugehen, dass er ein Kondom benutzte. Nachdem ich mich vergewissert hatte, drehte ich den Kopf schnell wieder nach vorn, hoffte, dass er es nicht gesehen hatte, und schloss die Augen.

Er drang in mich ein, stieß dabei so schnell zu und rammte mir seinen Penis so weit in die Vagina, dass mich ein scharfer Schmerz durchfuhr. Ich zwang mich zum Stöhnen, als ob es mir gefiel, aber hin und wieder schlich sich auch ein Keuchen oder ein Schmerzensschrei dazwischen.

»Wie viele Kerle fickst du pro Woche? Zehn? Fünfzehn?«

»Ähm, drei oder vier.«

Er will mich erniedrigen, er will, dass ich mich selbst erniedrige. Was, wenn er am Ende sein Geld zurückverlangt, wenn ich nicht mitmache?

»Wie viele, Prinzessin?«

»Meistens zwei pro Tag, manchmal auch drei.«

»Fickst du auch Schwarze?«

»Ja.« Ich fühlte, wie ich rot wurde, weil es mir peinlich war.

»Welche Kerle hast du am liebsten?«

»Ähm …«

»Schwarze?«

»Ähm …«

»Weiße mit großen Schwänzen?«

»Ja.«

Er lachte.

»Los, sag, wie geil du meinen Schwanz findest, du kleine Nutte.«

Ich hatte solche Angst und fühlte mich so gedemütigt, dass ich innerlich ganz taub war.

»Ich liebe deinen Schwanz.« Ich weinte fast vor Schmerzen.

Er lachte wieder und schlug mir ziemlich hart auf den Hintern. Ich schrie vor Schmerz auf.

»Du bist eine kleine geile Schlampe.«

Mir kamen die Tränen.

(Ich zog mich vorübergehend in einen bizarren Geisteszustand zurück, der von meinem Bedürfnis hervorgerufen wurde, mich abzuspalten von der Demütigung, dem Schmerz und meinem Ekel davor, wie willig ich das alles mitmachte.)

»Du bist gern unterwürfig, was?«

»Ja«, stöhnte ich.

Ich muss das alles mitmachen, damit ich bezahlt werde, weil ich nämlich eine Nutte bin. Ich verdiene es, dass man mich so behandelt, es ist mein Job, ich muss ihn zufriedenstellen. Es macht mich geil, wenn mich jemand so behandelt, es gefällt mir. Ich will wie eine wertlose Nutte behandelt werden. Ich bin so erleichtert. Ich muss nicht nachdenken oder jemanden beeindrucken. Ich hab's so satt, mir selbst was vormachen zu müssen, so tun zu müssen, als wäre ich kein wertloses Sexobjekt, denn ich bin ja eins, ich bin eins, das ist so klar. Ich bin eine dumme, wertlose Nutte, und ich mag es, wenn man mich auch so behandelt.

»Ich will in deinem Mund kommen.«

»Okay.«

»Wie heißt das Zauberwort?«

Ja, ich will ihn um sein Sperma anbetteln. Er wird in meinem Mund kommen, weil er mich erniedrigen will, für ihn bin ich kein Mensch mehr. Er ist ehrlich, und das ist eine Erleichterung. Ich bin es so leid, dass Männer so tun, als würden sie etwas anderes in mir sehen als eine Nutte, dass sie irgendeine Frau als etwas anderes ansehen als eine Nutte.

»Bitte«, murmelte ich.

Er ejakulierte mir in den Mund.

Ich liebe den Geschmack von seinem Sperma.

Es würgte mich im Hals.

Ich stand sofort auf, rannte ins Bad, spuckte das Sperma ins Waschbecken und spülte mir den Mund aus.

Als ich zurück ins Zimmer kam, stand er bereits angezogen an der Tür.

»Na dann – danke schön, Süße.«

Ich versuchte zu sagen, *nein, ich habe zu danken, ich hoffe, wir sehen uns mal wieder*, konnte aber nur nicken.

Ich ging mit ihm zur Tür, lächelte ihn an und schloss die Tür hinter ihm.

Ich brach zusammen, rollte mich auf dem Fußboden zusammen, schluchzte und hyperventilierte.

Männer

Marie Calloway
ich bin fest davon überzeugt, dass mich alle hässlich finden und mich nicht ausstehen können, deshalb bin ich so schüchtern

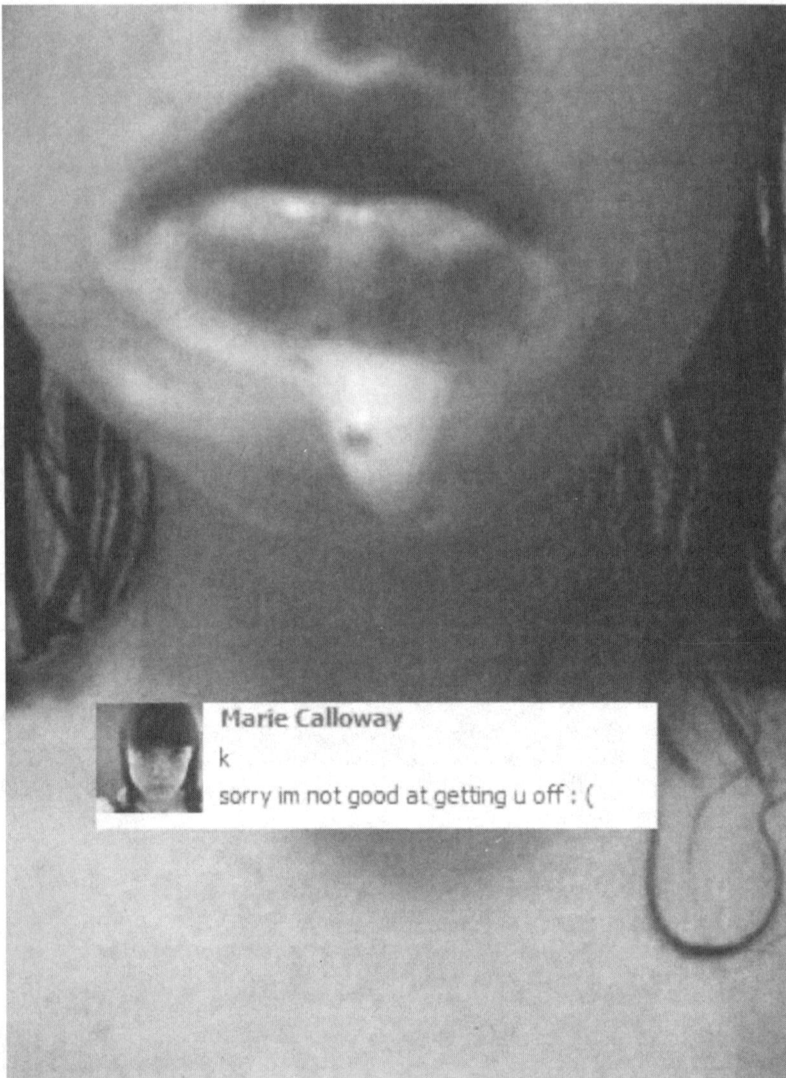

Marie Calloway
ok
sorry dass ich so schlecht darin bin dich zum kommen zu bringen :(

Wow! Ich mache zusammen mit Tao Lin eine Lesung, das war immer ein Traum von mir. In der Schule hatte ich wegen meinem Aussehen und meiner Schüchternheit nie Freunde, aber das bedeutet, dass ich heutzutage cool und attraktiv bin – was immer mein Traum war.

Finden die mich hübsch???????????

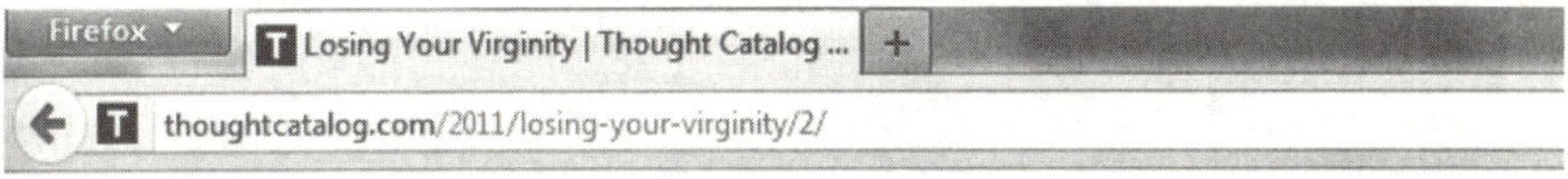

Mitten in der Nacht stand ich auf und ging ins Bad. Ich machte das Licht an und betrachtete mein Gesicht im Spiegel. Etwa zehn Minuten lang versuchte ich irgendetwas an mir zu entdecken, das man hübsch finden konnte, aber ich fand einfach nichts.

marie
meinst du du kannst über mich bestimmen

z
nein erst wenn du hier bist

z
deshalb mache ich mir ein bisschen sorgen … ich will dass du mir mehr gehörst

marie
wir trinken uns einen an und dann treiben wirs und ich erlaub dir dass du sagst dass ich dir gehöre, und du sagst das dann

z
das musst du mir nicht erst erlauben

(er hat es nie getan)

[redacted]

ich will dass du mir zeigst wie hart dich männer rannehmen
ich stell mir gern vor dass dir mein mitbewohner sein sperma ins gesicht schmiert

---

Marie Calloway
hat er auch
yay

[redacted]

was für kranke sachen haben leute schon mit dir gemacht
ja

Marie Calloway
dein mitbewohner hat mich so halb vergewaltigt
war geil

[redacted]

du wolltest ihn nicht aber er hats dir trotzdem besorgt

Marie Calloway
ja
ich hab die ganze zeit gesagt er soll aufhören und hab versucht ihn von mir runterzuschubsen
aber er hat einfach weitergemacht bis er in mir gekommen ist

Wir haben geskypet, er war nackt und hat erst eine Erektion bekommen, als ich davon erzählt habe, wie mich sein Mitbewohner/bester Freund vergewaltigt hat.

Marie Calloway
oh
du bist gekommen
süß

Sein Mitbewohner/bester Freund/mein damaliger Freund.

Nachdem Z weg war, kam er raus und hat eine mit mir geraucht.

»Dein Rock gefällt mir.«

»Meinst du, der ist zu kurz? Sollte ich lieber eine Leggings drunter tragen?«

»Nein.«

[redacted]
ich hab immer gehofft dass du mich nicht leiden kannst

Marie Calloway
wieso

[redacted]
damit ich nicht auf dich stehe

Marie Calloway
oh
ich dachte du magst mich nicht
außerdem bist du doch asexuell
deshalb hab ich nie versucht mit dir ins bett zu gehen

[redacted]
ich wär auf jeden fall mit dir ins bett gegangen ich war so scharf auf dich

[sic]

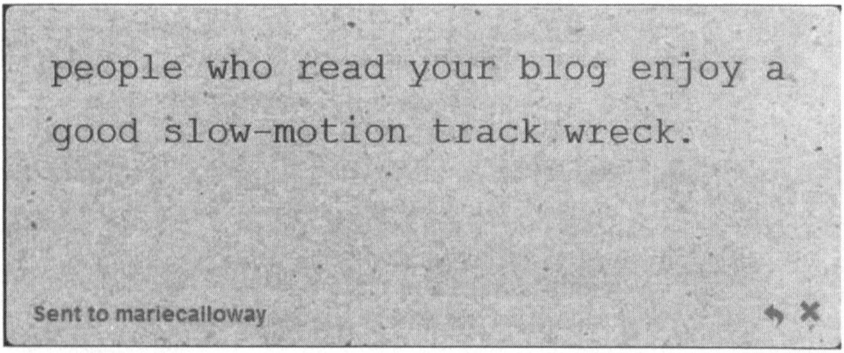

Leute, die dein Blog lesen, sehen sich bestimmt auch gern Zugunglücke in Zeitlupe an.

[redacted]
wieso macht dir webcam-sex mit mir spaß

Marie Calloway
ich finds gut wenn du wegen mir kommst
ich mag wie dein penis aussieht der macht mich geil kA
ich finds gut wenn du deine eier anfasst
und ich mag dein sperma kA
hat mich total geil gemacht als du gekommen bist

[redacted]
was genau daran haha

Marie Calloway
kA
sieht schön aus
und heiß
ich stell mir dann vor dass du in meinem mund/auf mein gesicht kommst
also dass du wegen mir kommst

wie peinlich!!!!!!!!!!!

Marie Calloway
ich liebe dich
ich will bei dir sein
ich hab dir blumen gekauft weil ich dich liebe

[redacted]

du kennst mich doch gar nicht
ich versuche nur mit dir über sex zu reden
du bist so
du wirkst als ob du weißt was du willst
das macht mich an
vielleicht kommt später noch liebe dazu
meine gefühle für dich sind nur sexuell

Marie Calloway
ok
kA
ich will halt ständig hart durch-gefickt werden
aber keiner will mit mir sex haben

[redacted]

du kannst nicht akzeptieren
wenn du dich benutzt fühlst

Marie Calloway
kann ich schon
ich meine
ich mags nicht wenn leute lügen

[redacted]

willst du mal von einem schwanz durchgefickt werden der größer ist als Zs
lügnerin
find ich aber süß
kann ich noch mal dein gesicht sehen

Marie Calloway
ok

---

du rufst [redacted]

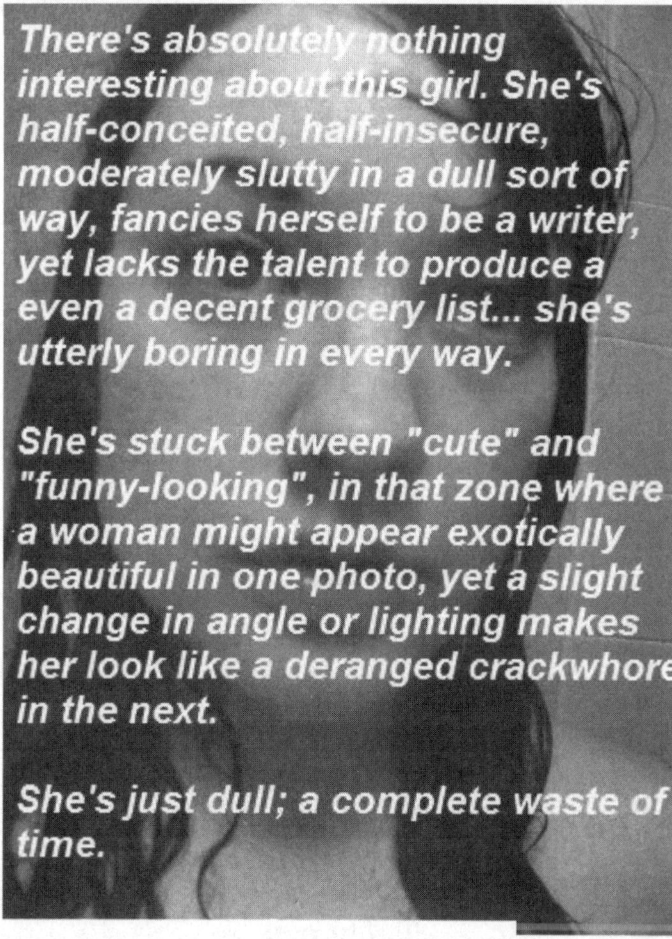

Es gibt absolut nichts Interessantes an diesem Mädchen. Sie ist halb eingebildet, halb unsicher, durchschnittlich nuttig ohne jeglichen Intellekt dahinter, hält sich für eine Schriftstellerin, kann aber nicht mal einen vernünftigen Einkaufszettel schreiben ... sie ist absolut nichtssagend, egal, wie man es betrachtet.

Sie steckt fest zwischen »süß« und »sieht irgendwie seltsam aus«, diese Grauzone, in der Frauen auf einem Foto aussehen wie eine exotische Schönheit, aber eine winzige Veränderung des Winkels oder des Lichts lässt sie auf dem nächsten schon wieder wie eine geistesgestörte Cracknutte aussehen.

Sie ist einfach langweilig, eine völlige Zeitverschwendung.

kann ich noch mal dein gesicht sehen

Marie Calloway
ok

du rufst [redacted]

kann ich noch mal dein gesicht sehen

Marie Calloway
ok

du rufst [redacted]

kann ich noch mal dein gesicht sehen

Marie Calloway
ok

du rufst [redacted]

[»Wenn Männer sagen, ich liebe dich, meinen sie, ich besitze dich«] – Simone de Beauvoir

(hat er nie)

Mir wurde immer gesagt, und ich habe das auch selbst festgestellt, dass man einen Mann nicht dazu bringen kann, sich in einen zu verlieben, indem man mit ihm ins Bett geht. Ich habe es trotzdem oft versucht, und das tat weh. Aber ich hätte nicht gedacht, dass es genauso weh tut, wenn ein Mann keinen Sex mit einem will.

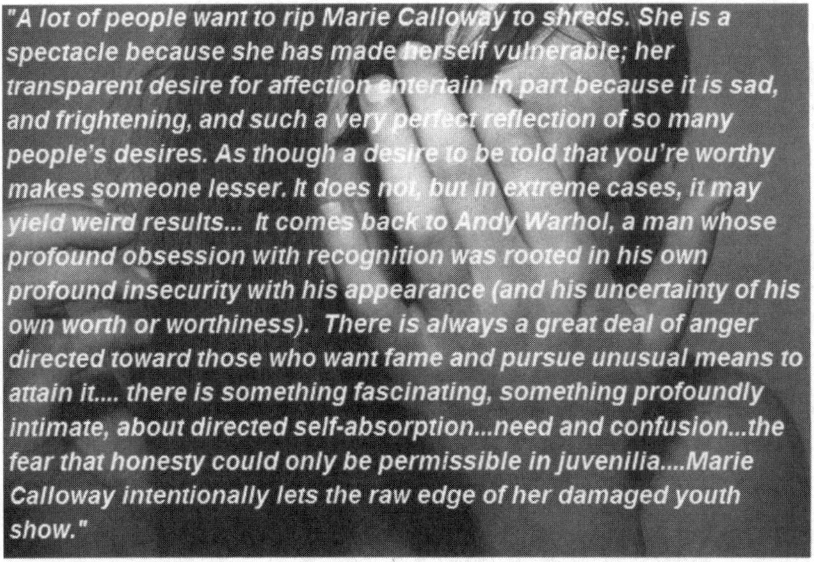

"A lot of people want to rip Marie Calloway to shreds. She is a spectacle because she has made herself vulnerable; her transparent desire for affection entertain in part because it is sad, and frightening, and such a very perfect reflection of so many people's desires. As though a desire to be told that you're worthy makes someone lesser. It does not, but in extreme cases, it may yield weird results... It comes back to Andy Warhol, a man whose profound obsession with recognition was rooted in his own profound insecurity with his appearance (and his uncertainty of his own worth or worthiness). There is always a great deal of anger directed toward those who want fame and pursue unusual means to attain it.... there is something fascinating, something profoundly intimate, about directed self-absorption...need and confusion...the fear that honesty could only be permissible in juvenilia....Marie Calloway intentionally lets the raw edge of her damaged youth show."

»Viele würden Marie Calloway am liebsten in Stücke reißen. Sie hat sich angreifbar gemacht und stellt dadurch eine Art Schauspiel dar. Ihr starkes Bedürfnis nach Anerkennung lädt zum Zusehen ein, weil es so traurig und beängstigend ist und perfekt die Bedürfnisse widerspiegelt, die auch viele andere in sich tragen. Als ob der Wunsch nach Akzeptanz durch andere einen Menschen weniger wert sein lässt! Dem ist nicht so, dennoch kann er in extremen Fällen seltsame Folgen haben … Das Ganze erinnert an Andy Warhol, ein Mann, dessen Fixierung auf Anerkennung aus seinem mangelnden Selbstbewusstsein in Bezug auf sein Äußeres (und seine Zweifel am eigenen Selbstwert) heraus entstand. Diejenigen, die sich nach Berühmtheit sehnen und auf dem Weg dahin auch vor ungewöhnlichen Mitteln nicht zurückschrecken, sehen sich oft mit einer verärgerten Öffentlichkeit konfrontiert … Eine so ausgeprägte Ich-Bezogenheit hat etwas Faszinierendes, etwas sehr Persönliches … Bedürfnisse und Verwirrung … die Angst, Ehrlichkeit würde nur der Jugend verziehen … Marie Calloway macht die Abgründe ihrer kaputten Jugendlichkeit bewusst sichtbar.«

Marie Calloway
wenn ich aufgeraucht habe kannst du mir sagen was ich machen soll um dich sexuell zu erregen

[redacted]

ich finds gut wenn du dich selbst anfasst und dir dabei meinen schwanz ansiehst
und ich sehen kann wie dich das anmacht

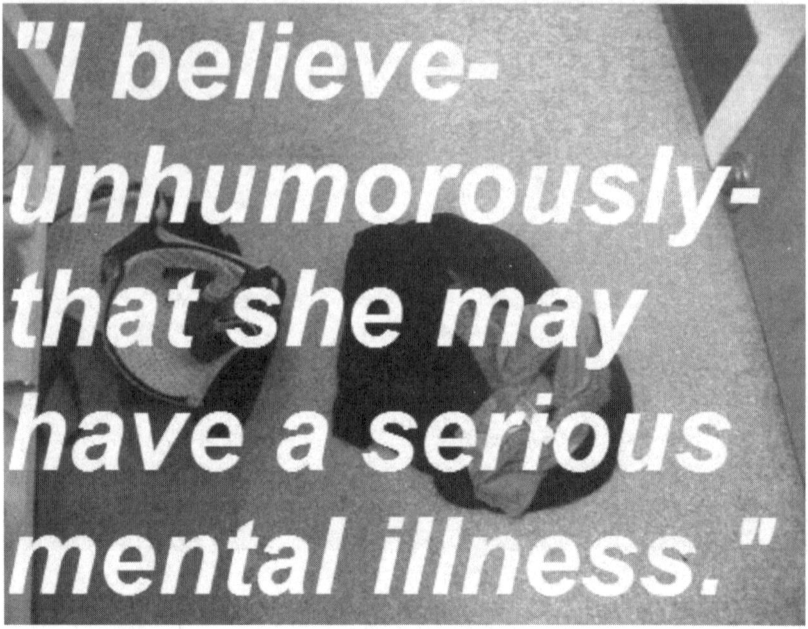

»Ich glaube echt – und das ist jetzt kein Witz –, dass sie eine ernstzunehmende psychische Störung hat.«

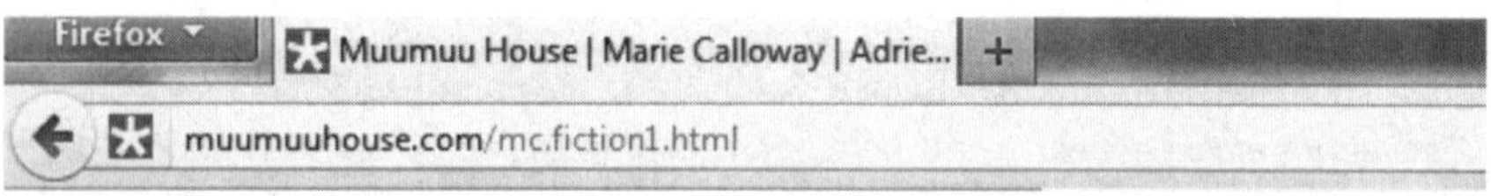

Ich hielt meine Beine fest und drehte den Kopf ein wenig zur Seite.

»Früher war ich wahnsinnig unzufrieden mit meinem Äußeren … ich hab mich jahrelang so hässlich gefühlt, dass ich am liebsten tot gewesen wäre.«

»Das Gefühl kenne ich gut.«

Ich war überrascht. Ich wusste nicht, dass es Männern auch manchmal so ging.

Adrien Brody

»hallo,

ich heiße marie calloway.

danke für dein XXXXX-blog und die anderen sachen, die du schreibst. besonders für deinen essay über pornographie mit dem titel XXXXX. der hat wirklich meinen horizont erweitert (war davor eine streng klassische marxistin).

du kannst dir gern mal meinen tumblr ansehen, wenn du lust hast.«

Ich hatte diese E-Mail im März geschickt, er antwortete monatelang nicht darauf. Das war mir peinlich, weil ich dachte, er hätte die E-Mail zwar gelesen, aber ignoriert.

Doch dann kam im Mai diese Antwort:

»Freut mich, dass du meine Sachen gelesen hast!

Wie du sicher gemerkt hast, sehe ich nicht oft in dieses E-Mail-Postfach, bin sogar zu faul dazu, eine Weiterleitung einzurichten. Tut mir leid, dass ich mich nicht früher gemeldet habe. Ich folge dir ab jetzt auf tumblr.«

»danke für die antwort

wusste nicht, dass du bei tumblr bist
ich hab keine e-mail-adresse finden können, die nicht über XXXXX läuft

kannst dir ja mal meine sachen durchlesen
http://thoughtcatalog.com/author/marie-calloway
tao lin fand beide geschichten gut
X«

> »Mir haben die Geschichten auf Thought Catalog gefallen, sind Tao-Lin-mäßig – so direkt, dass ich mich beim Lesen ein bisschen unwohl fühle, irgendwie geistig schwerfällig. Mir geht gerade auf, dass das nicht nach einem Kompliment klingt, soll es aber sein.
> Außerdem kannst du mir gern an ___@_______.com schreiben, ich werde das XXXXX-Blog wohl demnächst löschen.«

»freut mich, dass dir meine sachen gefallen haben. klingt jetzt vielleicht komisch, aber ich hab mich manchmal gefragt, ob du die geschichten/mein blog nicht total schrecklich finden würdest, weil es ja als genau der egozentrische narzissmus verstanden werden könnte, über den du oft schreibst. dass meine geschichten veröffentlicht wurden, hat sich komisch angefühlt, auch die ganze aufmerksamkeit. hat mir nicht so gefallen. ich hab aber trotzdem bei tao lin angefragt, ob er nicht eine zusammenstellung meiner geschichten und fotos bei muumuu house rausbringen möchte.

bringst du eigentlich bald ein buch raus?
kannst mich auf FB adden, wenn du willst.«

> »Ich weiß nicht, wie man jemanden auf Facebook addet, ich kenne mich mit Facebook überhaupt nicht aus, obwohl ich die ganze Zeit darüber schreibe.
> Vielleicht kannst du mich ja adden.
> Ich habe deine Artikel als Kritik an Narzissmus und Ego-

zentrik verstanden, was schwierig wäre, wenn man das nicht selbst auch zu einem gewissen Grad in sich tragen würde. Gibt ja nichts Narzisstischeres, als sich über Narzissmus aufzuregen (wie ich manchmal). Ich finde, man muss in den Geschichten fühlen können, warum Narzissmus so problematisch und so verbreitet ist, und einen so betäubt, um ihn wirklich zu verstehen.
Früher habe ich immer mitverfolgt, wie viele Klicks meine Blogposts und so bekommen haben. Damals hat mich das alles viel mehr beschäftigt. Ich wusste, wie ich Aufmerksamkeit bekomme, und hatte sehr gemischte Gefühle dem gegenüber. Es war zu einfach, in die Beschäftigung mit dem Thema, über das ich schreiben wollte, auch eine Beschäftigung mit meiner Person einfließen zu lassen. Kann mir sehr gut vorstellen, warum deine Beiträge viel unangenehme Aufmerksamkeit mit sich gebracht haben.«

»ach ja was ich noch fragen wollte: hast du die doku über bebezeva gesehen? Was meinst du dazu :O und was hältst du allgemein von bebezeva??«

»Hab ich noch nicht gesehen, hab's aber vor und sag dir Bescheid.«

Zehn Tage später buchte ich einen Flug nach New York. Eigentlich flog ich hin, um meinen Online-Freund John zu sehen, einen Neunzehnjährigen, der sich in meinen Schreibstil verliebt hatte und mir die Reise komplett bezahlte. Aber heimlich freute ich mich viel mehr auf die Chance, Adrien Brody kennenzulernen.

Ich schrieb ihm eine E-Mail:

»hallo
ich bin vom 26. mai bis 1. juni in brooklyn
ich würde gern mit dir schlafen

so was machst du wahrscheinlich eher nicht aber ich
dachte ich frag trotzdem, hab ja nichts zu verlieren
ich wünsch dir ein schönes leben«

»Hallo

dein Vorschlag klingt interessant. Würde mich gern mit dir treffen, wenn es geht. Sonntag oder Montag passt gut bei mir. Außerdem hab ich immer noch nicht das Bebeveza-Video gesehen, hast du einen Link dafür?«

Auf diese Nachricht antwortete ich nicht, weil ich nicht wusste, was ich sagen sollte, und Angst hatte, etwas Dummes zu schreiben, woraufhin er seine Meinung wieder ändern würde.

Es vergingen vier Tage, in denen wir nichts voneinander hörten. Ich wollte nicht, dass er das Interesse verlor, deshalb meldete ich mich doch wieder. Ich schickte ihm mehrere Fotos von mir in Overknees, die ein Freund gemacht hatte. Ich war gespannt, wie jemand, der immer so gesetzt und intellektuell wirkte, darauf reagieren würde, dass ihm ein junges Mädchen aus dem Internet sexy Fotos von sich schickte.

»hier sind ein paar kunstwerke von einem freund und mir«

»Provokant und gleichzeitig entwaffnend. Bin nicht sicher, ob das die Idee dahinter war, aber ich würde die Fotos am liebsten animieren und in Dauerschleife laufen lassen. Bin gerade auf einer Tagung zum Thema Erzählung und postautonomer Marxismus, und da passte dein Link seltsamerweise perfekt rein – ›Call-Fokussierung, arbeitende Körper, Gegenstände der Narrative‹. Vielleicht hätte ich aber auch nur gern, dass das zusammenpasst. Bin gerade in Amsterdam, ab Montag aber wieder in New York. Würde dich am Sonntag gern sehen.«

Ich war erleichtert und stolz, dass er mich so gutaussehend fand, dass er sich auf jeden Fall mit mir treffen wollte.

Ich kam am Abend des 26. Mai, einem Donnerstag, in New York an. John war noch Jungfrau und verlor seine Jungfräulichkeit in dieser Nacht mit mir. Den Rest der gemeinsamen Zeit verbrachten wir größtenteils damit, essen zu gehen, einkaufen zu gehen, im Bett herumzuliegen und durch New York zu spazieren. Ich war die ganze Zeit nur halb bei ihm, dachte fast ununterbrochen an Adrien Brody.

Am Samstagnachmittag kamen wir (leicht angetrunken) aus dem Central Park zurück ins Hotel, und ich checkte meine E-Mails.

»Sag Bescheid, ob/wann am Sonntag oder Montag, muss planen. Bin vllt erst Sonntagnachmittag wieder in der Stadt. Hoffe, dir gefällt NYC.«

»sonntag passt mir gut, egal wann
du kannst mir eine sms an 702-XXX-XXXX schicken wenn du willst
übrigens – hoffe das ist jetzt nicht zu aufdringlich – würdest du dir ein paar blogposts von mir durchlesen und mir sagen was du davon hältst?
das wär lieb«

»Mach ich. Meld mich morgen gegen 18 Uhr.«

John war den ganzen Sonntag bei einem Freund.

Ich verbrachte den Tag mit Shoppen. Erst kaufte ich John bei Tiffany's eine Flasche Aftershave – eine Art Entschuldigung dafür, dass er so viel Geld für mich ausgab und weil ich mich mit einem anderen Typen treffen wollte. Später ging ich in die überfüllte fünfstöckige Forever-21-Filiale am Times Square und kaufte mir Unterwäsche und Nagellack.

Danach wollte ich etwas trinken gehen, entschied mich aber um und ging stattdessen zurück ins Hotel, legte mich aufs Bett und wartete nervös auf eine Nachricht von Adrien. Ich sah immer wieder auf meinem Handy nach, wie spät es war. Je näher achtzehn Uhr rückte, desto öfter sah ich nach.

Ich versuchte in ein Buch reinzulesen, das ich mir vor kurzem gekauft hatte, konnte mich aber nicht konzentrieren. Ich überlegte die ganze Zeit, ob ich mich nicht lieber noch mal umziehen sollte, mir die Haare anders machen, vielleicht die neue Unterwäsche tragen sollte.

Und dann schickte er mir eine SMS.

Meine Hände zitterten.

»Oh mein Gott, oh mein Gott, oh mein Gott …«, sagte ich immer wieder vor mich hin.

»Bin wieder in der Stadt. Ich bin's, Adrien Brody. Würde gern einen Treffpunkt ausmachen. Wo bist du gerade?«

Ich leitete die SMS sofort an John weiter und klappte mein Handy zu. Ich sah nach, wann die SMS angekommen war: 18:35 Uhr. Ich nahm mir vor, mindestens bis 18:45 Uhr zu warten. Ich legte das Handy aufs Bett und entfernte mich vorsichtig, starrte es aber weiter an.

Ich war nicht sicher, ob ich mir das alles gerade einbildete oder ob es wirklich passierte. Ich dachte eine Weile darüber nach, griff dann um 18:40 Uhr nach dem Handy und schrieb zurück:

»bin in manhattan. 7th avenue ecke 55th street.«

»Ich könnte in 45 Minuten da sein, dann können wir überlegen, wo wir hinwollen. Ich schreib dir eine SMS, wenn ich an der U-Bahn-Station bin, okay?«

»ok.«

Ich betrachtete mich im großen Spiegel des Hotelzimmers und beschloss, mich doch noch mal umzuziehen. Ich fand, dass meine Beine zu dick waren für die Shorts, die ich trug, und zog stattdessen einen schwarzen Bleistiftrock und eine passende blaugestreifte Bluse dazu an.

Ich wollte ihn von der U-Bahn-Station abholen und stellte mich dort vor den Eingang.

Ich machte mir Sorgen um mein Gesicht. Ich betrachtete mich in meinem kleinen Taschenspiegel, traute ihm aber nicht. Ich holte mein Handy raus und machte ein Foto von meinem Gesicht. Jemand lief an mir vorbei und machte sich darüber lustig: »Das Mädchen macht ein Selfie!«

Das Foto sah schrecklich aus. Ich wurde kurz panisch, versuchte aber, mich davon zu überzeugen, dass ich nicht tatsächlich schrecklich aussah. Mit gemischtem Erfolg.

Ich stand halb panisch, halb gelähmt eine gefühlte Ewigkeit vor dem Eingang der U-Bahn-Station, was auch dadurch nicht verkürzt wurde, dass ich alle zwei Minuten auf mein Handy sah. Es war ein seltsames Gefühl, ich hatte ja die letzten zwei Wochen komplett damit zugebracht, mich auf das Treffen zu freuen, aber je näher es nun rückte, desto nervöser und ängstlicher wurde ich. Bestimmt fand er mich hässlich, und ich wusste doch auch gar nicht, worüber ich mit ihm reden sollte, wir würden nebeneinander in einer Bar sitzen und uns anschweigen, irgendwann würde er unter einem Vorwand abhauen und ich die nächsten Monate damit verbringen, voller Demütigung über diesen Tag nachzugrübeln ...

Meine Gedanken wurden von einer SMS unterbrochen.

»Bin da. Sitze in einer trostlosen Kneipe auf der West
56th Ecke 7th in der Nähe von Hooter's und rauche.
Wo bist du?«

»vor der u-bahn-station in der 57th street«

»Auf der Straße? Welche Ecke? Woran erkenne ich dich? Ich habe ein blaues Polohemd an. Glatze.«

Ich ging zum nächsten Straßenschild, um herauszufinden, welche Straße meine kreuzte.

»west.«

Ich lief ziellos die Straßen hoch und runter in der Hoffnung, »West 56th Ecke 7th« zu finden oder ihn selbst vielleicht irgendwo zu entdecken.

Schließlich sah ich ihn auf der anderen Straßenseite.

Davon abgesehen, dass er eine Glatze hatte und ein dunkelblaues Polohemd trug, war mein erster Eindruck von ihm, dass er unsicher und irgendwie fehl am Platz wirkte. Er trug eine schwarze Einkaufstasche, die diesen Eindruck noch verstärkte. Er wirkte seltsam und tollpatschig. Ich fühlte mich dadurch ein bisschen sicherer, als wäre er genauso, wie ich ihn mir vorgestellt hatte.

Ich dachte, er hätte mich ebenfalls entdeckt und würde zu mir herüberkommen, aber stattdessen drehte er sich um und ging in die andere Richtung.

Ich schrieb ihm noch eine SMS, um ganz sicherzugehen:

»trägst du eine tasche?«

»Ja.«

Erst wollte ich ihm eine SMS schreiben, dass er gerade an mir vorbeigelaufen war, aber dann beschloss ich, einfach zu ihm rüber zu gehen. Ich rannte ihm hinterher. Im Vorbeilaufen hörte ich, wie ein Tourist zu seinem Sohn sagte: »Pass auf, dass das Mädchen dich nicht kriegt!« Ich fühlte mich sofort verunsichert, stolperte, fiel hin und verlor dabei einen Schuh. Ich schämte mich und schlug die Hände vors Gesicht.

Mit gesenktem Kopf ging ich zu meinem Schuh hinüber und zog ihn wieder an.

Ich sah hoch. Adrien Brody schaute zu mir herüber. Es war klar, dass er alles gesehen hatte.

Ich ging zu ihm hin. Es war mir sehr peinlich. Ich hoffte, er würde so tun, als wäre nichts passiert. Und genau das tat er auch.

Wir sagten hallo und fingen an zu reden.

Wir gingen nebeneinander her und unterhielten uns ein bisschen. Ich war sehr erleichtert. Es war zwar ein wenig verkrampft, aber er kam mir überhaupt nicht so steif und von oben herab vor, wie ich ihn mir ausgemalt hatte.

Er erzählte, dass er vormittags in Pennsylvania gewesen war, und von seinem Auto.

»Es muss ziemlich nervig sein, hier in der Stadt ein Auto zu haben.«

Er antwortete, dass es tatsächlich sehr anstrengend war, man aber ein Auto bräuchte, um New York ab und zu zu entfliehen. »Manchmal muss das einfach sein.«

Ich fragte mich, wie man in New York unglücklich sein konnte.

»Kommst du aus Las Vegas?«, fragte er.

Das hatte er wahrscheinlich aus meiner Vorwahl geschlossen.

»Ja, aber ich bin fürs College nach Portland gezogen.«

Es war mir peinlich, dass er wusste, dass ich aus Las Vegas war. Wenn mich jemand fragte, wo ich herkam, log ich immer und sagte Portland oder Los Angeles. Ich hatte das Gefühl, dass er mir mit diesem Wissen etwas voraus hatte, als hätte das Image, das ich der Außenwelt präsentieren wollte, damit einen Riss bekommen.

Dann erzählte er jedoch, wie er in den Neunzigern selbst dort gelebt hatte. Mir wurde ganz schwindlig bei dem Gedanken, dass dieser New Yorker Intellektuelle irgendwann mal in Las Vegas gewohnt hatte. Auch noch zur gleichen Zeit wie ich.

Ich wollte das Thema wechseln, also sagte ich die Frage auf, die ich mir zurechtgelegt hatte, bevor wir uns trafen: »Wo wollen wir denn hin?«

Er meinte, wir könnten mit der U-Bahn aus Midtown rausfahren und dann würde er versuchen, eine Bar zu finden, in der es nicht zu laut war.

»Ich bin gerade erst einundzwanzig geworden, Bars sind also immer noch ein bisschen Neuland für mich.«

Ich machte mich jünger, als ich war. Ich wollte herausfinden, wie er dazu stand.

»Ach ja? Na ja, in Bars zu gehen ist schon nett. Da hat man immer was, wo man hinkann.«

Seine Antwort wirkte unsicher, und ich fragte mich, ob es ihm vielleicht unangenehm war, dass ich so viel jünger war als er, anstatt dass er es – wie ich gehofft hatte – aufregend fand.

Ich wusste nicht, was ich tun sollte, also holte ich eine Zigarette aus der Handtasche und zündete sie an.

»Ich rauch auch mal eine«, sagte er und zündete sich ebenfalls eine an.

»Ein Glück, dass du rauchst. Ich hatte schon Angst, dass ich eigentlich hätte fragen müssen, ob es okay ist, dass ich rauche.«

Ich war wirklich froh, dass er rauchte. Das machte ihn in meinen Augen menschlicher. Jetzt fühlte ich mich etwas selbstsicherer und versuchte, möglichst verletzlich zu wirken, um seine Zuneigung zu erlangen.

»Ich hatte Angst, dass man nicht mit dir reden kann. Ich dachte, das wird, als ob ich mit einem Dozenten rede oder so. Ich dachte, ›wie soll ich den bloß beeindrucken?‹.«

»Du musst mich doch nicht beeindrucken! Ich meine, das ist doch schrecklich, wenn Leute denken, sie müssten einen beeindrucken.«

Ich hatte gehofft, er würde sagen, ich hätte ihn schon mit meinem Aussehen beeindruckt oder so was, das hätte mir nämlich etwas von dem unglaublichen Druck genommen, interessant und witzig zu wirken (was ich immer von Männern erwarte), aber das tat er leider nicht.

Wir kamen an der U-Bahn-Station an.

Er ging durch die Tür. Ich fragte ihn, ob ich seine Metro Card benutzen dürfte, weil ich meine in der Nacht zuvor verloren hatte.

»Na klar.« Er gab sie mir.

Im Zug setzten wir uns nebeneinander. Um das Eis zu brechen, fragte ich, ob ich ein Foto von ihm machen dürfte.

»Hast du vor, das zu veröffentlichen?« Er klang ein bisschen ängstlich.

»Nein«, antwortete ich. Ich hatte absolut vor, es zu veröffentlichen.

Ich fotografierte ihn und sah nach, ob das Foto gelungen war. Er sah mir dabei über die Schulter und entdeckte den Bildschirmhintergrund auf meinem Handy, ein Bild von so einem Typen aus Montreal, den ich im Flugzeug nach New York kennengelernt hatte.

»Wer ist das?«

»Ben. Den hab ich auf dem Flug hierher kennengelernt.«

»Wie denn?«

»Na ja, wir haben uns in der Schlange vor dem Abflug gesehen. Und dann saß er zufällig neben mir. Und ...« Ich fing an zu lachen, weil es mir peinlich war.

»Was denn?«

»Ich weiß nicht, ob ich das erzählen sollte.«

»Ist bestimmt okay. Außer du meinst, die Leute hier sollten es lieber nicht hören.« Er zeigte auf die Menschen, die uns gegenübersaßen.

»Wir haben rumgemacht und so halb Sex miteinander gehabt.«

»Etwa auf dem Klo?«

»Nein, wir haben die Tische an den Sitzen vor uns runtergeklappt. Darunter.«

»Von so was träumen Leute immer.«

»Ja, Ben hat gesagt, das hat er sich immer vorgestellt. Ich hatte noch nie darüber nachgedacht.«

Er erzählte mir von einer Überlandfahrt in einem Greyhound-Bus, bei dem die Frau neben ihm erst den Kopf auf seine Schulter gelegt und ihn dann nach und nach immer zielgerichteter angefasst hatte.

»Ich hab mich nicht gewehrt ... ich hab mir nur die ganze Zeit Sorgen gemacht, was ich am Ende der Reise sagen sollte. Wenn wir dann aussteigen würden, müsste ich dann ›Hi, ich bin Adrien!‹ sagen? Aber als der Bus angehalten hat, ist sie einfach ausgestiegen und hat sich nicht noch mal nach mir umgedreht.«

Ich musste darüber sehr lachen und fühlte mich nach dieser komischen Geschichte langsam immer wohler in seiner Gegenwart.

»Du kriegst bestimmt Unmengen Briefe von jungen Mädchen.«

»Nein, eigentlich nicht.«

»Oh, dann muss es ja erst recht seltsam gewesen sein, als du meine Nachricht bekommen hast, dass ich demnächst in New York bin.«

»Es hat mich nicht sonderlich überrascht, nach dem, was ich so von dir gelesen habe bis jetzt. Wo wir gerade dabei sind, ich habe diesen Wahnsinnsblogeintrag von dir gelesen, den du mir geschickt hattest.«

Ich schlug die Hände vors Gesicht und lachte.

»Oh Gott, ich wünschte, du hättest das nicht gelesen.«

»Wieso nicht? Hat mir gefallen.«

»Na ja, ich hab mich mit dem Typen, mit dem ich hier bin, John, im Central Park betrunken, und als wir zurück im Hotel waren, dachte ich auf einmal, es wäre eine tolle Idee, dir und Tao Lin und Momus diesen langen, unzusammenhängenden Blogeintrag zu schicken. Irgendwann war ich dann wieder nüchtern und hab mich unglaublich geschämt. Ich schicke Tao Lin ständig unaufgefordert ganz schlimme Artikel. Ich glaube, früher mochte er mich mal, aber seitdem ich das mache, nicht mehr.«

Er lachte.

Wir stiegen aus und gingen einen engen Gehweg entlang, an Straßenverkäufern und mexikanischen Supermärkten vorbei.

»Was hältst du von Tao Lin?«, fragte ich.

»Ich glaube, er verfolgt ein bestimmtes Ziel, und was er da versucht, ist auch interessant, aber ich persönlich kann das Zeug einfach nicht lesen. Liegt vielleicht daran, dass ich älter bin.«

»Ja, wenn man das liest, versinkt man selbst irgendwie in dieser ganzen Malaise. *Richard Yates* hat mir gefallen, aber seine Kurzgeschichten nicht. Du mochtest *Richard Yates* auch, oder?«

»Hab ich nicht gelesen.«

»Hast du nicht eine Rezension dazu geschrieben?«

»Ach so, *Richard Yates* ... ja, das hab ich wohl teilweise gelesen.«

»Meinst du, Carles ist Tao Lin selbst?«

»Ich glaube, es gibt mehrere Carles. Da ist einmal der witzige, der lange, erzählerische Passagen schreibt, und ich glaube, das ist Tao Lin. Und dann ist da noch der andere, der sich mit Indiemusik auskennt, und den finde ich langweilig.«

»Ich glaube nicht, dass Tao Lin das schreibt, aber ich glaube auch, dass es mehrere Carles gibt. Die Einträge haben teilweise einen ganz unterschiedlichen Stil und die Qualität variiert auch manchmal ganz schön.«

Er nickte.

»Carles hat dich in seiner Blogroll mit aufgezählt!«

»Ja, das fand ich toll. Ich hab auch das Gefühl gehabt, dass sie, also ich denke ja, dass mehrere Personen dahinterstecken, jedenfalls hat es manchmal so gewirkt, als ob sie sich auf was beziehen, was ich geschrieben habe, und das fand ich natürlich auch super.«

»Du hast vorhin von Momus geredet. Wer ist das? Ich hab den Namen schon mal gehört, weiß aber nicht, wer das ist«, sagte er.

»Momus ist so ein schottischer Sänger, der in den Achtzigern berühmt war, er hatte damals einen großen Hit, ›Hairstyle of the Devil‹, und noch ein paar andere. In den Neunzigern hat er dann in Japan Hits für Kahimi Karie produziert und mit anderen japanischen Bands zusammengearbeitet, die in Japan ziemlich und im Westen ein bisschen erfolgreich waren. Dann hat er angefangen, eher so postmoderne Lieder zu schreiben, und er hat auch ein Blog, Click Opera. Das ist ein bisschen so ähnlich wie mit deinem Blog für mich, würde ich sagen. Also, er hat eine Sicht auf die Dinge, die mir ganz neu war, das fand ich interessant. Er und seine Texte und seine Musik hatten einen großen Einfluss auf mich und auf meine Art zu denken, deshalb habe ich früher auf meinem Blog über ihn geschrieben. Und er ist total selbstverliebt, er hat zum Beispiel ...«

»Der hat bestimmt diese Benachrichtigung eingerichtet, wenn jemand seinen Namen googelt.«

»Ja, genau! Deshalb hat er auch mitbekommen, dass ich viel über ihn geschrieben habe, unter anderem über die Gerüchte um ihn, dass er seine langjährige Freundin mit einer Achtzehnjährigen betrügt und dass er fünfzig ist ... das hat er also mitbekommen und dann hat er ein Lied und ein Video darüber gemacht. Und wir haben angefangen zu reden und so ein bisschen per E-Mail miteinander geflirtet. Anfangs hab ich mich ziemlich geschmeichelt gefühlt, aber mittlerweile glaube ich, ich bin da nur eine unter vielen, er hat das bestimmt schon mit Hunderten von Mädchen aus dem Internet gemacht.« Ich musste lachen. »Ich sehe ihn sogar langsam in einem kritischeren Licht. Er hat zum Beispiel gesagt, er wäre in dieses achtzehnjährige Mädchen verliebt und könnte sich ›in ihre Suche nach Identität hineinversetzen‹. Das ist doch traurig, sich mit fünfzig in eine Achtzehnjährige aus dem Internet zu verknallen und zu behaupten, man hätte die ›Suche nach Identität‹ mit ihr gemeinsam.«

»Das heißt ja, dass man was mit allen Menschen auf dieser Erde gemeinsam hat.«

»Mit mir nicht.«

»Ach nein?«

»Nein, ich bin absolut einzigartig, das sehen auch alle anderen so.«

Wir lachten.

Wir kamen bei der Bar an und setzten uns an den Tresen.

Der Barkeeper wollte unsere Ausweise sehen. Ich fragte mich, ob wir ungewöhnlich auf ihn wirkten oder ob es für Mädchen in New York normal war, mit Männern auszugehen, die doppelt so alt waren wie sie.

Der Barkeeper fragte, was wir trinken wollten, und beide Männer erwarteten, dass ich zuerst bestellten würde, aber ich zögerte noch, also sagte Adrien Brody: »Ich hätte gern ein Sierra Nevada.«

»Ich auch«, sagte ich. Ich kam mir albern dabei vor, traute mich aber nicht, das zu bestellen, was ich wirklich trinken wollte, weil ich Angst hatte, er könnte meinen Biergeschmack blöd finden.

»Wie alt bist du?«, fragte ich ihn.

»Ich bin vierzig.«

»Dachte ich mir.«

»Wieso dachtest du dir das?«

»Weil in deinem Facebookprofil steht, dass dein Schulabschluss 1992 war, und da hab ich's ausgerechnet.«

Der Barkeeper stellte die Biere vor uns hin, Adrien bezahlte, und wir fingen an zu trinken.

Plötzlich machte ich ihm die ganze Zeit Komplimente, ohne richtig darüber nachzudenken. »Ich wollte mich unbedingt mit dir treffen, weil du sehr intelligent wirkst.«

»Dann stell dich mal auf eine große Enttäuschung ein.«

Ich lachte.

Ich fragte ihn über die Konferenz in Amsterdam aus, bei der er gewesen war.

Er erzählte mir davon. Seine Frustration war sehr deutlich.

»Manche Leute kannten mein Blog, aber ich habe das Gefühl, keiner nimmt es wirklich ernst, nur wegen der Plattform, auf der es veröffentlicht wird. Und mich nehmen sie auch nicht ernst, weil ich keinen Doktor in Soziologie oder Philosophie habe. Dabei bin ich schlauer als die. Der einzige Unterschied zwischen denen und mir ist, dass sie Dozenten sind.«

»Schreibst du irgendwann mal ein Buch?«

Er erzählte, dass einer seiner Freunde immer wieder versuchte, ihn zu einem Buch zu überreden, aber er hätte keine richtige Lust dazu. Dieser Freund wäre sehr ehrgeizig und würde ständig versuchen, ihm diesen Ehrgeiz aufzuzwingen. Er meinte, er würde »die ganze Zeit im Kreis gehen« und alle anderen immer »auf diese total bescheidene Art angeben und sich hervortun«, und dass ihn das abstoßen würde.

»Ja, das konnte ich auch noch nie leiden. Wenn ich mich mit anderen Schriftstellerinnen unterhalte und die alle immer so wahnsinnig ehrgeizig sind und damit angeben, auf den verschiedensten Plattformen veröffentlicht worden zu sein und so.« Ich schüttelte den Kopf.

»Was hältst du von *n+1*?«, fragte er.

»Was ist das denn? Hab ich schon mal irgendwo gehört, aber ich kann mich nicht erinnern, worum es ging.«

Er sagte, er sei erleichtert, dass es mir nicht wichtig war.

»Das ist so eine Zeitschrift, die in den Literaturkreisen in Brooklyn gerade sehr angesagt ist.« Alle wären total begeistert davon, er aber nicht.

Mir fiel ein, dass ich den Namen nur kannte, weil ich einen Artikel von ihm für das Blatt gelesen hatte.

Seine Freunde wollten ihn dazu überreden, von Queens, wo er jetzt wohnte, nach Brooklyn zu ziehen.

»Ich glaube, es ist ganz gut, nicht dort zu leben und ständig von dieser Kultur umgeben zu sein«, sagte ich.

»Ja, genau. Mir gefällt, wo ich wohne.«

Ich erzählte ihm, dass ich mit den Intellektuellen und Aktivisten in meinem Bekanntenkreis auch nichts anfangen konnte.

»Ich habe mich zum Beispiel eine Weile mit Sozialpolitik beschäftigt, aber auf Demos habe ich mich immer geschämt. Diese Collegekids, die sich für die Vorreiter der Arbeiterklasse halten. Ich glaube nicht an die sozialistische Revolution.«

Das hatte ich bis jetzt nie vor jemandem zugegeben, noch nicht einmal vor mir selbst.

»Ich auch nicht. Wenn ich mir die Linken in meinem Bekanntenkreis so ansehe, dieser eine Freund zum Beispiel, der unbedingt will, dass ich ein Buch schreibe, dann muss ich immer daran denken, wie priviligiert die doch alle sind. Er sagt zum Beispiel so Sachen wie: ›Ich war auf keiner Elite-Uni, ich habe nur an der University of Maryland studiert.‹ Als ob das irgendwas aussagen würde!«

»Redest du von ____ _______?« Das war ein Schriftsteller, der für dieselben Zeitschriften schrieb wie Adrien Brody und dessen Artikel ich manchmal las. Ich kannte ihn gut genug, um herauszuhören, dass es gerade um ihn ging.

»Ja, ____ _____.«

»Der ist doch erst zweiundzwanzig, oder?« Ich war überrascht. »Der ist so schlau!«

»Er ist ganz schön schlau, ja.«

Adrien erzählte noch ein bisschen mehr über ____ _____, dass er sich immer ziemlich aggressiv ins Rampenlicht stellte und sich selbst sehr ernst nahm. »Aber vielleicht muss man das auch, wenn man Erfolg haben will.«

»Und wenn ___ _____ die Revolution anführen würde?«

»Dann ... gäbe es keine Gnade«, antwortete Adrien.

Er erzählte von der »akademischen Linken«, die wohl auf ihn herabblickte. Ich fand ihr Überlegenheitsgefühl, das er beschrieb, gleichermaßen interessant wie überraschend, denn meine Erfahrungen mit der »akademischen Linken« hatten sich bis jetzt auf den gehässigen Vorwurf beschränkt, das seien alles Möchtegernrevolutionäre, die heimlich vor den Machthabern buckelten.

Langsam hatte ich wirklich Lust, mit ihm zu schlafen.

»Ich bin schon ein bisschen betrunken«, log ich, damit ich eine Ausrede dafür hatte, mit ihm zu flirten.

Aber er sagte nur: »Willst du vielleicht was essen?«

»Okay«, sagte ich und überlegte, wie ich jetzt aus dieser Nummer wieder rauskam.

Wir verließen die Bar und liefen die Straße hinunter. Er ging vor, ich folgte ihm.

Ich zündete mir eine Zigarette an.

Er holte eine Packung Tabletten aus der Tasche.

»Was hast du denn da?«

»Ritalin. Ich dachte, ich nehme lieber ein paar, damit ich nicht den Rest des Tages so fertig bin.«

»Kann ich auch eine?«

»Klar.«

Ich steckte mir die Tablette in den Mund.

»Wenn du die ganze Zeit rauchst, will ich auch viel mehr rauchen, als gut wäre.«

»Ich habe also einen schlechten Einfluss auf dich. Aber hey, du hast mir gerade Ritalin gegeben, also hast du auch einen schlechten Einfluss auf mich.«

»Ein gegenseitiger schlechter Einfluss«, sagte er.

Unterwegs unterhielten wir uns über Beziehungen und Verliebtheiten.

Er erzählte von einem ehemaligen Mitbewohner, der oft Frauen mit nach Hause brachte, Sex mit ihnen hatte und dann einfach abhaute. Und Adrien fiel die Aufgabe zu, das Mädchen danach zu trösten und »das Emotionale« zu übernehmen, das mit One-Night-Stands und Dating einherging.

Dann erzählte er mir eine Geschichte über einen Freund, dem die Frauen nur so zuflogen, und dessen Geheimnis war, dass er sehr dominant auftrat, die Frauen sozusagen lediglich über die Tatsache aufklärte, dass sie später mit ihm nach Hause gehen würden.

Ich glaubte, eine gewisse Bitterkeit herauszuhören.

»Lehnst du Frauen vielleicht ab, weil du meinst, sie hätten dich gern dominant und aggressiv, was du aber nicht sein kannst oder willst?«

»Darüber habe ich auch schon nachgedacht. Und das ist eine sehr direkte Art, es auszudrücken.«

»Die Typen, auf die ich so stehe, sind meistens so wie du, ich muss immer sehr direkt sein und sie erst überzeugen«, sagte ich und lächelte etwas beschämt.

Wir kamen an einem Café vorbei und blieben stehen.

Ich warf einen Blick hinein. Drinnen war es voll und sehr laut. Mir graute davor, mit ihm bei einem langen Essen in so einem Lokal sitzen zu müssen.

Ich nahm einen Zug von meiner Zigarette.

»Hast du wirklich Hunger?«, fragte ich.

»Ja.«

»Willst du jetzt wirklich unbedingt was essen?«

»Ja.«

Ich sah an ihm vorbei auf die Straße.

»Wollen wir irgendwohin und Sex haben?«

Drei Sekunden Schweigen.

»Können wir natürlich auch.«

Wir gingen an dem Café vorbei und die Straße hinunter. Ich lief ziemlich schnell, weil ich so aufgeregt war.

»Mir ist einfach gerade nicht danach, in so einem lauten Café zu sitzen«, sagte ich.

»Kann ich verstehen.«

»Wie weit ist es zu dir?«

»Lass uns ein Taxi nehmen.« Er klang auch sehr aufgeregt.

Er winkte ein Taxi heran, wir stiegen ein, und er nannte dem Fahrer die Adresse.

Ich rutschte ein Stück auf dem Sitz hinunter, legte Adrien den Kopf auf die Schulter und nahm seine Hand.

Er sah mich an.

Seine Nervosität war ihm anzumerken.

Wir fuhren eine Weile stumm vor uns hin, mein Kopf auf seiner Schulter, seine Hand in meiner.

»Was sagt dein Freund eigentlich dazu, dass du dich mit mir triffst?« Er klang besorgt, und ich wunderte mich, dass es ihn interessierte, was John dachte.

»Ach, dem ist das egal. Er trifft sich heute mit irgendeinem Mädchen aus Taiwan oder so.«

»Aha.«

»Kriegst du gerade kalte Füße? Wenn wir das hier durchziehen, wirst du es garantiert nicht bereuen, das kann ich dir versprechen ... tut mir leid, das klang gerade ganz schön bescheuert.« Ich fing an zu lachen. Mir war schon klar gewesen, was das für ein blöder Satz war, bevor ich ihn ausgesprochen hatte, hatte mich aber trotzdem nicht zusammenreißen können.

Er lachte auch.

»Weil ... es ist nur ... ich habe eine Freundin.«

»Oh.«

Ich setzte mich wieder aufrecht und sah aus dem Fenster.

Wir schwiegen.

Mein erster Gedanke war, dass ich das lieber nicht gewusst hätte. Ich fand es unfair, dass er von seiner Freundin erzählte und mir damit einen Teil der Verantwortung überhalf, falls wir tatsächlich Sex haben würden.

Mich überraschte auch, dass er überhaupt eine Freundin hatte. Seine Frustration in Bezug auf das Thema Frauen hatte mich davon ausgehen lassen, er wäre Single.

Außerdem hatte ich nach dem Lesen seiner Artikel den Eindruck, dass ihm die Würde eines Menschen wichtig war und er menschliche Emotionen und Verbindungen für geradezu heilig hielt. Das mochte ich neben seiner Intelligenz am meisten an ihm. Es kam mir unmöglich vor, dass er seine Freundin betrügen würde. Dass er bereit war, diese Werte zu verraten, desillusionierte mich genauso, wie es mich anmachte.

»Ich habe mich halt nicht getraut, dir das vorher zu sagen. Ich dachte, dann triffst du dich gar nicht erst mit mir.«

Ich konnte kaum glauben, dass ich ihm tatsächlich etwas bedeutete. Vor unserem Treffen hatte ich das Gefühl gehabt, dass es ihm nicht unbedingt wichtig war, ob wir uns kennenlernten, dass ich eher ein Nebengedanke weit hinten in seinem Kopf war. Ich war sehr geschmeichelt von der Erkenntnis, dass er mir Dinge über sich verschwiegen hatte, damit ich mich auch ja mit ihm traf.

Dieses Geschmeicheltsein verwandelte sich jedoch schnell in einen diffusen Ekel vor dem mangelnden Respekt, den er sowohl gegenüber seiner Freundin als auch mir mit dieser Geschichte bewies. Er hatte mir schließlich erst im letzten Moment davon erzählt, als es für mich schwierig gewesen wäre, noch einen Rückzieher zu machen.

Vielleicht waren Männer einfach so, egal, wie feministisch und intelligent sie daherkamen.

»Ist okay. Also, es wäre ja ganz schön scheinheilig von mir, dir zum Vorwurf zu machen, dass du sie betrügst.«

»Aber es geht nicht darum, ob du scheinheilig bist oder nicht. Es geht darum, ob du das hier trotzdem noch machen willst oder nicht.«

»Stimmt.«

»Ich hoffe, dass wir auf jeden Fall in Kontakt bleiben können«, sagte er.

Ich freute mich und war überrascht, das zu hören. Mir war nicht bewusst gewesen, dass er sich gern mit mir unterhalten hatte. Und mir fiel auf, dass dies das erste Mal gewesen war, dass ein Mann so etwas zu mir gesagt hatte, dass er meine Gesellschaft mochte, ohne dass wir Sex gehabt hatten.

Ich war immer sehr dagegen gewesen, mich in Beziehungen zu drängen und sie damit zu zerstören, aber alles war so gut gelaufen. Ich konnte mir die Chance nicht entgehen lassen, mit meinem intellektuellen Idol zu schlafen. Ich wusste, ich war nicht stark genug, um nein zu sagen, und dass ich es für immer bereuen würde, wenn ich nicht mit ihm ins Bett ging.

Ich lehnte meinen Kopf wieder an seine Brust.

»Stehst du sehr auf junge Hipstermädchen?«

»Also, ich suche sie mir jetzt nicht nach dieser Kategorie gezielt aus oder so.«

»Hm, ich hatte irgendwie das Gefühl, dass es bei deinen Artikeln darum ging. Dass du deshalb auch XXXXXX gefolgt bist, und dann immer diese vielen Artikel über Hipster …«

»Denken das viele Leute? Nein, also nicht Hipster an sich, mich interessiert diese ganze Art zu leben, die es ja aber auch schon immer gegeben hat.«

»Als du jünger warst, hast du dich da für die Hipsterkultur interessiert, aber hattest vielleicht das Gefühl, nicht richtig dazuzugehören?«

»Irgendwie schon. Ich hatte immer das Gefühl, mich am Rand zu bewegen, von innen herauszusehen, oder vielleicht auch, als würde ich aus dem Inneren heraus das Innere betrachten.«

Ich war ein bisschen enttäuscht, weil ich mir so sicher gewesen war, dass ich seine Art zu schreiben richtig interpretiert hatte. Dass uns diese Subkultur aus demselben Grund faszinierte – weil sie uns ausgrenzte.

Wir kamen an seiner Wohnung an. Es ging zwei Treppen hoch.

Er öffnete die Tür, und als Erstes fielen mir die Dielen auf, dann die vielen Bücherregale an den Wänden. Dann entdeckte ich seine Gitarre, das Sofa, den Couchtisch und den Schreibtisch.

»Alles so, wie du es dir vorgestellt hast?«, fragte er.

»Ich habe nie darüber nachgedacht, wie deine Wohnung wohl aussieht. Aber wenn ich es mir hätte vorstellen müssen, dann so.«

Ich sah mir die Bücherregale näher an.

Ich konzentrierte mich auf eins neben seinem Schreibtisch, das voller marxistischer Literatur war. Ich nahm das *Kapital* heraus.

»Hast du wirklich das *Kapital* gelesen?«

»Ja. Zumindest den ersten Band.«

»Sorry, ich bin ganz schön neugierig.«

»Kein Problem. Ist auch immer das Erste, was mich in der Wohnung von anderen Leuten interessiert.«

Ich sah mir die anderen Bücher an.

»Fällt eigentlich auf, dass an vielen Büchern, die ich angeblich gelesen habe, die Buchrücken noch ganz sind?«

»Kann ich mal an deinen Computer?«

Er sagte ja, also setzte ich mich auf seinen Schreibtischstuhl und klickte mich durch Fotos und Dateien. Der erste Ordner, der mir ins Auge fiel, hatte den Titel »Haare«. Ich öffnete ihn. Er war voller Fotos von hübschen Frauen mit langen braunen Haaren. Auf manchen Fotos waren nur Haare zu sehen. Erst dachte ich, er hätte so was wie einen Haarfetisch, aber dann ging mir auf, dass das wahrscheinlich seine Freundin war. Ich war überrascht, wie hübsch sie war.

»Wer ist das?«

»Meine Freundin.«

»Wie alt ist sie?«

»Mitte dreißig.«

Beim Anblick dieser Fotos fühlte ich mein Selbstbewusstsein schwinden.

»Findest du mich hübsch?«

»Ja, sehr.«

»Findest du mich intelligent?«

»Was?«

»Tut mir leid, ich bitte Leute immer sehr direkt um Komplimente.«

»Ja, ich finde dich sehr intelligent. Das ist doch offensichtlich.«

Er stand neben mir. Ich hob die Füße vom Schreibtisch und stellte sie auf seinen Schultern ab.

»Ich weiß nicht. Ich wusste zum Beispiel nicht mal, wer Spinoza ist, bis du ihn vor ein paar Tagen in einem Artikel erwähnt hast.«

»Da bist du nicht die Einzige. Auf der Konferenz hatte kaum jemand eine Ahnung, wer Spinoza ist. Ich habe auch nur ganz wenig von ihm gelesen.«

Ich war erleichtert. Wahrscheinlich stimmte es doch, dass Intellektuelle immer nur so tun. Auf mich traf das jedenfalls zu.

»Ich fand es lustig, wie du dich über Leute in deinem Bekanntenkreis aufgeregt hast, die so selbstverliebt und angeberisch sind, und einen Moment später erzählst du, dass du viel schlauer bist als sie.«

Dazu sagte er nichts. Er war damit beschäftigt, meine Beine zu streicheln.

Ich betrachtete sie. Ich hoffte, er würde die Cellulite an der Innenseite meiner Oberschenkel nicht bemerken.

»Gefallen dir meine Beine?«

»Ich krieg gar nicht genug von ihnen.«

»Kann ich deine E-Mails lesen?«

»Das ist aber ganz schön privat.«

»Okay. Stimmt, die andere Person kann auch gar nicht ja oder nein dazu sagen.«

»Darf ich drinnen rauchen?«

»Lass uns lieber vor die Tür gehen.«

»Okay. Hast du Bier da?«

Ich folgte ihm in die Küche. Er goss mir ein Glas Bier ein. Dann gingen wir auf die Straße.

Ich zündete mir eine Zigarette an und nahm einen Schluck Bier. Ich trank das ganze Glas ziemlich schnell aus, und weil ich den ganzen Tag noch nichts gegessen hatte und ohnehin eher ein Leichtgewicht bin, fühlte ich mich sofort ganz schön betrunken.

»Hast du deine Freundin schon mal betrogen?«

»Ja.«

»Mit wem?«

»Mit einer Frau in Deutschland.«

»Guckst du ab und zu Pornos?«

»Ja«, gab er betreten zu. »Ich habe das Gefühl, mein Privatleben unterscheidet sich sehr stark von meiner öffentlichen Person. Ich sehe mir gern Videos an von Frauen, die masturbieren.«

»Dachte ich mir. Ist bei Männern wie dir immer so.«

»Bei solchen Videos ist es wahrscheinlich einfacher, sich vorzumachen, dass die Frauen dabei nicht ausgenutzt werden. Wenn du willst, kann ich dir mal ein paar Seiten mit Videos zeigen, die ich mir so ansehe.«

Seine Stimme klang komisch, und ich war nicht sicher, ob es ihn anmachte, mir zu zeigen, auf was für Pornos er stand, oder ob ihm das Thema eher unangenehm war.

»Sasha Grey«, sagte ich.

»So was interessiert mich eher nicht.«

»Ich finde es immer sehr erhellend zu hören, was Leute so von Sasha Grey halten.«

»Ich glaube, es sagt viel über einen aus, auf was für Pornos man steht.«

»Finde ich auch!« Ich freute mich, dass jemand meine Überzeugung vom Zusammenhang zwischen Persönlichkeit und Pornovorlieben teilte.

»Da drüben ist ein Polizist«, sagte er. Ich sah in die Richtung, in die er zeigte, und sah einen Polizisten auf uns zukommen. »Was machen wir jetzt?«, fragte ich, trat meine Zigarette aus und versuchte, das Bier zu verstecken. »Lass uns einfach ...« Er drehte sich um, zeigte auf die Haustür und wir gingen schnell zurück in seine Wohnung. Ich setzte mich wieder auf seinen Schreibtischstuhl. Ich knöpfte mir die Bluse auf, so dass man meinen BH sehen konnte. Er stand wieder neben mir. Ich tat so, als hätte ich gar nichts gemacht, ging auf Grooveshark und machte Musik an.

»Ach ja, jetzt zeig mir mal, was du so an Pornos magst.« Ich machte ihm Platz.

Er setzte sich an den Computer und tippte »sodrained. tumblr.com«.

»Tumblr?«

»Ja, da gibt's einfach die besten Sachen.«

»Sodrained«, sagte ich. Der Name brachte mich zum Lachen.

Es waren Fotos von braunhaarigen Frauen mit Modelmaßen, die vor der Kamera posierten. Sie sahen nicht aus wie typische Pornodarstellerinnen, aber sie waren alle sehr dünn und auf die gleiche langweilige Art hübsch. Die Fotos hatten auch diesen typischen Touch von Objektifizierung. Innerlich warf ich das Adrien vor.

»Ich zeig dir mal was, das soll wohl Pornographie sein, aber ich finde es sehr schön und ästhetisch.«

Ich ging auf YouTube und öffnete Aki Hoshinos »Sneaker Lover«-Video, das Schönste und ästhetisch Ansprechendste, was ich in den letzten zwei Jahren gesehen hatte – obwohl es nur ein Softporno sein sollte.

»Hm, also, da kommt auf jeden Fall eine gewisse Verletzlichkeit rüber«, sagte er.

Er schien nicht nachvollziehen zu können, was mich an dem Video berührte.

Vielleicht sind Männer generell nicht in der Lage, in solchen Videos etwas anderes zu sehen als einen Orgasmusauslöser.

»Ich war mal sehr in einen irischen Fotografen verliebt, den ich in London kennengelernt habe. Er war siebenunddreißig, hat aber behauptet, er wäre dreißig, um junge Mädchen aus dem Internet zu sich nach Hause zu kriegen. Er wollte Nacktfotos von ihnen machen und mit ihnen ins Bett gehen. Das klingt jetzt total schlimm, aber er war wirklich interessant und auch ein bisschen mysteriös. Und ich war wirklich sehr verliebt in ihn. Ich zeig dir mal sein Blog.«

Ich tippte die Adresse ein und scrollte durch die Seiten, größtenteils Nacktfotos von jungen asiatischen Mädchen.

»Früher haben mich diese Fotos immer so wütend und eifersüchtig gemacht. Heutzutage machen sie mir nichts mehr aus. Aber früher hat mich das so mitgenommen, dass ich manchmal sogar weinen musste.«

Ich fand ein Foto von ihm selbst. Er war groß und dünn und blond.

»Sieht der nicht toll aus?«

Adrien zuckte mit den Schultern. »Sieht halt aus wie ein typischer Ire.«

Ich stand auf.

»Wollen wir zusammen baden?«

»Klar.«

Ich ging vor ins Bad.

Er ließ das Wasser ein, während ich mich auszog. Ich stieg in die Wanne und sah ihm dabei zu, wie er sich auszog. Der Anblick seiner Beine rührte mich, sie waren so lang und blass und dünn.

Ich zog die Knie bis ans Kinn.

»Eines Tages zeigt Tom einem zum ersten Mal XXXXX XXXXXX XXXXXXXXXX, und dann sitzt man plötzlich mit Adrien Brody in der Badewanne.«

Wir lachten beide.

»Wer ist Tom?«

Ich grinste. »Mein Exfreund. Mittlerweile ist er mein bester Freund. Er war der Erste, der mich wirklich geliebt hat. Ich wusste bis dahin nicht mal, dass es überhaupt möglich ist, so viel für einen anderen Menschen zu empfinden.«

»Mit wie vielen warst du schon im Bett?«, fragte ich.

»Ich führe keine Strichliste.«

»Schon klar, aber so ungefähr weißt du es doch bestimmt.«

»Etwa fünfzehn.«

»Oh, da habe ich also mit mehr Leuten geschlafen als du.«

»Davon bin ich ausgegangen.«

»Findest du mich gut, also vom Aussehen her?«, fragte er.

»Ja, klar.« Ich war mir ehrlich gesagt nicht ganz sicher, ob das stimmte. »Findest du mich gutaussehend?«

»Natürlich«, antwortete er.

Ich hielt meine Beine fest und drehte den Kopf ein wenig zur Seite.

»Früher war ich wahnsinnig unzufrieden mit meinem Äußeren ... ich hab mich jahrelang so hässlich gefühlt, dass ich am liebsten tot gewesen wäre.«

»Das Gefühl kenne ich gut.«

Ich war überrascht. Ich wusste nicht, dass es Männern auch manchmal so ging.

Ich stieg aus der Wanne und wickelte mir ein Handtuch um. Ich ging ins Schlafzimmer und legte mich aufs Bett. Kurz darauf legte er sich neben mich. Auf einem Schreibtisch in der Ecke entdeckte ich mehrere Fläschchen mit rotem Nagellack.

»Wieso hast du hier roten Nagellack rumstehen?«

»Der ist von meiner Freundin. Wir wohnen nicht zusammen, aber ab und zu übernachtet sie bei mir, und da wollte sie ein paar Sachen hierlassen. Ich hatte keine Lust, mich deshalb mit ihr zu streiten.«

»Magst du deine Freundin nicht?«

»Doch, natürlich mag ich sie. Sie liebt mich, und ich liebe sie. Aber ich langweile mich eben auch mit ihr.«

Ich rutschte an ihn heran, bis sich unsere Bäuche berührten und ich das Gesicht an seiner Brust vergraben konnte.

»Normalerweise hasse ich es, mich mit Leuten zu unterhalten«, sagte ich. »Für mich ist Reden nur was, um an Sex zu kommen. Aber mit dir würde ich mich lieber unterhalten, als Sex zu haben.«

»Für dich ist Reden etwas, um an Sex zu kommen?«

»Ja.«

Das war das erste Mal, dass ich das vor mir selbst zugegeben hatte. Wäre ich nicht so betrunken gewesen, wäre ich bestimmt sehr traurig geworden.

Er hielt meine Hand und streichelte meine Haare.

»Du denkst bestimmt, du bist seltsam, aber das bist du gar nicht.«

Das fand ich lieb von ihm, wusste aber, dass er weniger mit mir als mit sich selbst sprach, oder zumindest mit dem, was er von sich auf mich projizierte.

Trotzdem war ich so gerührt, dass ich sagte: »Kann ich dir mal was sagen? Es ist was ziemlich Betrunkenes, also darfst du es mir hinterher nicht zum Vorwurf machen.«

Er sagte, klar.

»Ich liebe dich.«

Er wirkte ziemlich überrascht, sagte aber sofort irgendwas Nettes als Antwort; was genau, habe ich vergessen.

Ich erzählte ihm, dass ich Oralsex nicht fühlen konnte.

Er fragte, warum.

»Kann ich dir nicht erklären, ohne dir damit zu viel über mein Leben zu erzählen.«

»Ich würde es aber gern hören. Wir müssen doch keine Geheimnisse voreinander haben, uns braucht doch so was nicht peinlich voreinander zu sein.«

Ich schüttelte nur lächelnd den Kopf.

Ich hätte ihm gern alles erzählt, tat es aber nicht. Ich hatte schon zu viele schmerzhafte Erfahrungen damit machen müssen, dass ich mich Männern gegenüber geöffnet hatte und die dann peinlich berührt waren und abhauten. Alle bis auf Tom jedenfalls.

»Wenn ich in New York wohnen würde, würdest du dann mit mir zusammen sein wollen?«

»Keine Ahnung. Schwer zu sagen. Du wohnst ja nicht in New York. Und wir stecken auch gerade in ganz unterschiedlichen Lebensphasen ...«

»Männer finden mich immer total faszinierend und wollen mit mir ins Bett, aber eine Beziehung will keiner.«

»Ich hoffe sehr, dass das nicht das ist, was du von dieser Begegnung in Erinnerung behältst, also dass ich keine Beziehung mit dir haben wollen würde.«

Ich küsste ihn. Es war ein schönes Gefühl, es war ein sehr liebevoller und sanfter Kuss.

Er setzte sich auf mich drauf. Er streichelte meine Brüste und leckte an den Brustwarzen. Dann rieb er seinen Schwanz zwischen meinen Brüsten, was mir sehr lustig vorkam.

Ach, ernstzunehmende Intellektuelle sind im Grunde auch nicht anders als dreizehnjährige Jungs.

Er rutschte an mir herunter, bis sein Kopf zwischen meinen Oberschenkeln war.

Er leckte mich eine Weile, und ich stöhnte gespielt und tat so, als würde es mir gefallen.

»Kannst du mir dabei vielleicht noch einen Finger reinstecken?«

Das tat er, und da machte es mir tatsächlich Spaß.

Er kam wieder hoch, und ich küsste ihn. Das fand er sehr aufregend.

»Hat sich das eben gut für dich angefühlt?«, fragte er.

»Hat sich das eben gut für dich angefühlt?«, fragte ich zurück.

»Ja, absolut.«

Für zwei unsichere Menschen ist es nicht leicht, Sex zu haben. Wir können uns nie völlig entspannen und einfach genießen. Wir machen uns die ganze Zeit Sorgen, was der andere wohl gerade von uns denkt.

Ich fasste mich ein bisschen an, steckte mir den Finger in den Mund und dann ihm.

Ich fing an, ihm einen zu blasen.

Er stöhnte, es klang fast überrascht.

Nach einer Minute fragte er: »Kann ich dir sagen, wie du es machen sollst?«

»Ja.«

»Langsam, und nimm ihn nur ein kleines Stück in den Mund. Der obere Teil ist am empfindlichsten.«

»Ich weiß.« Ich leckte langsam darüber. Ich mag das ja, war aber überrascht, dass es ihm anscheinend auch gefiel. Normalerweise wollen Männer einem den Schwanz immer gleich bis in den Hals schieben.

Er bewegte sein Becken, so dass sein Schwanz leicht in meinen Mund rein und wieder raus glitt. Es fühlte sich toll an. Ich weiß wirklich nicht, wieso es mich so anmacht, wie ein Gegenstand benutzt zu werden.

Ich hätte nicht gedacht, dass er darauf stehen würde, meinen Mund zu ficken.

»Ist das okay für dich?«, fragte er.

»Hm-mmm.«

»Wahrscheinlich habe ich das nur aus Pornos, aber ich finde es total heiß, wenn mich das Mädchen dabei ansieht.«

Ich sah ihm ins Gesicht. Er sah gleichzeitig unglaublich glücklich und fassungslos aus, dass das hier gerade wirklich passierte. Ich fand es aufregend, dass er mir zusehen wollte.

Er fickte noch eine Weile meinen Mund, dann tat mir der Kiefer weh.

»Wollen wir Sex haben?«

Er stand auf, um ein Kondom zu holen, aber als er wieder neben mir lag und die Verpackung aufriss, war seine Erektion mittlerweile wieder weg.

Mir ging auf, wie seltsam und unfair es war, dass es nur von einer Sache abhängt, ob man Sex hat oder nicht – ob der Mann eine Erektion kriegen kann.

Wir lagen nebeneinander.

Er bat mich, ihm dabei zu helfen, wieder hart zu werden.

Also stöhnte ich: »Fick mich!«

Er lachte.

Ich konnte es nicht fassen.

»Ich kann das doch nicht, wenn du mich auslachst.«

Es ist ganz schön gemein, dass Männer immer wollen, dass man sich im Bett total nuttig und schmutzig gibt, und dann lachen sie einen aus. Entweder wird man als prüde und langweilig abgestempelt oder als unfreiwillig komisch und verrückt.

»Ja, ich muss lachen, aber es macht mich auch hart.«

Ich masturbierte, bis er erigiert genug war, um das Kondom überzuziehen.

Er drang in mich ein, und ich war glücklich. Ich fühlte eine starke sexuelle Verbindung zwischen uns.

Er fing an zu reden.

»Ich fühle mich immer komisch dabei, beim Sex zu reden«, sagte ich.

»Aber das ist doch das Beste daran!« Er grinste.

»Dann lass uns über Gramsci reden.«

»Okay«, sagte er. Und das taten wir dann auch.

Ich legte ihm die Arme um den Hals, meine Hände berührten seinen Rücken.

Das machte ihn nervös.

»Ich habe doch eine Freundin, da kann ich nicht mit einem zerkratzten Rücken ankommen.«

»Ist schon okay, ich knabbere mir die Fingernägel eh immer ganz kurz ab, guck!« Ich hielt sie ihm vors Gesicht.

Ich ließ die Arme trotzdem wieder sinken.

»Kannst du in meinem Mund kommen?«

»Okay, aber ich will das dann nicht selbst wieder in den Mund nehmen müssen.« (Ich hatte ihm von einem Freund erzählt, der auf Snowballing stand, und ihm dabei erklären müssen, was das überhaupt war.)

»Nein, find ich auch eklig.«

Ich fand Snowballing überhaupt nicht eklig und hätte es gern mal mit jemandem ausprobiert, aber ich wollte nicht, dass er dachte, ich würde auf Sachen stehen, die er eklig fand.

Wir einigten uns darauf, dass er auch auf mein Gesicht kommen könnte.

»Das hab ich noch nie gemacht«, sagte er.

Er meinte, er würde es tun, sagte dann aber, lieber doch nicht, und änderte seine Meinung noch ein paar Mal hin und her, dass ich schließlich genervt die Augen verdrehte.

»Toll, jetzt verdrehst du schon die Augen.«

»Na, willst du es nun oder nicht?«

»Gute Frage.«

Langsam war ich wirklich ein bisschen genervt von ihm.

»Okay, ich mach's.«

Kurz darauf zog er seinen Schwanz aus mir raus, machte das Kondom ab und setzte sich vor mein Gesicht, die Knie links und rechts neben meinem Kopf.

Ich merkte, dass er total nervös war, und hatte Angst, er würde gar nicht kommen.

Um ihn ein bisschen zu beruhigen, stellte ich eine Szene aus einem japanischen Porno nach, den ich mal gesehen hatte. Ich öffnete die Augen, sah ihn an und lächelte.

Nachdem er endlich auf mein Gesicht gekommen war, wischte ich mir sein Sperma von der Wange in den Mund und leckte meine Finger ab. Er strahlte wie ein Honigkuchenpferd, als könne er sein Glück gar nicht fassen.

»Ich fühle mich gerade total verletzlich.« Seine Stimme zitterte.

Ich fand es blöd, dass er nur an seine eigenen Gefühle dachte, nachdem er mir eben sein Sperma ins Gesicht gespritzt hatte.

»Kannst du mit meinem Handy ein Foto von mir machen?«, fragte ich.

Er stand auf, holte mein Handy, ich erklärte ihm, wie es ging, und er machte ein Foto von mir. Er fragte nicht, warum, er sagte überhaupt nichts dazu. Das hatte ich gehofft.

»Ach, man sieht ja gar nichts, ist viel zu dunkel«, sagte ich nach einem Blick auf das Bild.

Wir unterhielten uns ein bisschen über Gramsci und über unsere Gefühle.

Die Haut in meinem Gesicht spannte, weil das Sperma langsam trocknete. Ich hatte Sorge, dass er mich nicht respektieren und auch keine ernsthafte Unterhaltung mit mir führen könnte, während ich sein Sperma im Gesicht hatte.

Also stand ich auf.

»Komm mit.« Ich nahm seine Hand und zog ihn ins Bad.

Ich wollte mich im Spiegel ansehen, aber der war mit einem rosa Handtuch verhangen.

»Wieso hast du den Spiegel zugehängt?«

Er sagte, dass das meistens der Fall sei. Er hasste Spiegel und hasste es auch, sich anzusehen. Ich erinnerte mich daran, dass er mal einen Artikel über »Spiegel-Fasten« geschrieben hatte, dessen Fazit war, man müsse eigentlich »ein Spiegel-Fasten nach dem anderen machen«.

Ich spülte mir das Gesicht mit Wasser ab. Dann wusch ich es mir noch mit Handseife. Ich hatte Sorge, dass die Seife meine Haut austrocknen würde, aber noch größere Angst hatte ich davor, dass er mich eklig finden würde, wenn ich mir das Gesicht nur mit Wasser wusch.

»Oh, du hast da einen kleinen Knutschfleck am Hals«, fiel mir auf, nachdem ich mir das Gesicht abgetrocknet hatte.

»Ich hab mir vorhin schon Sorgen gemacht, dass du bestimmt irgendwas machst, wovon ich einen Knutschfleck kriege. Hast du das mit Absicht gemacht?«

»Nein, hab ich nicht! Ehrlich nicht! Ich hab das in dem Moment gar nicht gemerkt!«

Meine Panik schien ihn zu überzeugen.

»Na ja, vielleicht kann ich behaupten, es wäre ein Pickel oder so«, sagte er.

Wir legten uns wieder auf sein Bett.

»Bin ich in echt so, wie du dachtest?«, fragte ich.

»Ja, ich hatte schon damit gerechnet, dass du eher schüchtern und introvertiert bist und ich die ganze Zeit reden muss.«

»Tut mir leid, dass du das Reden übernehmen musst.«

Er sagte, es wäre schon in Ordnung.

»Hast du dir meine Facebookseite angesehen?«

»Nein.«

»Wieso nicht?«

»Weil ich mir nie die Facebookseite von jemandem ansehe.«

Er erzählte, dass er Angst hätte, als Loser zu gelten, weil er Facebook nie benutzte. Ich musste an den ersten Artikel von ihm denken, der einen bleibenden Eindruck bei mir hinterlassen hatte. Darin hatte er geschrieben, dass er es fast nicht ertragen konnte, auf Facebook zu sein, weil sich die Leute da so produzierten und selbst darstellten.

Dann fragte er mich, ob ich wüsste, wie man mit Menschen redete und warum man sich Gedanken über sie machen sollte, und was das alles überhaupt sollte, aber ich wusste nicht so richtig, worauf er hinauswollte. Ich erzählte ihm, dass es mir oft fast ein bisschen egal war, wenn es meinen Freunden nicht gut ging, aber das verstand er wiederum nicht.

Wir redeten noch ein bisschen und sahen uns dann *Annie Hall* an.

Nach einer Weile fingen wir wieder an, miteinander rumzumachen, aber er hatte keine Kondome mehr.

Wir gingen zu Duane Reade, um Kondome zu kaufen. Auf dem Weg zum Kondomregal kamen wir durch die Kosmetikabteilung. Ich hielt ihn am Arm fest, nahm einen kleinen Handspiegel aus dem Regal und betrachtete uns beide darin zusammen.

»Wir sehen gut zusammen aus«, sagte ich und freute mich, als er zustimmte.

Er kaufte einen Dreierpack Kondome, Zigaretten und einen Schokoriegel.

Wir gingen zurück zu ihm und legten uns aufs Sofa.

Ich nahm mir ein Buch namens *Intern National* vom Couchtisch.

»Das muss ich lesen. Hab überhaupt keine Lust drauf«, sagte er.

Das fand ich lustig, weil ich ab und zu an den Witz denken musste, den er auf dem Blog »Hipster Runoff« gemacht hatte, dass unbezahlte Praktika die moderne Form der Sklaverei darstellten, und hier hatte ich nun anscheinend tatsächlich ein Buch vor mir, in dem es genau darum ging.

Ich legte das Buch wieder hin. »Gibst du mir ein Stück von dem Schokoriegel?«

»Klar.« Er wickelte ihn aus und brach ein Stück ab.

Ich machte den Mund auf, und er legte mir das Stück auf die Zunge. Ich kaute und schluckte es dann schnell herunter. Es war widerlich süß.

»Bah«, sagte ich und wischte mir mit der Hand die Zunge ab.

Er sagte, Schokolade sei eben keine gute Idee, wenn man den ganzen Tag noch nichts gegessen hatte.

Ich stand auf und ging rüber zu seinem Bett. Er kam hinterher.

Wir machten wieder ein bisschen rum. Er steckte mir einen Finger rein.

»Du bist so feucht.«

Das machte ihn offensichtlich sehr an. Er zog sofort ein Kondom über.

»Soll ich oben sein?«

»Nein, ich bin gern selbst oben.«

»Aber Männer wie du wollen doch immer, dass das Mädchen oben ist.«

Er bestand darauf, dass er lieber oben war.

Ich wollte ihn fragen, warum, tat es dann aber aus irgendeinem Grund doch nicht. Ich nahm mir vor, ihn später zu fragen, habe es aber nie nachgeholt. Ich hatte noch nie einen Typen kennengelernt, der die Missionarsstellung mochte. Ich hatte mir selbst sogar halb abgewöhnt, sie zu mögen, weil die meisten Männer sie so langweilig fanden.

Ich fühlte mich ihm wieder sehr nah, so wie beim Mal davor, und hatte großen Spaß beim Sex.

Er kam in mir drin und blieb auf mir liegen. Ich mochte das Gefühl, wie sich in mir drin das warme Sperma vorn im Kondom sammelte.

Wir lagen eine Weile schweigend da.

»Es ist ganz anders, wenn man so kommt«, sagte er.

Ich wollte erwidern: »Aber das ist doch die normale Art, oder?«, sagte aber nichts.

Er stand auf, warf das Kondom weg und dann kuschelten wir miteinander. Ich schloss die Augen.

»Ich habe Angst einzuschlafen«, sagte er.

»Wieso?«

»Ich habe wahrscheinlich Angst, dass diese Nähe weggeht.«

Wenn man Angst hat, dass die Nähe zwischen zwei Menschen weggeht, nur, weil man einschläft, dann ging diese Nähe wohl nicht sehr tief.

Irgendwann schliefen wir doch ein.

Am nächsten Morgen standen wir auf, ich benutzte seine Zahnbürste, er duschte, wir zogen uns an und teilten uns seine letzte Ritalin.

Wir rauchten draußen auf der Straße eine Zigarette.

Er wollte einen Ausflug machen, also fuhren wir los.

Wir fuhren lange durch die Gegend, unterhielten uns über Joan Didion und über die Kurse zum literarischen Schreiben, die er eine Weile gegeben hatte.

Ich fragte ihn, ob er jemals auf eine seiner Studentinnen gestanden hätte, und er antwortete: »Davon gab es immer ein paar. Ich fand es nur schlimm, wenn die dann versucht haben, alles nur noch darauf zu beschränken.«

Wir kamen an einen leeren Strand und gingen hinunter zum Meer. Der Himmel war grau, aber Adrien meinte, dass es bestimmt noch eine Weile dauern würde, bis es regnete.

Ich zog mir die Schuhe aus und ging barfuß.

»Hier liegen aber keine Spritzen oder so rum, oder?«

»Nein, keine Sorge.«

Wir setzten uns ans Wasser.

»Kannst du mich umarmen? Das brauche ich gerade irgendwie«, sagte er.

Ich legte mich auf ihn drauf.

Er erzählte, dass er früher immer gedacht hatte, männliche Subjektivität sei falsch, weibliche dagegen richtig.

Ich hatte schon viele Männer getroffen, die auf einem fundamentalen Unterschied zwischen Männern und Frauen beharrten und Frauen als reiner und »besser« ansahen, aber eben nicht wirklich menschlich. Das passte auch ein bisschen zu Adrien, aber ich war froh, dass er nicht mehr so dachte.

Wir lagen eine Weile schweigend da, bis uns das Piepen meines Handys unterbrach. Ich hatte eine SMS von John bekommen, dem Jungen, mit dem ich mir hier ein Hotelzimmer teilte.

Er wollte wissen, ob alles in Ordnung war. Ich schrieb ihm zurück, dass es mir gut ging, dass er mir fehlte und wir uns heute Abend sehen würden.

»Wer war das?«, fragte Adrien.

»Ach, nur John.«

»Musst du zurück ins Hotel?«

»Nein, ich glaube, er wollte nur sichergehen, dass ich nicht tot bin.«

Er fragte mich über John aus.

»Er hat immer total unrealistische Erwartungen, wie sich Leute verhalten. Weißt du noch, wie Tao Lin vor einer Weile mal ein paar Sachen von sich auf eBay verkauft hat?«

»Ja.«

»Er hat das alles für mich gekauft, er hat zweihundertfünfzig Dollar dafür ausgegeben, weil er dachte, dass er das Zeug persönlich bei Tao Lin abholen kann, und dann wären wir zusammen da hingegangen und hätten ihn mal eben persönlich kennengelernt.«

Adrien sagte, es gäbe wahrscheinlich eine Menge Leute, die Tao Lin gern treffen würden, und dass er deshalb immer sehr vorsichtig bei solchen Sachen wäre.

»Und ich hab auch das Gefühl, er hält mich für eine idealisierte Version von einem Manic-Pixie-Dreamgirl, aber so bin ich gar nicht.«

»Ein bisschen wie Amélie?«

»Ja, genau.«

»Darum geht's oft im Leben, finde ich, dass man Menschen so sieht, wie sie wirklich sind. Das ist doch viel besser als diese Idealvorstellung, die man manchmal hat.«

»Total. Er idealisiert mich auf jeden Fall. Er hat mich zum Beispiel als Genie bezeichnet und meint wahrscheinlich, durch den Kontakt zu mir kann er Teil der ›schriftstellerischen Internet-Subkultur‹ werden, dabei gehöre ich nicht mal selbst dazu ... ich habe das Gefühl, er benutzt mich nur, weil ich seiner Meinung nach ein total aufregendes, unangepasstes Leben führe und er Angst hat, er könnte irgendwann als Typ mit Uni-Abschluss in einem hübschen Vorort enden. Aber er studiert nun mal Maschinenbau in Dartmouth und arbeitet nebenbei in irgendeinem Büro. Ich meine, er sollte sich einfach damit abfinden.«

Adrien redete noch ein bisschen darüber, »zu kommerziell« zu sein.

»Ich weiß ja auch nicht. Ich hab ein schlechtes Gewissen, dass ich ihn so ausnutze. Ich meine, John verdient wenigstens sein eigenes Geld, ich lebe ja noch von meinen Eltern. Ich hab echt kein Recht, über ihn zu urteilen.«

»Inwiefern nutzt du ihn denn aus?«

»Mit der Reise nach New York. Er hat mir das Hotel bezahlt und mir Alkohol spendiert und Geschenke gekauft, er hat auch das Essen und alles übernommen. Und bald bezahlt er mir dann auch noch die Reise nach China.«

»Du fliegst nach China?«

»Ja, er arbeitet da und hat angeboten, dass ich bei ihm in seiner Wohnung in der Nähe von Schanghai übernachten kann.«

»Er hat bestimmt genauso viel davon wie du.«

Wir lagen noch ein bisschen da und unterhielten uns, aber auf einmal ging ein Gewitter los und es regnete. Wir rannten Hand in Hand zu einem kleinen Unterstand. Dort waren wir eine Weile sicher, bis der Wind so stark wurde, dass er den Regen zu uns unter das Dach drückte.

Adrien stellte sich vor mich und versuchte, mich vor dem Regen zu schützen.

Ich fand es seltsam: Wir zwei linken Feministen standen hier und dachten natürlich, unsere Beziehung, wie wir miteinander umgingen, wäre total unkonventionell, aber sobald es anfing zu regnen, fiel Adrien sofort in die Rolle des Beschützers.

»Lass uns einfach zum Auto rennen«, sagte ich.

»Meinst du?«

»Klar!«

Wir rannten zum Auto.

Ich wurde klatschnass, aus meinen Haaren tropfte das Wasser, als hätte ich gerade geduscht.

Wir saßen in seinem Auto, die Heizung lief, und die Scheibenwischer waren an. Er fragte mich, ob ich Hunger hätte. Ich sagte, ja, ein bisschen. Wir fuhren zu einem Café bei ihm um die Ecke.

Er bestellte sich Rührei mit Schinken, ich mir ein griechisches Omelett.

Als der Kellner das Riesenomelett vor mir abstellte, wurde mir plötzlich schlecht.

Ich versuchte, ein paar Bissen zu essen, bekam aber kaum etwas herunter.

»Normalerweise esse ich echt gern, weiß nicht, was gerade mit mir los ist«, sagte ich.

»Das liegt wahrscheinlich am Ritalin.«

»Ach so.«

Wir fuhren zurück zu seiner Wohnung.

Ich legte mich auf die Couch. Anstatt sich zu mir zu legen, ging Adrien an seinen Computer.

»Was machst du denn da?« Meine Stimme klang ganz weinerlich.

»Ich ... ich checke nur meine E-Mails.«

»Komm her zu mir.«

Er kam zu mir, ich setzte mich auf seinen Schoß und umarmte ihn.

Eine Weile saßen wir stumm so da, ich ließ ihn nicht los.

»Können wir kurz zu meinem Hotel, damit ich mich umziehen kann?«

»Klar.«

»Dann muss ich John eine SMS schreiben, dass er eine Weile weggeht.«

»Wirklich? Ich kann auch vor dem Hotel auf dich warten.«

»Nein. Ich will dir unbedingt mein Hotelzimmer zeigen. Findest du das komisch?«

»Nein, ich würde es gern sehen.«

Das machte mich froh, auch weil es so klang, als würde er gern den Rest des Tages mit mir verbringen.

»Willst du da mit mir Sex haben?« Er grinste.

»Nein, das wär scheiße.«

»Ja, klar, stimmt.«

Wieso finden Männer es bloß immer so heiß, jemanden zu betrügen?

Ich schrieb John eine SMS, dass ich in einer halben Stunde mit Adrien Brody vorbeikommen würde, und ob es okay für ihn wäre, solange irgendwo anders zu warten. Dass es mir sehr leidtat und ich es wiedergutmachen würde.

Er schrieb sofort zurück: »Von mir aus.«

Ich hatte ein unglaublich schlechtes Gewissen.

»Jetzt fühl ich mich blöd, dass ich John aus dem Hotelzimmer schmeiße, das er selbst bezahlt.«

»Meinst du, er wird böse?«

»Nein. Er findet mich total aufregend, und damit entschuldigt er fast alles, was ich mache.«

»Kann ich mir vorstellen, dass er dich aufregend findet.«

Ich hatte das Gefühl, er hätte »aufregend« im sexuellen Sinn verstanden, und hoffte sehr, dass es nicht so war.

Wir fuhren in seinem Auto von Astoria nach Midtown.

Ich sah, dass er seinen iPod an das Autoradio angeschlossen hatte, und ging seine Playlist durch.

Er sagte, dass er fast nur Classic Rock auf seinem iPod hätte, und das stimmte auch. Ich war überrascht, dass U2 dabei war.

Ich hätte gern Belle and Sebastian gehört, traute mich aber nicht, und machte stattdessen erst France Gall, dann Serge Gainsbourg und zum Schluss Felt an.

»Ist das Felt?«

»Ja.«

Wir hörten schweigend Musik.

Als wir in Midtown ankamen, lotste ich ihn zum Hotel. Wir standen vor der Tür.

»Du übernachtest im Hotel Wellington?«

»Ja. Hat John ausgesucht.«

Adrien erzählte, dass er früher in der Nähe gearbeitet und hier im hoteleigenen Café jeden Tag Mittag gegessen hatte, und wie der eine Kellner ihn einmal mit Namen begrüßt und schon genau gewusst hatte, was er bestellen wollte.

Ich schrieb John eine SMS, dass wir jetzt da waren.

Er schrieb zurück, dass er noch eine Viertelstunde brauchte, weil er gerade erst aus der Dusche gestiegen war.

Ich wollte nicht, dass er uns sah, wenn er rauskam, also nahm ich Adrien Brody bei der Hand und zog ihn in eine Bar neben dem Hotel.

»Komm, wir verstecken uns hier.«

Wir setzten uns an die Bar.

Die Barkeeperin begrüßte uns und fragte, was wir wollten.

»Ich hätte gern eine Bloody Mary«, sagte ich.

»Ich nehme nur einen Orangensaft.«

»Kann ich mal Ihren Ausweis sehen?«, fragte sie mich.

Ich gab ihr meinen Reisepass.

Sie betrachtete ihn eine Weile.

»Sie sind ja noch gar nicht ... ach nein, Sie sind doch schon einundzwanzig. Entschuldigung.« Sie lächelte und gab mir meinen Reisepass zurück.

Es war mir peinlich, dass ich mir Alkohol bestellt hatte, während er nur Saft trank. Ich hatte auch nicht gewusst, dass man an einer Bar einfach nur Saft bestellen konnte.

Wir waren fast die einzigen Gäste und bekamen unsere Getränke deshalb ziemlich schnell serviert.

Wir schwiegen die meiste Zeit, aber es war kein verkrampftes Schweigen.

Ich hing meinen Gedanken nach und trank die Bloody Mary dabei sehr schnell weg.

»Hat's geschmeckt?«, fragte Adrien. Er sah ein bisschen schockiert aus.

Die Barkeeperin schien auch ganz schön überrascht zu sein und fragte, ob ich noch eine wollte.

Ich schämte mich und sagte nein.

John schrieb mir, dass er weg sei. Adrien Brody bezahlte unsere Getränke, wir gingen rüber ins Hotel und fuhren mit dem Fahrstuhl hoch in mein Zimmer.

Ich schloss auf und entschuldigte mich sofort für die Unordnung. Der Fußboden war übersät mit Klamotten von mir und der Verpackung von Geschenken, die mir John gemacht hatte.

»John findet es total schlimm, wie unordentlich ich bin.«

»Ist schon ein sehr kleines Zimmer dafür ... aber wenn man im Hotel übernachtet, will man ja auch faul sein, also ...«

Ich legte mich aufs Bett. Ich war müde. Er legte sich neben mich. Wir lagen eine Weile schweigend so da. Ich hätte noch ewig so liegen können, aber mir fiel ein, dass ich mich wohl lieber ein bisschen beeilen und schnell umziehen sollte, damit John nicht so lange ausgesperrt war.

Ich stand auf, zog mich aus, ging ins Bad und fing an, mir die Zähne zu putzen.

Mit der Zahnbürste im Mund kam ich aus dem Bad und setzte mich nackt auf Adrien Brodys Schoß.

»Wie in dem ›Sneaker Lover‹-Video«, sagte er und grinste. In dem Video gibt es eine Szene, in der Aki Yoshino sich in Lingerie die Zähne putzt.

Als ich mit dem Zähneputzen fertig war, ging ich mir den Mund ausspülen.

Dann sagte ich Adrien Brody, er solle zur Wand gucken, bis ich sagte, dass er sich wieder umdrehen konnte.

Er gehorchte. Ich schnappte mir den schwarzen Spitzenbodysuit von American Apparel vom Stuhl, den mir John neulich gekauft hatte, und zog ihn an.

Ich sagte Adrien, er könne sich wieder umdrehen, und setzte mich auf seinen Schoß.

»Das ist fast zu schön«, sagte er.

Ich küsste ihn, und wir machten ein bisschen herum. Dann zog ich mir frische Sachen über, bürstete und glättete meine Haare und schminkte mich.

Ich hatte Lust, ihn einzukleiden.

Wir gingen los, und ich sagte John Bescheid, dass wir wieder weg waren.

Wir liefen ziellos durch Midtown und suchten eher lustlos nach einem Geschäft für Herrenbekleidung, das ihm gefiel. Er fand nichts.

Wir gingen Hand in Hand und schwiegen.

Ich sagte, dass ich kurz vor unserem Date bei Forever 21 einkaufen gewesen war. Er erzählte, dass er gerade an einem Artikel über den Laden und schnell wechselnde Modetrends im Allgemeinen schrieb, und dass sein Redakteur daran kritisiert hatte, er würde dabei die weibliche Subjektivität und »das weibliche Einkaufserlebnis« unter den Tisch fallen lassen.

»Ich finde den Namen ›Forever 21‹ absolut bescheuert«, sagte ich.

»Es bringt halt die Philosophie von *fast fashion* perfekt auf den Punkt. Man ist immer nur so alt wie die Mode, die man trägt.«

Ein paar Wochen später las ich den Artikel, von dem er gesprochen hatte. Der erste Satz war: »Ich finde den Namen ›Forever 21‹ absolut phantastisch.« Ich fragte mich, ob es eine Anspielung auf das sein sollte, was ich gesagt hatte.

Irgendwann hörten wir auf so zu tun, als würden wir noch nach Klamottengeschäften für ihn suchen, setzten uns auf eine Bank im Central Park und rauchten.

Ich hatte das Gefühl, viele Leute würden uns missbilligend

ansehen. Ich war nicht sicher, ob sie was dagegen hatten, dass wir rauchten, oder dass er doppelt so alt wie ich war.

Ich fragte, ob er Lust hätte, zu American Apparel zu gehen.

Er sagte, klar, und er wäre noch nie da gewesen.

Das überraschte mich, weil er den Laden in seinen Artikeln ständig erwähnte.

Ich fragte ihn, ob ihn die Werbeanzeigen von American Apparel anmachten. Er meinte, manchmal schon, aber dass er in letzter Zeit kaum noch welche sah, weil er nur noch selten auf der Seite von »Hipster Runoff« war.

Wir gingen Hand in Hand zu American Apparel. Unterwegs verliefen wir uns und mussten mehrmals ein Stück zurückgehen.

Als wir den Laden betraten, wurden wir nicht begrüßt. Das war neu für mich.

»Am Appy«, sagte er und sah sich um.

Ich nahm ihn mit hoch in den ersten Stock, wo die meisten Männersachen sind.

Er machte sich über die Verpackungen lustig, besonders über die für eine Fliege, auf der eine blonde Frau einen schwarzen Gymnastikanzug mit V-Ausschnitt und die Fliege trug.

»Die geht bestimmt zum Vorsprechen damit.«

Wir sahen uns mehrere Sachen an. Ich merkte, dass ihm hier nichts gefiel. Schließlich sagte er: »Ich glaube, ich finde hier nichts.«

»Armer Adrien Brody! Fühlt sich hier wie ein Fisch an Land, obwohl er doch ständig über den Laden schreibt.«

»I'm going to be a supermodel« kam aus den Lautsprechern. »Man könnte schon einen Artikel allein über die Musik hier schreiben«, sagte er.

Wir verließen das Geschäft und machten uns auf den Weg zurück zum Hotel. Es war etwa vierzehn Uhr. Er sagte, dass er jetzt zu der Geburtstagsfeier von seinem Freund müsste, von der er mir erzählt hatte.

Wir gingen schweigend weiter.

Als wir am Hotel ankamen, wurde ich plötzlich sehr traurig.

Wir umarmten uns lange.

Er sagte, er würde sich später noch mal melden.

Ich ging hinein, und er ging die Straße hinunter zu seinem Auto.

Ich fuhr hoch in mein Zimmer und warf mich erschöpft aufs Bett.

John saß auf dem Bett.

»Wie war's mit diesem Typen?«

Ich seufzte. »Richtig schön, um ehrlich zu sein. Ich hab das Gefühl, wir sind uns sehr ähnlich.«

»Echt?«

Er gab mir eine Spardose in Form einer Glückskatze und Süßigkeiten, die er mir in Chinatown gekauft hatte.

Ich aß die Süßigkeiten auf und küsste ihn.

Mir machte der Gedanke Angst, dass die ohnehin schon angeschlagene Beziehung mit John jetzt bestimmt noch schwieriger würde, wo ich mich richtig in Adrien Brody verliebt hatte. Durch den direkten Vergleich wurde mir klar, wie lauwarm meine Gefühle für John waren, dass es eigentlich kaum Vertrautheit zwischen uns gab.

Der Nachmittag und der Abend, den wir zusammen verbrachten, machten das auch noch einmal deutlich, denn wir schwiegen uns größtenteils genervt an, weil wir uns nichts zu sagen hatten, und stritten uns einmal sogar. Als er sich am nächsten Morgen auf den Weg zur Arbeit machte, war ich erleichtert. Und ich freute mich, dass ich für meinen letzten Tag hier in New York das Hotelzimmer für mich hatte.

Frühmorgens, gleich nachdem John gegangen war, schrieb ich Adrien Brody.

»John hat uns gesehen, als wir zurück zum Hotel gekommen sind. Er findet dich groß und schlaksig.«

»Meine Zahnlücken hat er nicht erwähnt?!«

»John musste zur Arbeit, ich hab das Hotelzimmer bis morgen Nachmittag ganz für mich allein. Hast du Lust herzukommen?«

Er antwortete, dass er bis um zehn arbeiten müsste und danach vorbeikommen würde.

Meinen letzten Tag in New York verschlief ich fast komplett. Ich war selbst unzufrieden damit, war aber sehr müde und hatte auch auf nichts Lust. Ich wollte einfach nur Adrien Brody wiedersehen. Wenn ich nicht gerade schlief, dachte ich an ihn oder schrieb über ihn.

Gegen sechs schrieb ich ihm noch mal.

»Du kommst doch nachher noch vorbei, oder? Ich frag nur so.«

»Ja. Wieso?«

»Nur so.«

Gegen halb elf schrieb er, dass er jetzt im Hotel sei, und fragte nach meiner Zimmernummer. Ich schickte sie ihm und zog mich noch mal schnell um. Als ich gerade fertig war, klopfte es schon.

Ich öffnete die Tür einen Spalt.

»Sorry, dass es so unordentlich ist.«

Der Boden war immer noch voller Klamotten, Verpackungen und Bücher.

»Schon okay. Hab ich ja auch schon mal gesehen.«

Ich öffnete die Tür ganz und ließ ihn rein.

Wir legten uns aufs Bett.

Ich sah ihn nicht an, kuschelte mich nur mit geschlossenen Augen eng an ihn.

Nach einer Weile fragte er: »Hast du dich gestern Abend mit John gestritten?«

Er wusste davon, weil ich darüber was in meinem Blog geschrieben hatte.

»Ja. Er hat in meinem Notizbuch gelesen und auch was reingeschrieben, da hab ich mir sein BlackBerry geschnappt und an die Wand geworfen.«

»Fand er bestimmt nicht so gut.«

»Ich glaub, es ist ihm egal. Es hat ihm wohl eher Angst gemacht, wie sauer ich war. So sauer war ich echt noch nie.«

»Was hat dich denn so wütend gemacht? Dass er deine Privatsphäre nicht respektiert hat?«

»Ja, schon, das auch. Aber noch viel schlimmer fand ich, dass er auch was in mein Notizbuch reingeschrieben hat. Das hat mir weh getan.«

Er schien nicht zu verstehen, was mein Problem war.

»Trägst du eigentlich nie was anderes als Blau?«, sagte ich mit einem Blick auf sein Bürohemd.

»Selten. Findest du, die Farbe steht mir?«

»Klar.«

Ich umarmte ihn sehr fest.

Ich nahm meinen ganzen Mut zusammen, um ihm zu sagen, was mir schon die ganze Zeit durch den Kopf ging, seitdem wir uns getroffen hatten.

»Der Sex mit dir fühlt sich komisch an.«

»Wir müssen keinen Sex haben, wenn du nicht möchtest.«

»Aber es geht mir ja gar nicht um den Sex, es ist eher … ich will dir das lieber nicht sagen.«

Er bat mich, es ihm zu sagen, meinte, es wäre schon okay.

»Na ja, ich denk mir halt – du kannst doch nicht wirklich was für andere empfinden und andere respektieren, wenn du gerade deine Freundin mit mir betrügst, oder?«

»Die Kritik an meiner Integrität ist berechtigt.«

»Außerdem hab ich das Gefühl, du willst dich unbedingt jemandem nahe fühlen, und versuchst zwischen uns beiden eine Verbindung zu erzwingen, die vielleicht gar nicht da ist.«

Er seufzte und meinte, das könnte stimmen, dass er aber das Gefühl habe, die Anziehung, die für ihn von mir ausging, habe eher damit zu tun, dass ich bald wieder aus seinem Leben verschwunden wäre.

»Willst du dich nicht weiter mit mir treffen?«

»Keine Ahnung. Wir sind doch beide gerade in ganz unterschiedlichen Lebensphasen.«

»Die Tatsache, dass du nicht sicher bist, ob wir uns weiter treffen, sagt ja eigentlich schon, dass wir's nicht tun werden.«

»Jetzt gerade bin ich doch aber da.«

Da hatte er recht.

»Es war naiv von mir zu glauben, dass es nicht so weit kommen würde ... wahrscheinlich hab ich einfach gehofft, du würdest mich nur ausnutzen. Wir spielen hier mit dem Feuer. Ich meine, wer sind wir denn?«

Ich wusste nicht, wovon er redete.

»Fühlt es sich für dich seltsam an, dass ich erst einundzwanzig bin?«

»Nein. Du bist doch erwachsen. Sollte ich es seltsam finden?«

»Nein, der Gedanke kam mir nur gerade.«

»Hast du gut ausgesehen, als du jünger warst?«, fragte ich ihn.

»Finde ich nicht, aber ich kann das vielleicht auch nicht gut beurteilen. Ich hatte lange Haare.«

Ich lachte laut los. Dass er früher lange Haare gehabt hatte, passte wirklich perfekt zu meinem Bild von ihm vor unserem ersten Treffen. Ich hatte ihn mir immer als Studenten vorgestellt, der verkrampft auf irgendwelchen Indierock-Konzerten rumsteht.

»Und du?«, fragte er zurück.

»Nein. Ich wurde in der Schule wegen meinem Aussehen viel geärgert.«

»Das heißt ja nicht, dass du hässlich warst.«

»War ich aber. Ich war dick und hatte Pickel. Manchmal frage ich mich, was aus mir geworden wäre, wenn sich das nicht irgendwann geändert hätte und ich hübsch geworden wäre. Dann wäre ich wahrscheinlich tot.«

»Im Ernst?«

»Ja.«

Ich erzählte ihm, dass ich das Gefühl hatte, schon mein ganzes Leben aufgrund meines Äußeren schlecht behandelt worden zu sein. Von meinem Eindruck, dass mich die Leute jetzt, wo ich hübsch war, viel netter behandelten. Dass ich, auch wenn ich eigentlich weiß, dass es Quatsch ist, mich einfach sicherer fühle, wenn ich hübsch aussehe. Dass sich die Beschäftigung mit meinem Aussehen wie ein roter Faden durch mein Leben zieht.

»Das ist schon interessant, weil ja immer alle sagen, Frauen würden Männer mit ihrer Schönheit manipulieren und hätten aufgrund ihres Äußeren Macht über sie, und auch, weil sie Sex entweder zulassen oder ablehnen können. Aber ich habe mein Aussehen immer eher als Schutz vor Männern empfunden. Ich hab das Gefühl, Männer haben die Macht, nicht Frauen, und sie greifen einen an, wenn man nicht hübsch genug ist. Und selbst die Männer, die mich gut finden, haben Macht über mich, weil sie nicht so viel für mich empfinden wie ich für sie. Aber vielleicht hätte ich auch mehr Macht, wenn ich auf eine gewöhnlichere Art hübsch wäre.«

Ich unterhielt mich gern mit ihm darüber, weil ich merkte, dass ihn weibliche Schönheit und deren Bedeutung fasziniert.

»Es hängt wahrscheinlich davon ab, wie du Macht definierst und was du mit deiner Macht erreichen willst«, sagte er.

Er fragte mich, was die Leute meiner Meinung nach denn so an meiner Persönlichkeit auszusetzen hatten.

»Ach, keine Ahnung ... manche bezeichnen mich als Soziopathin.«

»Meinst du, du bist eine?«

»Nein. Das wird mir wirklich oft gesagt, aber ich selbst sehe mich nicht so.«

»Mir kommst du auch nicht so vor.«

»Ich glaube eher, Leute, die gern alles unter Kontrolle haben, bezeichnen einfach jeden als Soziopath, der nicht das macht, was sie wollen.«

»Kann gut sein.«

»Ich bin auch ganz schön voyeuristisch veranlagt, und das macht mir manchmal Probleme. Ich respektiere Menschen und ihre Privatsphäre nicht immer so, wie ich sollte. Und manchmal frage ich die Leute auch ganz schamlos über sie selbst aus, auch wenn ich merke, dass ihnen das gerade unangenehm ist. Ich finde Menschen nun mal wahnsinnig interessant und will alles über sie wissen und auch aufschreiben.«

»Inwiefern bist du voyeuristisch?«

»Na, ich bin doch zum Beispiel an deinen Computer gegangen und wollte deine E-Mails lesen.«

»Ich würde so gern mal Momus treffen, aber ich habe Angst, dass er mich nicht mehr mag, wenn er mich wirklich kennenlernt.«

»Wieso denn nicht?«

»Er hält mich für schlau und interessant und aufregend«, sagte ich und musste lächeln.

»Aber das bist du doch.«

Ich lächelte, weil mir aufging, dass ich tatsächlich so über mich dachte, schüttelte jedoch den Kopf.

Weil es leichter ist, weiter die Unsichere zu spielen, als sich als jemand darzustellen, der was auf sich hält. Damit macht man sich gegenüber anderen so angreifbar, und darauf stürzen sich dann immer alle.

»Nein, ich komme nur aus unerfindlichen Gründen online so cool rüber.«

»Du denkst, du bist gar nicht cool?«

»Nein, eigentlich bin ich ziemlich schüchtern und unsicher.«

»Hm, also ich finde, du versuchst eben, deinen Weg zu gehen.« Das fände er sehr authentisch und ehrlich von mir.

Er sagte, er würde mich dafür bewundern, wie »offen ich mit meiner Unsicherheit« umging, und wünschte, er »könnte noch mal jung sein und es auch so handhaben«.

»Du gibst also zu, dass man mir meine Unsicherheit teilweise anmerkt?«

»Ja, schon. Du bist ein bisschen unsicher. Aber ich bin sehr unsicher.«

»Ich weiß. Sogar Tom, der mich liebt und immer nur das Gute in mir sieht, macht sich ständig darüber lustig«, sagte ich und musste lächeln.

»Tom ist dein Exfreund, ja? Der, der dich geliebt hat?«

»Ja. Er war der Erste, der mich wirklich als Mensch wahrgenommen hat und nicht als ... als ...«

»Als rätselhafte Nymphe?«

»Ja, genau.«

»Wieso habt ihr euch dann getrennt?«

»Weil ich ihn nicht geliebt habe.«

»Das ist natürlich nicht unwichtig in einer Beziehung.«

»Als wir uns das erste Mal getroffen haben, das war ganz schön peinlich, wie ich da auf dich zugerannt bin und meinen Schuh verloren habe.«

»Ich fand es eher liebenswert. Für mich war es ein gutes Zeichen. Genau so wollte ich es haben.«

Ich war sehr überrascht und erleichtert, dass jemand meine

Tollpatschigkeit »liebenswert« fand. Ich hätte nie gedacht, dass das jemand akzeptieren, schon gar nicht an mir mögen könnte. »Das ist bestimmt der Grund dafür, dass die meisten meiner Freunde Jungs sind. Die finden Tollpatschigkeit und Unsicherheit nicht so schlimm.«

Er redete darüber, dass Frauen dazu erzogen würden, dafür zu sorgen, dass sich ihr Gegenüber im Rahmen sozialer Interaktion wohl fühlt, sie das auch von anderen Frauen erwarten und sich dementsprechend vor den Kopf gestoßen fühlen würden, wenn das nicht geschieht.

Ich sprach einen Artikel an, den er seit unserem ersten Treffen geschrieben hatte. Darin ging es darum, wie junge Frauen online von der »Aufmerksamkeitspolitik« des Internets unter Druck gesetzt werden, und wie Social Media darauf ausgerichtet ist, sie auszubeuten, indem sie ihre Sexualität benutzen, um Aufmerksamkeit zu erreichen. Ich fragte ihn, ob er so auch über mich dachte.

Er antwortete, dass unsere Gespräche bei ihm auf jeden Fall zu einem Umdenken in Bezug auf weibliche Subjektivität geführt hätten, er aber der Meinung wäre, ich würde mich nicht wie Kiki Kannibal benehmen, sondern: »Was du machst, erinnert mich mehr an das Video von dieser Künstlerin, das du mir mal gezeigt hast, die selbst Darstellerin in ihren Pornos ist, weil sie andere Frauen nicht ausnutzen will.« Er meinte ein Video von Cosey Fanni Tutti, das ich ihm mal geschickt hatte.

Ich war erleichtert.

Dann befragte ich ihn noch zu der anderen Sache, die mir Sorgen machte, nämlich sein eventueller Eindruck, ich würde mich auf Facebook selbst ausbeuten und kommerzialisieren, also genau das, worüber er so oft schrieb.

»Nein, ich meine damit nicht die Leute, die sich dessen bewusst sind. Ich meine eher Leute, die als Status haben: ›Heute waren Susie und ich am Meer.‹ Es sollte doch ein bisschen mehr geben, das zwei Menschen verbindet, oder?«

Ich fragte mich, ob sich andere auch über so etwas Gedanken machten oder vielleicht nur Menschen wie wir zwei, die sich schon ihr ganzes Leben als nicht zugehörig empfunden haben.

»Was hältst du von diesen Feministinnen im Internet, die meinen, Pornos würden Intimität und Vertrautheit zwischen zwei Menschen, die sich lieben, kaputtmachen?«, fragte er.

»Seh ich genauso.«

»Ich hab eher das Gefühl, es verändert, was Intimität für uns bedeutet. Also, dass man Intimität dann zum Beispiel in Dingen findet, die man nicht in Pornos sieht.«

»Ich seh das aber jetzt schon, wenn ich mit jüngeren Männern ins Bett gehe. Deren Vorstellung von Sex ist komplett von Pornos bestimmt. Sex, der nicht irgendwie gewalttätig oder demütigend ist, finden sie langweilig. Sie denken, Sex muss so sein.«

»Ist wohl einfach was anderes, wenn man damit aufgewachsen ist.«

Er erzählte, die Anfänge der Internetpornographie wären ihm noch gut in Erinnerung und dass er damals gedacht hätte, die Industrie würde sich jetzt bestimmt sehr verändern, weil kein Geld mehr im Spiel war. Dass er die Hoffnung gehabt hätte, es könnte sich zum Guten verändern, aber mittlerweile eher das Gefühl habe, die Leute würden sich immer noch genauso gern filmen lassen, nur heutzutage eben ohne dafür Geld zu bekommen.

Ich erzählte ihm von meiner Enttäuschung von den Linken in Bezug auf Pornographie.

»Ist doch komisch, wenn so ein Linker sich gestern noch über Lohnsklaverei aufgeregt hat, und heute verteidigt er Pornos damit, dass ›Frauen doch selbst entscheiden können‹.«

Er lachte. »Und denen fällt dabei nicht auf, dass Frauen ihre angebliche Autonomie in Pornos auf eine ganz schön seltsame Art demonstrieren?«

Ich erzählte ihm, dass ich auch sehr skeptisch gegenüber Third-Wave-Feminismus und Linken war, die »feministische

Pornos« verteidigten und Stripclubs für *empowering* hielten. »Das wirkt auf mich eher, als ob die Feministinnen aufgegeben haben und nur noch versuchen, wenigstens die Rahmenbedingungen ihrer Ausbeutung selbst zu bestimmen.«

»Das wird ja auch immer am Slutwalk so kritisiert.«

»Ja, genau. Aber wenigstens gibt es überhaupt eine Art feministischer Bewegung.« Ich seufzte.

»Meiner Meinung nach ist das Hauptproblem beim Thema Sexarbeit die Tatsache, dass sie romantisiert wird. Es ist eben keine geheimnisvolle Angelegenheit wie bei *Belle de Jour*. Man muss sich klarmachen, dass das auch alles nur Arbeiterinnen sind, die vom Kapital und den ungerecht verteilten Eigentumsverhältnissen ausgebeutet werden«, sagte er.

»Aber ich versteh schon, warum sie so gesehen werden wollen. Sie wurden so lange als Außenstehende der Gesellschaft dargestellt, da will man es mit diesem geheimnisvollen Status vielleicht wieder ein bisschen gutmachen.«

Ich überlegte, ob ich ihm von meinen eigenen Erfahrungen mit Prostitution erzählen sollte oder ob ihm das vielleicht unangenehm wäre.

Wir redeten über meine Texte und dass ich immer Angst hatte, sie zu veröffentlichen.

»Ich hab Sorge, dass die meine Texte so redigieren, dass sie technisch gesehen besser sind, aber eben nicht mehr so ehrlich und ausdrucksstark.«

»Da findet sich doch bestimmt ein Mittelweg.«

»Ja, aber ich will ja gar keinen Mittelweg.«

»Dein gutes Recht.«

Ich erzählte ihm, dass mich dieser ständige Wettbewerb mit anderen und dieser Ehrgeiz ganz krank machten.

»Ich wünschte, ich könnte meine Texte und die Fotos, die ich von mir mache, einfach so anderen Leuten zeigen, ohne die ganzen Konsequenzen, die mit dem Schreiben einhergehen. Dieser Wettbewerb unter Autoren, wie sie immer alle damit angeben, dass jemand Berühmtes ihren Text gelesen hat und so, und wo sie überall was veröffentlicht haben. Und eben auch dieser Ehrgeiz, dass sie alle durchs Schreiben reich und berühmt werden wollen.«

Er hörte mir zu, aber ich musste enttäuscht feststellen, dass er mich nicht verstand. Ich hatte nicht etwa Angst vor Wettbewerb oder Ehrgeiz, sondern wollte das alles einfach nicht.

Ich legte den Kopf auf seine Brust.

»Bist du eher Idealist oder Materialist?«, fragte ich ihn.

»Ich nehme mal an, Materialist. Du bestimmt auch, oder? So als Marxistin?«

»Ja.« Ich freute mich, dass er auch Materialist war.

Wir fingen an, ein bisschen miteinander rumzumachen, und zogen uns aus.

Wir hatten keine Kondome da.

»Wir können's auch einfach so machen«, sagte ich.

»Ich will aber nicht, dass du schwanger wirst.«

»Du kannst ihn ja vorher rausziehen.«

»Na ja, aber ...«

»Ist schon in Ordnung. Ich lasse mich ständig testen, ich hab keine Krankheiten.«

Ich wollte unbedingt Sex ohne Kondom mit ihm haben, um mich ihm so nah wie möglich zu fühlen.

»Ich wünschte, das ginge.«

Seine Meinung stand leider fest.

Ich fragte, ob wir nicht zu ihm gehen könnten, und ich würde dann am nächsten Morgen mit dem Taxi zurückfahren.

»Nein, das geht zu weit.«

Ich war gleichzeitig überrascht und auch wieder nicht, das aus seinem Mund zu hören.

Da wären wir also wieder, so was bin ich ja von Männern gewohnt.

»Wollen wir einfach Kondome kaufen gehen?«

»Das wär eine Idee.«

Wir standen auf. Ich steckte mir das T-Shirt in die Shorts, und er nickte daraufhin zustimmend. Männer gehen viel mehr auf Hotpants ab als auf Miniröcke. Das war mir gar nicht bewusst gewesen, bis ich das erste Mal welche in New York auf der Straße trug.

Ich betrachtete mein Spiegelbild in der Metalltür des Fahrstuhls.

»Ich seh ja völlig bescheuert aus«, stöhnte ich genervt.

»Stimmt überhaupt nicht.«

Wir gingen ein Stück die Straße hinunter zu Duane Reade.

»Wie spät ist es?«, fragte ich.

»Ungefähr drei.«

Ich starrte ihn überrascht an. »Im Ernst?«

»Ja.«

Wir kauften Kondome, und ich bat ihn, mir noch Bier zu kaufen, also nahm er noch einen Sixpack Stella Artois dazu.

Wir stellten uns an der Kasse an, aber auf einmal war es mir peinlich, mit ihm gesehen zu werden, wie wir Kondome kauften. Ich schlich mich nach draußen und wartete dort auf ihn.

Auf dem Weg zurück zum Hotel kamen wir an einem Gemüseverkäufer vorbei. Ich fühlte mich unbeobachtet und nahm mir schnell eine Avocado.

»Die musst du doch bezahlen«, sagte Adrien Brody.

Ich drehte mich um und sah den Verkäufer. Er nickte.

»Oh. Den hab ich gar nicht sehen.«

Adrien bezahlte meine Avocado.

Mir gefiel diese Szene, wie er drei Dollar aus seinem Portemonnaie nahm und sie dem Verkäufer für mich gab.

Wir gingen weiter.

»Die ist noch gar nicht reif. Ich wollte sie nicht mal haben, ich hatte nur Lust, eine Avocado zu klauen.«

Ich steckte sie in meine Handtasche.

Im Hotel setzten wir uns auf mein Bett.

»Danach muss ich aber gleich los«, sagte er.

Ich machte mir eine Flasche Stella auf.

»Musst du etwa betrunken sein, um ...«

»Nein«, unterbrach ich ihn.

»Du wusstest anscheinend genau, was ich sagen will.«

Wir zogen uns wieder aus.

»Ist das okay für dich?«, fragte er.

»Nein, aber ›das hier ist das Leben, das ich mir ausgesucht habe‹«, zitierte ich einen seiner Sätze aus einem früheren Gespräch darüber, ein langweiliges Spießerleben zu führen.

»Ich hab das Gefühl, ich hab noch nie jemanden kennengelernt, mit dem ich so gut reden konnte wie mit dir. Ich hab mir immer gewünscht, dass ich mal so mit jemandem reden kann, so wie ich auch denke und schreibe. Ich hab das Gefühl, wir sind uns ziemlich ähnlich, und ich habe sonst noch nie jemanden wie mich getroffen. Hast du schon mal jemanden wie mich getroffen?«, fragte ich.

Er schüttelte den Kopf. »Nein, nur dich. Aber ich weiß nicht, was das bedeutet.«

Ich legte mich aufs Bett, und er legte sich auf mich.

»Ich will, dass du aufhörst, so viel zu denken«, sagte er.

Wir hatten Sex, und ich war plötzlich völlig überwältigt.

Das war es. So musste Sex sein. Danach war ich die letzten drei Jahre, mein gesamtes Erwachsenenleben bis zu dem Moment auf der Suche gewesen, auch wenn mir das jetzt erst klarwurde.

»Das ist das Schönste, was ich jemals gesehen habe.«

»Was denn?«, fragte ich, obwohl ich wusste, was er meinte.

»Dein Gesicht jetzt gerade.«

Meine Augen waren weit offen.

»Soll ich dir mal was sagen? So schön wie jetzt hat es sich noch nie für mich angefühlt«, sagte ich.

»Weil ich es langsam mache?«

»Nein.« Es störte mich, dass er es darauf reduzieren wollte.

»Ich hab das Gefühl, schöner kann Sex nicht sein.«

Ich meinte das positiv, und er stimmte mir zu, schien aber enttäuscht. Er meinte, dass er auf das Gefühl hoffte, »seinen physischen Körper zu verlassen«.

»Hat das Gefühl jetzt irgendwelche Konsequenzen für dich?«, fragte er.

»Keine Ahnung. Vielleicht finde ich Sex nach diesem Mal nur noch langweilig.«

»Kannst du mal kurz den Arm wegnehmen?« Er versperrte den Weg zu seiner Wange.

»Ist das unbequem?« Er nahm den Arm weg.

Es passte immer noch nicht, sein Kopf war noch zu nah.

»Kannst du den Kopf noch ein bisschen höher nehmen?«

Er tat es und jetzt war sein Gesicht ein gutes Stück über meinem und ich hatte freie Bahn.

Ich verpasste ihm eine Ohrfeige.

»Aua!«

Ich lachte wie verrückt.

Ich würde gern behaupten, dass ich das aus einem viel ernsthafteren Grund getan hatte: dass ich ihm nicht erlauben wollte, meinen Körper zu seinem Vergnügen zu benutzen, zu irgendeiner Verbindung, die er sich einbildete und uns aufzwang ... aber um ehrlich zu sein, machte es mich einfach nur traurig und wütend, dass er nach dem Sex gehen würde und vorhin nicht gewollt hatte, dass ich mit zu ihm nach Hause komme.

Ich hörte auf zu lachen, und plötzlich traten mir Tränen in die Augen.

»Oh Gott, ich will nicht so jemand sein, der beim Sex weint.«

»Wieso nicht? Passiert vielen.«

Tatsächlich? Ich hörte auf, gegen die Tränen anzukämpfen, und ließ sie laufen.

Ich merkte, wie seine Erektion verschwand.

»Wieso weinst du?«

»Weiß ich nicht.«

»Aus Selbstmitleid?«

Das war seine Rache. Eine verbale Ohrfeige.

»Ich habe das Gefühl, du hast hier die Macht«, sagte er.

»Du bist doch derjenige, der gleich abhaut. Deshalb hab ich dir die Ohrfeige gegeben, weil es mich traurig macht, dass du diese Macht hast.«

»Hm.«

»Dem letzten Typen, mit dem ich Sex hatte, hab ich auch eine runtergehauen, weil ich traurig war, dass er nicht mit mir zusammen sein wollte. Genauso fühlt sich das hier auch an. Aber dir eine runterzuhauen ändert nichts, und besser geht's mir jetzt auch nicht. Wenn du gehen willst, kann ich dich nicht halten.«

Männer haben völlige Kontrolle über mich.

Er zog seinen Schwanz raus, warf das Kondom in den Mülleimer und zog sich an.

Während er sich anzog, sah ich mir zum ersten Mal sein Gesicht in Ruhe an. Mir ging auf, dass er eigentlich richtig gut aussah, nur auf eine eher unkonventionelle Art. Oder eher auf komplexe Art, man musste ihn eine Weile ansehen und darüber nachdenken.

»Ich will dir was sagen, und sag bitte nicht gleich, dass das nicht stimmt. Ich glaube nicht, dass ich jemals mit irgendjemandem eine richtige emotionale Verbindung haben werde.«

»Das ist aber eine ganz schön fatalistische Einstellung.«

Er zog sich weiter an, und ich lag auf dem Bett und weinte leise.

»Ich weiß, das willst du jetzt nicht hören, aber du wirst auf jeden Fall eines Tages eine tiefe Verbindung mit jemandem haben. Nur nicht mit mir.«

Das war nett, und ich wollte es ihm auch gern glauben, aber er wusste es ja gar nicht wirklich und sagte es auch nur, weil man das eben in so einer Situation macht.

Wir umarmten und küssten uns. Er ging zur Tür.

»Tschüs«, sagte er.

»Tschüs.«

Er ging aus der Tür, sah sich noch einmal kurz nach mir um, und dann war er weg.

Sie arbeitet unter einem Pseudonym. Früher wollte sie immer in Japan leben, heutzutage macht sie ihre Begeisterung für die japanische Kultur – deren Besessenheit mit der Verdinglichung von Niedlichkeit, Koketterie, Folgsamkeit und Mädchenhaftigkeit – eher zum Untersuchungsgegenstand und bedient sich dabei einer Vielzahl unkonventioneller Methoden: Eintauchen, Ekel, Rollenspiel, Sucht, Spott, Imitation. Sie schreibt mit deutlicher und verstörender Ambivalenz, welche leicht mit Desinteresse und Abstumpfung verwechselt werden kann; dieses Risiko nimmt sie in Kauf. Sie verfolgt eine komplexe Läuterungsstrategie, um Ehrlichkeit und Abscheu so miteinander zu verbinden, dass man das eine nicht mehr vom anderen unterscheiden kann, bis die Leser selbst nicht mehr können. Sie ist selbstsicher genug, um mit Missverständnissen umzugehen, führt sie sogar manchmal erst herbei, als wären Missverständnisse potentiell ein Weg hin zu einer Authentizität, die weit über die trügerische Oberflächlichkeit von bloßem Exhibitionismus hinausgeht.

Kritik

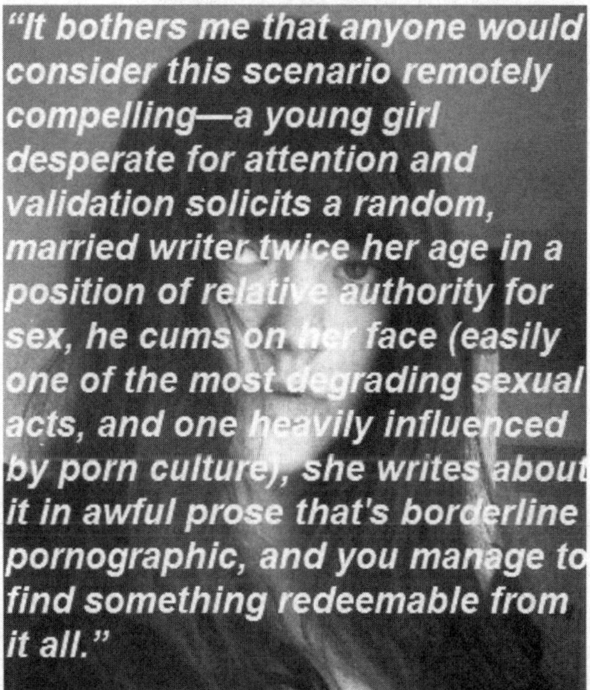

»Ich kann einfach nicht nachvollziehen, wie irgendwer dieses Szenario auch nur ansatzweise aufregend finden kann: Ein junges Mädchen, das verzweifelt auf der Suche nach Aufmerksamkeit und Bestätigung ist, wirft sich einem ziemlich renommierten verheirateten Autor an den Hals, der auch noch doppelt so alt ist wie sie, er kommt auf ihr Gesicht (eine der erniedrigendsten sexuellen Praktiken und absolut von unserer Pornokultur beeinflusst), dann schreibt sie schlechte, halb pornographische Texte darüber, und manche Leute finden das auch noch toll.«

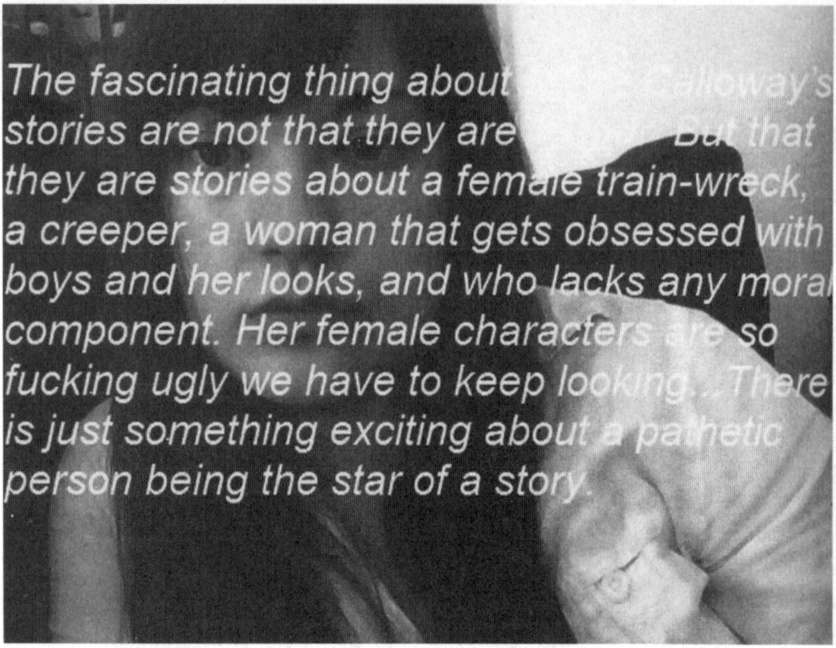

Das Faszinierende an Marie Calloways Geschichten ist, dass es Geschichten über eine Frau sind, die sehenden Auges in ihr Verderben rennt, eine Verrückte, die sich nur mit Männern und ihrem eigenen Aussehen beschäftigt, und keine Spur von Moral hat. Ihre Protagonistinnen sind so verdammt hässlich, dass man nicht weggucken kann. Geschichten, deren Mittelpunkt bemitleidenswerte Menschen sind, haben wohl einfach was.

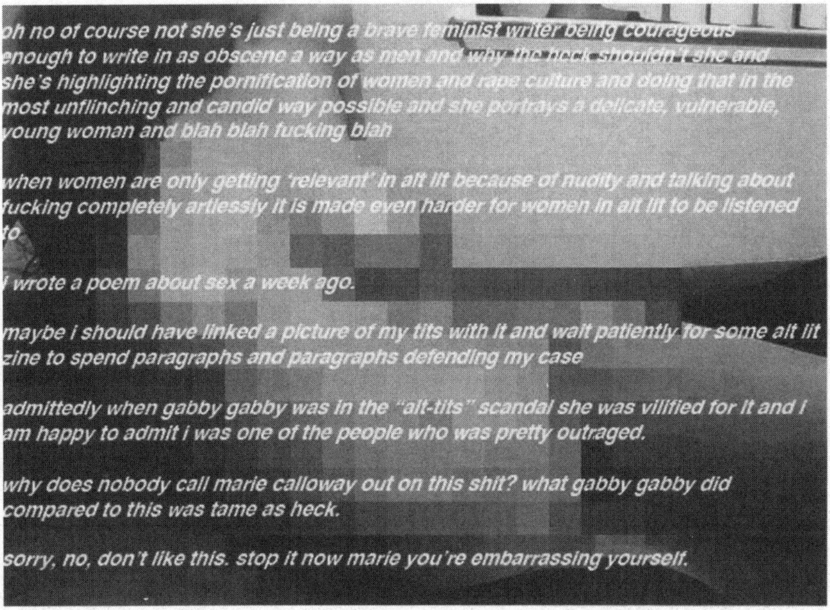

nee klar, sie ist natürlich nur eine tapfere feministische autorin, die den mut hat, so schmutzig zu schreiben wie männer, und das soll ihr doch bitte schön keiner verbieten, und damit bildet sie die pornographisierung von frauen und rape culture ab und das auch noch auf eine total authentische art, da schreckt sie vor nichts zurück, und sie ist so eine zarte, verletzliche, junge frau bla bla bla, was für eine scheiße

wenn frauen in der alternativen literaturszene nur dadurch »relevant« werden, dass sie ohne jeden künstlerischen hintergrund über nacktheit und übers ficken reden, machen sie es damit nur unwahrscheinlicher, dass frauen in der szene überhaupt mal wirklich wahrgenommen werden

ich hab letzte woche ein gedicht über sex geschrieben

vielleicht hätte ich darunter ein foto von meinen titten verlinken sollen, dann wäre mir garantiert irgend so ein alt-lit-magazin zur seite gesprungen und hätte mich sofort in den höchsten tönen gelobt

ok als es diesen »alt-tit«-skandal um gabby gabby gab und sie von allen fertiggemacht wurde, fand ich das zugegebenermaßen ziemlich krass

aber wieso sagt marie calloway nicht wenigstens mal wer, dass sie uns nichts vormachen kann? was gabby gabby damals gemacht hat, war ja nichts gegen sie

sorry, nein, ich find das nicht gut. hör auf damit, marie, du machst dich nur noch lächerlich.

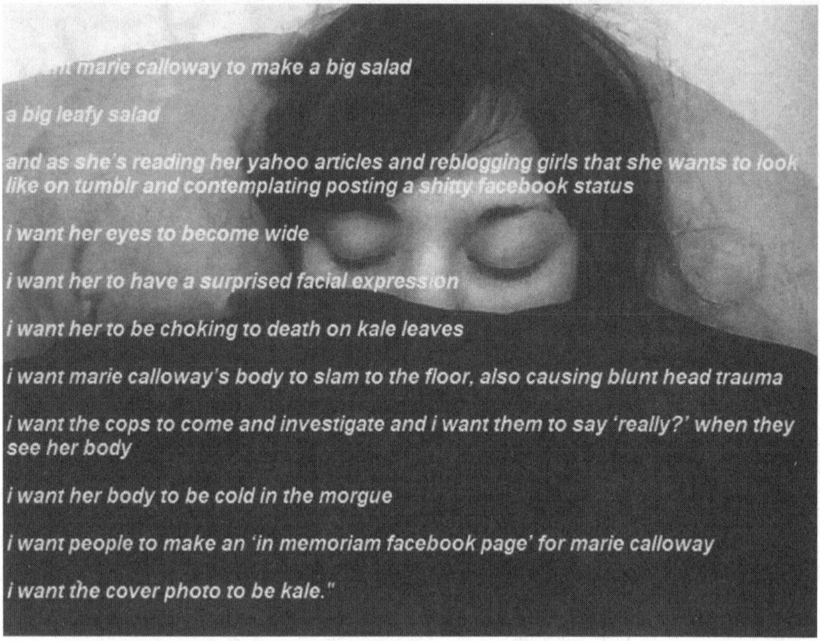

ich will, dass marie calloway sich einen salat macht

und die salatblätter ganz lässt

und während sie artikel auf yahoo liest und fotos von mädchen rebloggt, die aussehen, wie sie gern aussehen würde, und sich einen neuen bescheuerten facebookstatus ausdenkt

sollen ihre augen auf einmal ganz groß werden

und sie soll total überrascht aussehen

sie soll sich an einem salatblatt verschlucken

marie calloways körper soll auf den boden knallen und sie soll sich dabei eine kopfverletzung zuziehen

dann soll die polizei kommen und den fall untersuchen und wenn sie ihre leiche sehen, sollen die polizisten sagen »echt jetzt?«

ihr körper soll kalt im leichenschauhaus liegen

es soll eine gedenkseite auf facebook für marie calloway geben

und das foto da drauf soll ein salatblatt sein

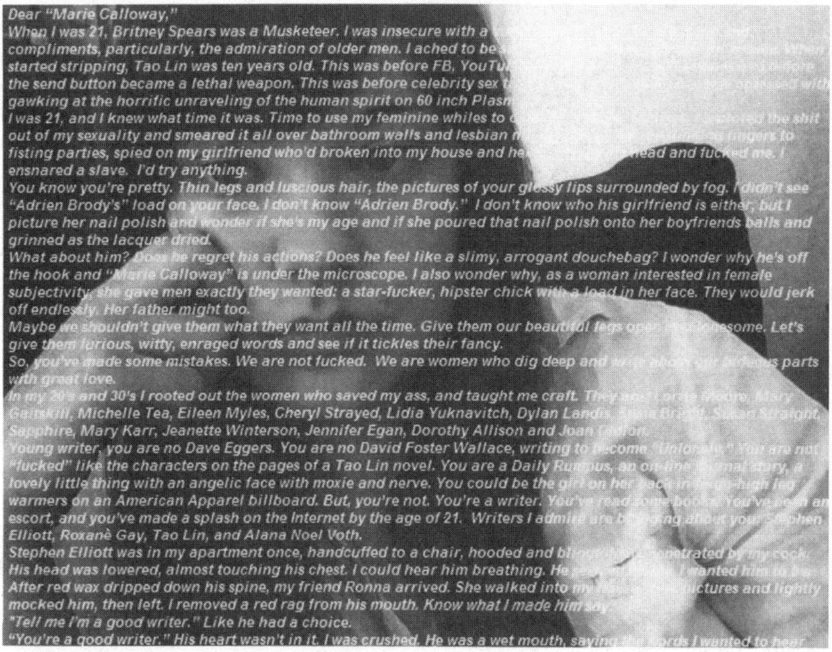

Liebe »Marie Calloway«,
als ich 21 war, ist Britney Spears noch im Mickey-Mouse-Club aufgetreten. Ich war unsicher in Bezug auf mein Äußeres und abhängig von Komplimenten, besonders von der Bewunderung älterer Männer. Als ich anfing, mich für Geld auszuziehen, war Tao Lin zehn Jahre alt. Das war vor FB, YouTube, etc., bevor die Senden-Taste zu einer tödlichen Waffe wurde. (…) Ich war 21 und wusste, was die Stunde geschlagen hatte. Es war Zeit, meine Weiblichkeit für mich selbst zu nutzen. Ich hab meine Sexualität bis ins Letzte erkundet, ich war auf Fisting-Partys, (…) hab einen Sklaven verführt. Ich hab alles ausprobiert.

Du weißt, dass du schön bist. Dünne Beine und tolle Haare, die Fotos mit dem Rauch, der zwischen deinen glänzenden Lippen hervorkommt. »Adrien Brody«s Sperma habe ich nicht auf deinem Gesicht gesehen. Ich weiß nicht, wer »Adrien Brody« ist. Ich weiß auch nicht, wer seine Freundin ist, aber ich stelle mir ihren Nagellack vor, frage mich, ob sie in meinem Alter ist, und ob sie ihrem Freund den Nagellack über die Eier gekippt und sich gefreut hat, wie er trocknet.

Was ist mit ihm? Tut ihm leid, was er getan hat? Fühlt er sich wie ein schmieriger, arroganter Arsch? Ich frage mich, wieso es allen egal ist, was er gemacht hat, und alle stattdessen auf »Marie Calloway« rumhacken. Außerdem frage ich mich, als Frau, die sich ebenfalls mit weiblicher Subjektivität auseinandersetzt, wieso sie den Männern da draußen genau das gegeben hat, was sie haben wollten: ein Groupie, eine Hipster-Tusse mit Sperma im Gesicht. Darauf werden sich tausend Kerle einen runterholen. Vielleicht sogar ihr Vater.
Vielleicht sollten wir denen nicht ständig geben, was sie wollen. Unsere wunderschönen Beine, gespreizt und einsam. Lasst uns ihnen Worte geben, wütende, witzige, wilde Worte, mal sehen, ob sie das anmacht. Dann hast du halt ein paar Fehler gemacht. Deshalb sind wir noch nicht am Arsch. Wir sind Frauen, die tief schürfen und mit großer Liebe über unsere hässlichen Seiten schreiben.
In meinen 20ern und 30ern habe ich die Frauen entdeckt, die mich gerettet und mir das Schreiben beigebracht haben. Das sind: Lorrie Moore, Mary Gaitskill, Michelle Tea, Eileen Myles, Cheryl Strayed, Lidia Yuknavitch, Dylan Landis, Susie Bright, Susan Straight, Sapphire, Mary Karr, Jeanette Winterson, Jennifer Egan, Dorothy Allison und Joan Didion.
Du bist kein Dave Eggers, junge Autorin. Kein David Foster Wallace, der schreibt, um »un-alleine« zu sein. Du bist nicht »gefickt«, wie die Figuren in einem Tao-Lin-Roman. Du bist Daily Rumpus, eine Story in einem Online-Magazin, ein reizendes junges Ding mit dem Gesicht eines Engels, mit Mut und Nerven. Du könntest das Mädchen aus der American-Apparel-Werbung sein, auf dem Rücken liegend, mit Stulpen bis übers Knie. Aber das bist du nicht. Du bist Autorin. Du hast eine Menge Bücher gelesen. Du bist ein Escort gewesen und hast mit 21 Jahren im Internet Furore gemacht. Autoren, die ich verehre, bloggen über dich: Stephen Elliott, Roxane Gay, Tao Lin und Alana Noel Yoth. (…)

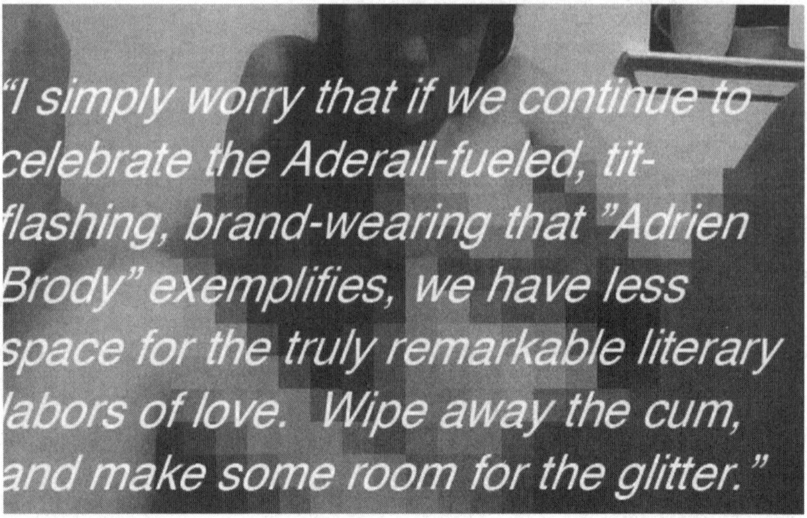

»Ich befürchte einfach, wenn wir weiter dieses von Ritalin angetriebene, tittenzeigende, markenklamottentragende Etwas so zelebrieren, für das ›Adrien Brody‹ steht, dann haben wir nicht mehr genug Platz für die wirklich bemerkenswerten literarischen Werke, in denen es um Liebe geht. Wisch dir das Sperma ab und mach Platz für den Glitter.«

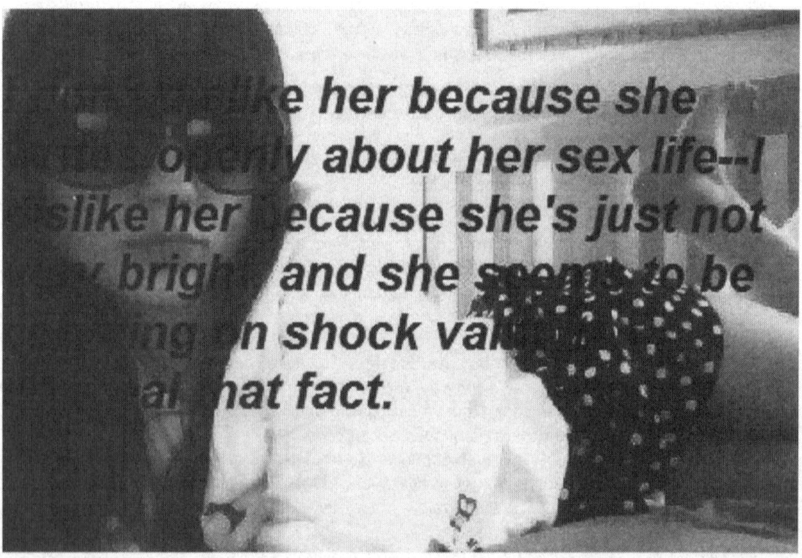

Dass ich sie nicht mag, liegt nicht daran, dass sie offen über ihr Sexleben schreibt. Dass ich sie nicht mag, liegt daran, dass sie einfach ein bisschen dumm ist und versucht, diese Tatsache durch Schockelemente zu überdecken.

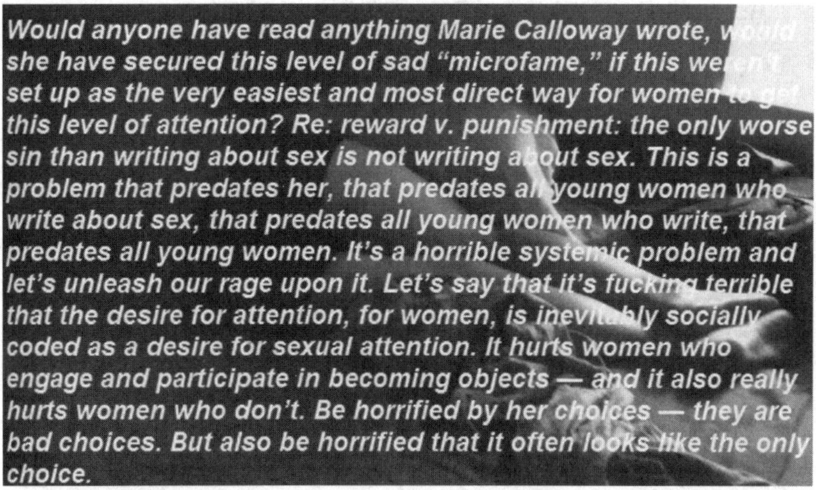

Would anyone have read anything Marie Calloway wrote, would she have secured this level of sad "microfame," if this weren't set up as the very easiest and most direct way for women to get this level of attention? Re: reward v. punishment: the only worse sin than writing about sex is not writing about sex. This is a problem that predates her, that predates all young women who write about sex, that predates all young women who write, that predates all young women. It's a horrible systemic problem and let's unleash our rage upon it. Let's say that it's fucking terrible that the desire for attention, for women, is inevitably socially coded as a desire for sexual attention. It hurts women who engage and participate in becoming objects — and it also really hurts women who don't. Be horrified by her choices — they are bad choices. But also be horrified that it often looks like the only choice.

Hätte irgendwer irgendwas von Marie Calloway gelesen, hätte sie es je zu diesem Grad an »Mini-Berühmtheit« gebracht, wenn es nicht genau so aufgemacht wäre, als die einfachste und direkteste Methode für Frauen, aufzufallen? Re: Belohnung und Bestrafung – das Einzige, was noch schlimmer ist, als über Sex zu schreiben, ist, nicht über Sex zu schreiben. Das ist ein Dilemma, dem sie sich ständig ausgesetzt sieht, dem sich alle jungen Frauen ständig ausgesetzt sehen. Es ist ein schreckliches, gesellschaftsinhärentes Problem, und wir sollten uns endlich offen darüber aufregen. Wir sollten endlich aussprechen, dass es absolut scheiße ist, dass für Frauen das Bedürfnis nach Aufmerksamkeit von der Gesellschaft zwangsläufig als Bedürfnis nach sexueller Aufmerksamkeit ausgelegt wird. Das tut den Frauen, die sich zu Objekten machen lassen, genauso weh wie denen, die das nicht tun. Angesichts dessen, was Marie Calloway da treibt, kann einem wirklich schlecht werden. Es sollte einem aber auch deshalb schlecht werden, dass es oft so aussieht, als hätte sie tatsächlich keine Wahl.

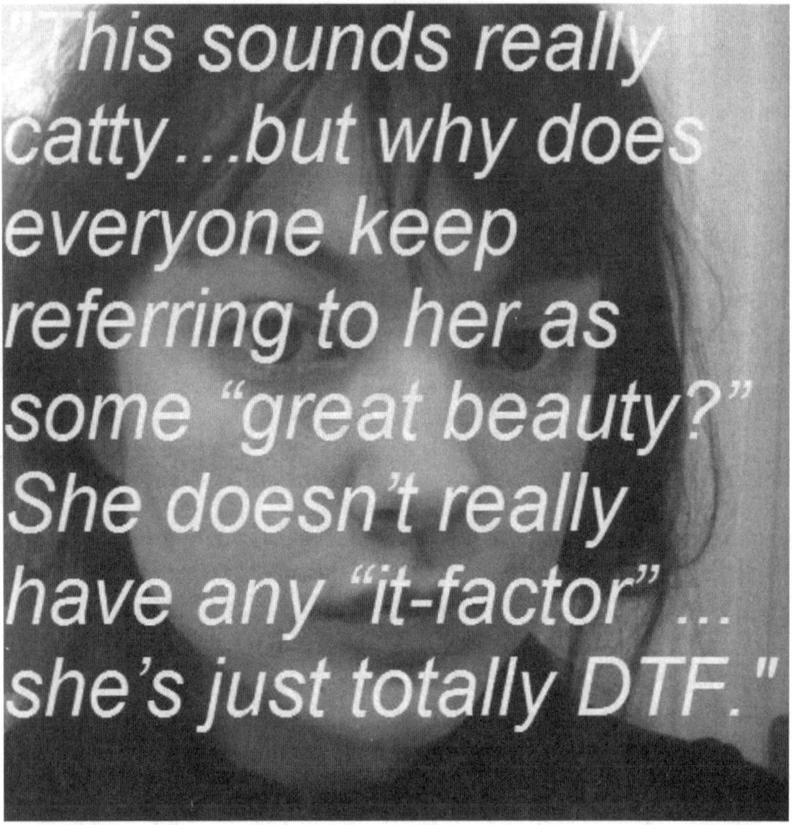

»Das klingt jetzt bestimmt gemein … aber wieso behaupten immer alle, sie wäre so wunderschön? Sie hat überhaupt nichts Besonderes … sie geht einfach nur mit jedem ins Bett, der will.«

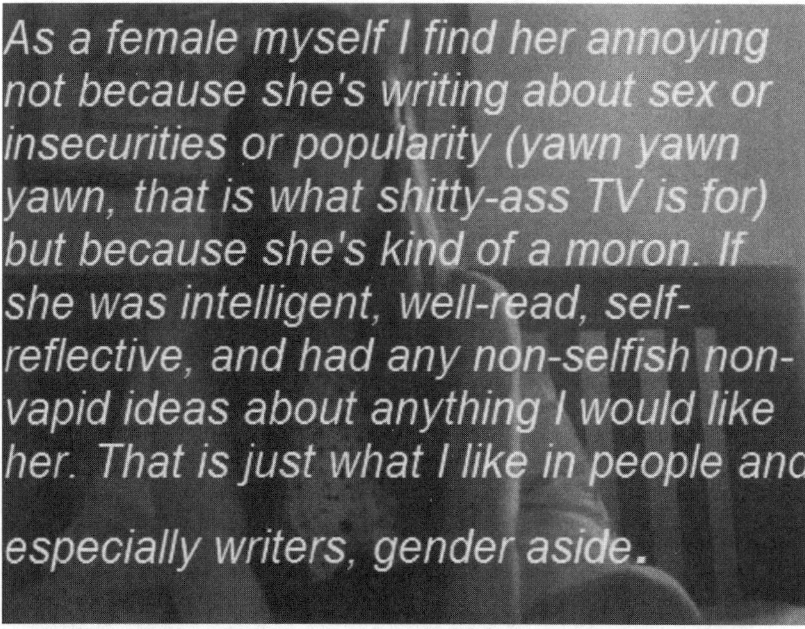

Ich bin selbst eine Frau und finde sie nicht nervig, weil sie über Sex schreibt und darüber, was sie an sich nicht mag, und wie es ist, beliebt zu sein (gähn, dafür gibt's ja wohl Talkshows), sondern, weil sie nicht die Hellste ist. Wenn sie intelligent, belesen und in der Lage wäre, sich selbst zu hinterfragen, und wenn sie auch nur einen einzigen klugen, un-egoistischen Gedanken hätte, würde ich sie mögen. Das ist nun mal das, was mir an Menschen gefällt, und besonders an Schriftstellern – völlig unabhängig vom Geschlecht.

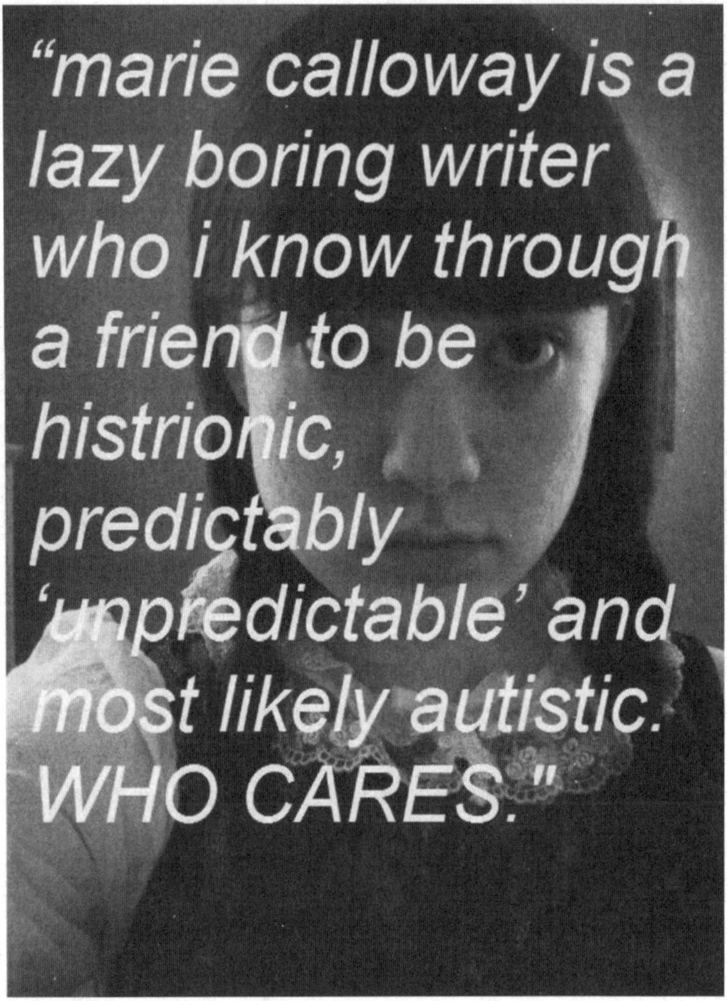

»marie calloway ist eine faule langweilige schriftstellerin und ich weiß von einer freundin, dass sie immer total theatralisch, vorhersehbar ›unvorhersehbar‹ und höchstwahrscheinlich autistisch ist. WEN INTERESSIERT'S.«

»schlampe.«

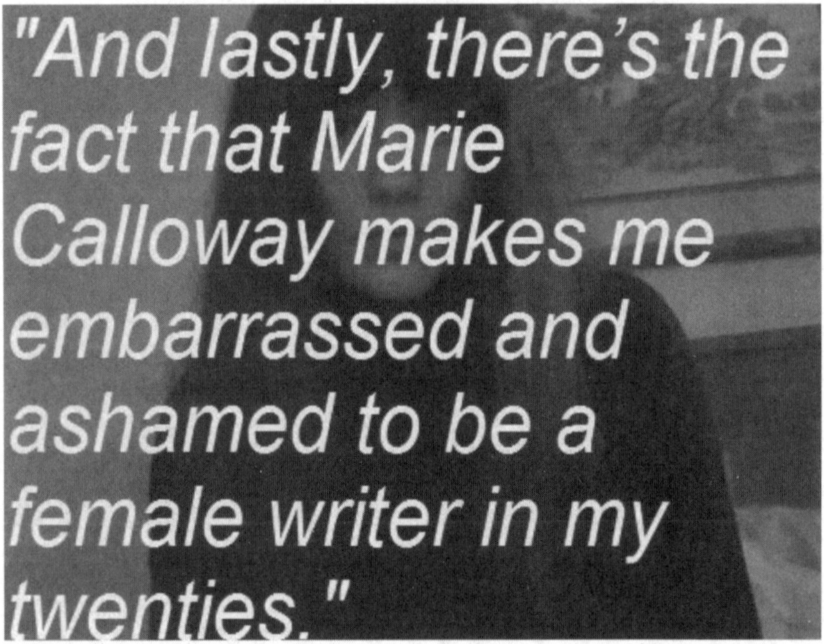

»Und außerdem ist Marie Calloway schuld daran, dass ich mich schäme, eine junge Autorin zu sein.«

Jeremy Lin

Auf Anraten einer Freundin schickte ich Jeremy Lin per E-Mail eine Geschichte von mir. Er antwortete ziemlich schnell: »Gefällt mir. Wenn du Groß- und Kleinschreibung auf normal änderst und mir das Ganze noch mal schickst, würde ich es gern auf meiner Verlagswebsite muumuuhouse.com veröffentlichen.« Ein paar Minuten später kam eine weitere E-Mail von ihm: »Ich hab eine Idee. Ich fliege am 3. Dezember nach Frankreich, weil die meine Bücher jetzt auch auf Französisch rausbringen. Falls du von 7:45 Uhr am 4. Dezember bis 17:45 Uhr am 10. Dezember in Paris bist, kannst du bei mir im Hotel schlafen. Du müsstest dafür nur in deinem typischen Stil über die Reise berichten und das dann irgendwo veröffentlicht kriegen (ich helfe dir dabei, eine Plattform zu finden). Wenn ich reich wäre, würde ich dein Flugticket übernehmen, aber ich hab im Moment echt nur 300 Dollar oder so auf dem Konto. Aber ich bin bereit, dir die Hälfte des Flugtickets zu erstatten, wenn dein Text veröffentlicht ist. Ich würde dir 700 Dollar zahlen, wenn der Text wirklich veröffentlicht wird. Er sollte mindestens 10 000 Wörter lang sein.«

Ich antwortete: »Alles klar, ich hab den Text geändert, ist jetzt normale Groß- und Kleinschreibung, hab ihn hier an die E-Mail angehängt. Was Paris angeht: Würd ich sehr gern machen, weiß aber nicht, ob ich das Geld zusammenkriege. Ich halte dich auf dem Laufenden. Und natürlich vielen Dank für dein Interesse an mir und an meinen Texten. Ich fühle mich sehr geschmeichelt.«

»Kein Problem. Cool, das mit Paris. Cool, das mit der Geschichte. Ich lade sie in ein bis sieben Tagen hoch.«

Wir schrieben uns noch ein paar E-Mails hin und her, änderten ein paar Formalia am Text, dann lud er ihn auf der Muumuu-House-Website hoch. Wir verabredeten uns für einen Nachmittag auf Gchat, um noch mal über Paris zu sprechen.

»Du, als ich dich eingeladen hab, hatte ich gerade große Lust auf Kontakt mit Leuten, aber mittlerweile habe ich das Gefühl, es wäre mir vielleicht doch zu stressig«, schrieb er.

»Okay. Ich krieg das Geld wahrscheinlich eh nicht zusammen.«

Wenige Tage nachdem Jeremy Lin meine Geschichte veröffentlicht hatte, bekam ich eine E-Mail von einer Journalistin, die mit mir ein Telefoninterview darüber führen wollte.

»Hallo, Marie. Ich bin Journalistin und arbeite für den *New York Observer*. Ich habe Ihre Geschichte gelesen, und sie hat mir sehr gut gefallen. Ich würde gern einen Artikel dazu schreiben, vielleicht auch über das Thema Internet und Schreiben aus der Ich-Perspektive im Allgemeinen. Deshalb würde ich Sie gern interviewen. Hätten Sie Interesse?«

Ich dachte tagelang darüber nach. Meine Freunde und Jeremy Lin rieten mir dazu, also stimmte ich schließlich zögerlich zu. Die Journalistin und ich telefonierten etwa eine Stunde lang miteinander, wir sprachen darüber, was mich zum Schreiben motivierte, über meine Intentionen, über den Sexismus in der Literaturszene, über Jeremy Lin und was es bedeutete, online Texte zu veröffentlichen. Am Ende sagte die Journalistin noch, dass sie sich auch an Jeremy Lin wenden und ihm noch einige Fragen stellen würde.

Einen Tag nach dem Interview schickte mir Jeremy Lin seine Antworten auf die Fragen der Journalistin.

»Wie haben Sie Marie Calloway kennengelernt? Was halten Sie von ihren Texten und von ihr als Mensch?«

»Ich habe Marie noch nicht persönlich getroffen. Mein Eindruck von ihr basiert auf ihrem Facebook, ihren Texten, ihrem Tumblr usw.: Sie ist witzig, lieb, scharfsichtig, interessant und auf eine anziehende Art selbstbewusst.«

»Wieso haben Sie ihre Geschichte auf Muumuu House veröffentlicht?«

»Weil sie mir einfach gefallen hat. Ich habe sie komplett am Stück durchgelesen und war hinterher völlig überrascht, dass es etwa 15 000 Wörter waren. Sie weist Ähnlichkeiten (Distanz, Ausrichtung, Fokus auf bestimmten lustigen/interessanten Details, kein Schwarzweißdenken, was »gut« und »schlecht« angeht) mit anderen autobiographischen Texten und Texten aus der Ich-Perspektive auf, die ich mag. (Ich denke da zum Beispiel an *The End of the Story* von Lydia Davis und *Good Morning, Midnight* von Jean Rhys.) Aber vielleicht sind ihre Texte sogar noch extremer und direkter, und sogar noch weniger sentimental.«

Ich war völlig fassungslos vor Glück und las diese E-Mail wieder und wieder.

*

Am Tag bevor mein Interview erschien, war ich angespannt und hatte ein sehr ungutes Gefühl. Ich hatte keine Ahnung, was genau in dem Artikel stand und wie ich darin rüberkommen würde. Das schlechte Gefühl verschwand nicht, als der Artikel dann endlich da war. Die Überschrift lautete: »Gestatten: Marie Calloway. Das neueste Modell der literarischen Verführerin ist halb feministisch, halb gierig nach Aufmerksamkeit, und versteckt sich komplett hinter einem Pseudonym«, und der Artikel selbst war voller Gerüchte (»*Adrien Brody* schlug im Vergleich zu Ms Calloways anderen Geschichten hohe Wellen in der New Yorker Literaturszene, weil Mr Brody dort ziemlich bekannt war«), anstatt sich mit »dem Internet und dem Schreiben aus der Ich-Perspektive« zu beschäftigen, wie mir gesagt worden war. Die Journalistin zog jede Menge Schlüsse über mich und bewertete meine Person und meine Texte, womit ich mich sehr unwohl fühlte (»bei Texten wie denen von Ms Calloway liegt die Vermutung nahe, dass eine gewisse feministisch angehauchte Motivation dahintersteckt, dass es ihr ein Gefühl von Macht gibt, Männer mit ihrer Sexualität zu demütigen, auf dieselbe Art also, mit der diese sie zum Objekt gemacht haben«). Ich war nicht glücklich damit, plötzlich als »feministische Autorin« dargestellt zu werden, denn so hatte ich mich selbst nie gesehen, und es fühlte sich wie eine riesige Bürde an.

*

Nachdem der Artikel draußen war, redete ich sofort mit Jeremy Lin auf Gchat darüber. Er war auch unzufrieden damit, wie er darin dargestellt worden war. Er zitierte eine Stelle über sich: »Der Dichter/Romanschreiber/literarische Provokateur mit trockenem Humor [Jeremy] Lin, dem einmal nachgesagt wurde, der Autor von *Hipster Runoff* zu sein, drehte Anfang dieses Jahres einen Dokumentarfilm [über das Online-Fashionmodel Bebe Zeva], in dem Ms Zeva, mittlerweile 18, in einer eindringlichen Szene erklärt, dass sie ohne Vater aufwachsen musste. In einer anderen Szene besprüht ihr Mr Lin das Gesicht mit Schlagsahne und schmiert sie ihr in die Haare.« Er sagte: »Ich komme da rüber wie jemand, der es auf junge Mädchen abgesehen hat, wie irgendein Perverser.«

»Ja, das fand ich auch sehr verstörend. Tut mir leid, dass ich damit so eine Art ›Jeremy Lin ist ein Freak‹-Meme ins Leben gerufen hab.«

»Ist mir egal. Negative Presse macht mir überhaupt nichts mehr aus, habe ich das Gefühl.«

»Hm. War das früher anders?«, fragte ich.

»Kann ich nicht mal genau sagen. Ich glaube, weil ich früher niemanden kannte und mit niemandem ins Gespräch kommen konnte, der irgendwas Schlechtes über mich hätte sagen können, hat mich das nie wirklich beschäftigt. Ich habe mich halt einfach auf mein Leben konzentriert. Heutzutage habe ich fast den Eindruck, die Leute, über die schlecht geredet wird, mehr zu mögen als andere. Und weil ich ja selbst weiß, wie das ist, gebe ich nicht viel darauf, was so geschrieben wird. Die wenigen, mit denen ich befreundet sein könnte, denken genauso, also habe ich da auch wieder kein Problem. Und was das Thema Negativpresse angeht: Es gab mal eine Studie dazu, wo herausgekommen ist, dass Negativschlagzeilen im Grunde besser sind als positive, weil sie mehr Aufmerksamkeit erregen. Und nach drei Jahren haben eh alle vergessen, ob es damals um was Gutes oder was Schlechtes ging, die erinnern sich nur noch daran, dass überhaupt über einen berichtet wurde. Klingt irgendwie logisch, finde ich.

Übrigens war ich früher sehr empfindlich, wenn ich irgendwo erwähnt wurde, also mir kam immer alles so negativ vor, was über mich geschrieben wurde. Ich glaube, dasselbe machst du auch gerade durch. Ich habe z. B. irgendwelche Artikel über mich gelesen und andere Leute fanden, dass ich total positiv darin dargestellt wurde, aber ich habe genau an den Stellen gedacht, dass ich dabei schlecht wegkomme. Ich glaube, das lag nur daran, dass ich so sensibel bin.«

*

Einen Tag später wurde der Artikel auf Gawker diskutiert, einer beliebten Internetklatschseite, und auch auf HTMLGIANT, einer beliebten Literaturseite. Es gab Hunderte von Kommentaren.

> »Ist ihr eigentlich egal, dass ihre Freunde und Familie jetzt erfahren, dass sie ein Blog darüber schreibt, wie sie in London als Nutte gearbeitet hat? Ich habe nichts gegen Sex und auch nichts gegen Sexarbeit usw., aber das hat doch nichts mehr mit Feminismus zu tun, die will einfach nur Aufmerksamkeit um jeden Preis, und das wird ihr irgendwann noch mal richtig leidtun.« [weiblich]

»Ich finde es eine Frechheit, dass auf einmal jedes kleine Mädchen, das sein Tagebuch veröffentlicht, als ›Schriftstellerin‹ bezeichnet wird. Als ob diese Texte auf *Penthouse*-Forumniveau irgendeinen literarischen Anspruch hätten!« [männlich]

»Das hier ist das literarische Äquivalent von zwei Heteromädchen, die auf einer Studentenparty miteinander rummachen. Wenn das eine ›Chronik der weiblichen Sexualität‹ sein soll, dann kann man auch *Penthouse*-Leserbriefe dazu zählen. Eine zweite Anaïs Nin ist sie nun wirklich nicht.« [männlich]

»Ich kann einfach nicht nachvollziehen, wie irgendwer dieses Szenario auch nur ansatzweise aufregend finden kann: Ein junges Mädchen, das verzweifelt auf der Suche nach Aufmerksamkeit und Bestätigung ist, wirft sich einem ziemlich renommierten verheirateten Autor an den Hals, der auch noch doppelt so alt ist wie sie, er kommt auf ihr Gesicht (eine der erniedrigendsten sexuellen Praktiken und absolut von unserer Pornokultur beeinflusst), dann schreibt sie schlechte, halb pornographische Texte darüber, und manche Leute finden das auch noch toll.« [männlich]

»feminismus als purer opportunismus. berühmte leute ficken und dann rumerzählen, wie scheiße die sind. oder wenigstens so tun, als hätte man berühmte leute gefickt, und dann darüber erzählen. je jünger man ist, desto besser. die amis sind ja so prüde. die ganze sache wäre noch viel ›krasser‹, wenn sie 15 wäre, oder warum nicht gleich 13. ab wie viel jahren darf man sex denn haben? die gesellschaft wird sasha-grey-isiert. wenigstens profitiere ich davon, dass ich meine verkommenheit dokumentiere! wenn ich daraus profit schlage, dann bin ich selbstbestimmt! wenn ich was davon habe, hab ich gewonnen! schaut mal alle her! ich kann berühmte leute ficken und dann auf ein paar tasten an meinem laptop drücken! man kann mir 10 schwänze auf einmal reinstecken und darüber schreibe ich dann! ich bin schriftstellerin! joyce ist nichts gegen mich!« [sic] [männlich]

»So etwas unter einem Pseudonym zu veröffentlichen, während gleichzeitig klar ist, wer die andere involvierte Person sein soll, entspricht voll und ganz dem selbstdefinierten Ziel der Autorin ›Aufmerksamkeit um jeden Preis‹. Anscheinend um wirklich jeden.« [männlich]

»Sie verwechselt hier Aufmerksamkeit mit Macht, und hat sich benutzen lassen – sexuell und jetzt auch von anderen Autoren, die schlauer sind als sie (wer profitiert hier wirklich davon?). Ihre sexuellen Abenteuer sind traumatisierende Erlebnisse, die sie so darstellt, dass Leute das ansprechend finden, die darauf abgehen, wenn Frauen erniedrigt werden (wie sie selbst auch). Sie beschreibt immer wieder, dass sie den Sex gar nicht will, dass sie dabei Schmerzen hat und dass Gewalt sie anmacht, weil sie vergewaltigt wurde. Einfach nur eklig … und traurig.« [männlich]

»marie calloway ist eine faule langweilige schriftstellerin und ich weiß von einer freundin, dass sie immer total theatralisch, vorhersehbar ›unvorhersehbar‹ und höchstwahrscheinlich autistisch ist.« [sic] [weiblich]

Ich las den ganzen Tag lang, was über mich geschrieben worden war. Ich dachte ununterbrochen darüber nach, bis ich emotional völlig am Ende, mich so hineingesteigert hatte, dass ich eine Panikattacke bekam und mich schließlich auf der Weihnachtsfeier meiner Eltern im Gäste-WC versteckte. Ich rollte mich auf dem Boden zusammen und hyperventilierte. Nach anderthalb Stunden stand ich auf, ging an meinen Computer und loggte mich bei Gchat ein. Sofort hatte ich eine Nachricht von Jeremy Lin.

»Wie geht's dir?«

»Keine Ahnung. Kann ich meine Geschichte bei Muumuu House wieder löschen?«

»Fänd ich nicht gut, aber ist natürlich deine Entscheidung.«

»Ja. Keine Ahnung. Ich sollte die Entscheidung wahrscheinlich treffen, wenn ich wieder ruhiger bin.«

»Ich finde das alles ehrlich gesagt richtig gut.«

»Wieso?«

Er schickte mir eine lange E-Mail mit dem Betreff »Wieso ich das alles ehrlich gesagt richtig gut finde«:

»Vorteile für Marie

1. Mehr Leute erfahren von dir und von deinen Texten, was deinen und den Wert deiner Texte erhöht, was deine Chancen auf finanzielle Sicherheit erhöht. Finanzielle Sicherheit bedeutet, dass du seltener Sachen machen musst, die du nicht machen willst. Finanzielle Sicherheit bedeutet auch, dass du weniger Kompromisse bei deiner Meinung, deiner Kunst, deinen Texten etc. machen musst.

Außerdem sorgt es dafür, dass mehr Leute von dir hören und dir Beachtung schenken. Das heißt, dass du eine größere Auswahl an Menschen hast, mit denen du dich unterhalten oder mit denen du befreundet sein kannst. Das bedeutet, dass du weniger ›Kompromisse‹ eingehen musst, was Freunde oder Partner angeht, du hast eine größere ›Auswahl‹ an Leuten, kannst schauen, wer dir am besten gefällt. Das halte ich mir selbst auch immer vor Augen, wenn negativ über mich berichtet wird oder mir jemand vorwirft, ich wäre ›süchtig nach Aufmerksamkeit‹. Ich mache das wegen der potentiellen finanziellen Sicherheit, nicht um ›berühmt‹ zu werden, was ja nur ein abstraktes Konzept ist und deshalb keinerlei Bedeutung für mich hat. ›Berühmtsein‹ kann ich nicht anfassen.

Vorteile für Leute wie mich

1. Ich finde das alles total aufregend. Ich finde es toll, dass es dich gibt. Ich fühle mich weniger deprimiert als sonst wegen dieser ganzen Geschichte und wegen deinen Texten und wegen dir, so wie ich mich immer weniger deprimiert fühle, wenn ich auf einen künstlerischen Text stoße, der mir gefällt. Die ganze Angelegenheit basiert nur auf Zufällen und macht mich so froh, und das wirkt sich ja am Ende dann auch positiv auf die Gesellschaft und überhaupt alle Beteiligten aus, finde ich. Ich sehe das hier als ›Kunstprojekt‹ und finde es deshalb spannend. Ich habe das Gefühl, dass gerade etwas moralisch Gutes und künstlerisch Originelles/Aufregendes passiert, und das gibt mir Lebensfreude und macht, dass ich das Leben insgesamt weniger langweilig finde.«

»Ich freue mich, dass du es toll findest, dass es mich gibt«, schrieb ich zurück.

Jeremy Lins E-Mail öffnete alle Schleusen in mir, und ich erzählte ihm in einer Art Stream-of-consciousness auf Gchat von meinen Zweifeln an meiner Qualität als Autorin, dass ich mich oft von mir selbst entfremdet fühlte, von meinen Schuldgefühlen, meiner Scham und meiner Wut (»Wir haben in dem Interview überhaupt nicht über Feminismus oder über ›Aufmerksamkeit um jeden Preis‹ oder ›Rache‹ geredet, und ich habe die Journalistin extra gebeten, nicht auf irgendwelche Gerüchte einzugehen, und sie meinte, macht sie nicht. Ich komm mir so dumm vor, dass ich ihr das echt geglaubt hab. Das ist mir so unglaublich peinlich.«). Am Ende schrieb ich noch: »Ich befürchte, morgen ist es mir peinlich, dass ich dir das alles erzählt habe. Bitte sag mir, dass dir das nichts ausmacht und du mich deswegen jetzt nicht weniger magst.«

»Ich fand das alles sehr interessant, danke für deine Offenheit. Ich kann mir im Moment nichts vorstellen, was du tun oder sagen könntest, weshalb ich dich weniger mögen würde. Ich bin froh, jemanden wie dich kennengelernt zu haben. Ich habe dadurch eine erhöhte Chance auf finanzielle Sicherheit (weil durch die ganze Sache auch mehr Leute auf mich aufmerksam werden), und ich mag deine Texte und bin gespannt, was aus ihnen und aus dir noch so wird.«

Dann erzählte ich ihm von meiner Angst, was er mit seiner Einladung nach Paris wirklich gewollt hatte, dass meine Freunde und die Leute in den Kommentaren auf meinem Blog und ich selbst auch überlegt hatten, ob er mich damit nur ins Bett kriegen wollte und ob das nicht auch der Grund dafür war, dass er meine Geschichte überhaupt veröffentlicht hatte.

»Nein, ich habe dich nicht nach Paris eingeladen, um mit dir ins Bett zu gehen. Ich unterhalte mich gern mit dir und ich mag deine Texte, deine Persönlichkeit, deinen Sinn für Humor und deine Bereitschaft, Dinge öffentlich zu machen. Ich wollte dich gern treffen und dachte, irgendwann laufen wir uns sowieso über den Weg, und da wäre es doch die interessanteste Art, es so zu arrangieren, dass du über unser erstes Treffen schreibst. Ich war mir auch dessen bewusst, dass die Tatsache mein Verhalten beeinflussen würde, dass darüber geschrieben wird, und das fand ich in dem Moment spannend. Aber dazu muss man auch in der Stimmung sein.«

»Wenn ich weiß, dass ich darüber schreiben werde, kann ich mich auf eine Situation nicht einlassen«, antwortete ich.

*

Nachdem wir uns verabschiedet hatten, sagte ich mir im Kopf immer wieder »Ich finde es toll, dass es dich gibt« und »Ich kann mir im Moment nichts vorstellen, was du tun oder sagen könntest, weshalb ich dich weniger mögen würde« vor. Das half mir, die negativen Sätze etwas zu verdrängen, die mir bis dahin den ganzen Tag durch den Kopf gegangen waren. Mir hatte noch nie jemand so etwas gesagt wie diese beiden Sachen, und mir ging auf, dass ich genau das immer von anderen hatte hören wollen, dass jegliche soziale Interaktion von meiner Seite immer nur aus dem Bedürfnis heraus geschah, diese zwei Sätze gesagt zu bekommen. Das Gespräch mit ihm an diesem Abend hatte mir auf geradezu existentieller Ebene weitergeholfen.

*

Die starke Kritik, die im Internet an meiner Person und an meiner Geschichte geübt wurde, nahm jedoch immer weiter zu. Ich bekam Mord- und Vergewaltigungsdrohungen per E-Mail. Meistens konnte ich den Impuls unterdrücken, auf die Kommentare zu reagieren, und löschte die gemeinen E-Mails einfach. Aber bei einem Kommentar, in dem ich eine »hässliche Schlampe« genannt wurde, war mir dann doch auf einmal alles zu viel, ich brach mein Schweigen und antwortete mit »fick dich doch«. Danach war mir das sofort unendlich peinlich, aber ich konnte meine Antwort nicht mehr löschen. Ich war so verzweifelt, dass ich Jeremy Lin eine E-Mail schrieb, um mich von ihm trösten zu lassen.

»Ich mache mir Sorgen, weil ich mich immer so komisch benehme, wenn andere mir ›Aufmerksamkeit‹ schenken. Unter Druck sehe ich oft rot. Es ist mir peinlich, dass ich auf einen blöden Kommentar auf Thought Catalog ›fick dich doch‹ geantwortet habe. Ich habe das Gefühl, diese ›Aufmerksamkeit‹ durch das Internet nimmt mich total mit, erschöpft mich richtig, aber gleichzeitig will ich auch immer mehr davon. Ich glaube, ich werde eine ganze Weile nicht mehr schreiben können, nachdem ich diese Sachen über mich gelesen hab. Wenn ich Stress habe und das Gefühl, dass andere und auch ich selbst hohe Erwartungen an mich stellen, dann kann ich nicht gut schreiben. Eine ›erfolgreiche Schriftstellerin‹ zu werden scheint sehr viel schwieriger zu sein, als ich dachte, und das aus ganz anderen Gründen, als ich erwartet hätte. Vielleicht eigne ich mich auch gar nicht dazu, weil ich unter Druck immer gleich zusammenbreche. Ich wollte dir das alles übrigens nur mal erzählen, um es ausformuliert zu haben. Ich sehe dich nicht als meinen Therapeuten und erwarte jetzt auch nicht Gott weiß was von dir.«

»Du hast doch bestimmt schon genug für ein Buch zusammen, eigentlich kannst du dich doch erst mal entspannen und dich auf das konzentrieren, was du schon geschrieben hast. Ich finde, du hast dich gut geschlagen, ich wüsste nicht, was man hätte besser machen können. Und ich bin froh, dass ich dabei war. Außerdem hast du hiermit bestimmt schon den größten Shitstorm deiner Karriere überlebt, ab jetzt wird es weniger, und dann hast du auch wieder weniger Stress. Zusammengefasst: Du hast das gut gemacht. Und danke, dass du mir die Geschichte überhaupt geschickt hast«, war Jeremy Lins Antwort.

»Danke. Es freut mich, dass ich dich ›stolz‹ machen konnte und dafür gesorgt habe, dass du mehr Klicks gekriegt hast.«

*

Nach dieser Nachricht chatteten wir später noch einmal miteinander.

»Was denkst du, wenn jemand deine Texte kritisiert oder wenn jemand sagt, du hast Talent? Meinst du, die einen haben mehr recht als die anderen, egal, ob sie dich gut oder schlecht finden, oder denkst du, das sind nur verschiedene Geschmäcker?«, fragte er.

»Da habe ich ehrlich gesagt noch nicht wirklich drüber nachgedacht.«

»Wenn Leute einen Text kritisieren oder loben, dann bedeutet das ja, sie wüssten genau, welches Ziel man mit dem Text erreichen wollte, und dass man konkret in Zahlen ausdrücken könnte, wie nahe man diesem Ziel kommt. Dass diese Zahlen dann jeweils höher oder niedriger wären, wenn man den Text zum Guten oder zum Schlechten verändert. Aber das wäre doch unglaublich schwierig nachzuvollziehen, selbst wenn sich zwei

Menschen auf was einigen würden, was man tatsächlich messen kann, so was wie ›erhöhte Pulsfrequenz beim Leser‹ oder so. Aber andererseits muss man manchmal natürlich auch einfach mal Dinge in ›gut/schlecht‹ einteilen, ohne dafür vorher jeweils einen Kontext oder eine Intention zu definieren.

Meiner Meinung nach gibt es zwei völlig unterschiedliche Arten, Sprache zu verwenden. (1) Man schreibt überhaupt nicht abstrakt, meint alles 100 % genau so, wie man es schreibt, und legt vorher keinen Kontext und kein Ziel fest, das man mit dem Text erreichen will. (2) Man schreibt abstrakt. Bei (2) gibt es immer eine Art Ziel, es gibt immer Menschen, von denen man meint, sie hätten ›guten Geschmack‹ oder ›schlechten Geschmack‹, und es findet immer ein ›Austausch‹ über deren Texte statt, eine Diskussion. Ich glaube, 98 % der Menschen fallen in Kategorie (2), aber ich persönlich fühle mich immer sehr unwohl, wenn ich im (2)-Stil schreibe, weil ich weiß, dass das nicht wirklich echt ist. Ich habe bis jetzt einige wenige Leute kennengelernt, die online größtenteils im (1)-Stil schreiben, und deren Texte habe ich auf Muumuu House veröffentlicht.«

Ich schrieb zurück, dass ich seine Gedanken dazu sehr zu schätzen wüsste, mich aber gerade nicht so gut darauf konzentrieren könnte, um ihm antworten zu können. In Wirklichkeit fand ich Jeremy Lins Meinung sehr interessant, wollte aber erst mal noch mehr über das Thema lesen und selbst darüber nachdenken, bevor ich mir eine Meinung bildete. Das wollte ich ihm aber nicht sagen.

*

Ein paar Tage später wurden Jeremy Lin und ich eingeladen, an einem Schreibprojekt und einer damit verbundenen Lesung in New York teilzunehmen. Jeremy Lin organisierte daraufhin eine Lesung von Muumuu House, die kurz darauf stattfinden sollte. Er fragte mich per E-Mail, ob ich am 21. Februar Zeit für seine Lesung hätte.

»Ja, der 21. passt gut. Ich habe heute gerade mein Flugticket nach New York gebucht. Ich bin dir sehr dankbar.«

»Ich freu mich, dass du kommst und dass wir beide Lesungen machen. Ich freu mich wirklich darauf, dich zu sehen«, antwortete er.

*

Bis dahin waren ausnahmslos alle meine Unterhaltungen mit Jeremy Lin immer sehr positiv und er von mir immer begeistert gewesen. Das führte bei mir wahrscheinlich zu einem Gefühl trügerischer Sicherheit, zu dem Eindruck, dass er mich mögen würde, egal, was ich mache. Trotz seiner emotionalen Unterstützung machten mich die Hunderte Kommentare sehr fertig, die meine schriftstellerischen Fähigkeiten in Frage stellten und mich als Person angriffen. Ich schrieb daraufhin einer Autorin, deren Texte ich sehr mochte, und leitete diese E-Mail auch an ihn weiter, in der Hoffnung, er würde mich trösten, obwohl die E-Mail diese Zeilen beinhaltete: »Sowohl die negative als auch die positive ›Aufmerksamkeit‹, die ich im Moment bekomme, führt bei mir dazu, dass ich die ganze Zeit voller Selbsthass über mich nachdenke, ich habe eine völlige Schreibblockade, habe meine Stimme verloren und nicht mehr das Gefühl, überhaupt schreiben zu können. Ich weiß, dass ich die ganzen Kommentare einfach ignorieren sollte, aber ich schaff es nicht, sie nicht zu lesen. Ich hasse es, dass ich als Jeremy-Lin-Kopie oder als sein Groupie bezeichnet werde. Ich will nicht, dass man mich als Autorin mit Jeremy Lin/Muumuu House in Verbindung bringt, ich würde gern aus diesem Schatten heraustreten.«

Jeremy Lin antwortete auf diese E-Mail: »Es wird immer Leute geben, die über deine Texte reden, wenn du sie veröffentlichst. Je mehr Leute deine Texte lesen, desto mehr Geld verdienst du und desto mehr reden die Leute auch über dich. Wenn du nicht willst, dass sich die Leute mit dir persönlich auseinandersetzen, musst du dir eine neue Persönlichkeit ausdenken und dich dahinter verstecken, und nur über ausgedachte Dinge schreiben. Selbst wenn du nicht online zu finden wärst – sobald du ein Buch rausbringst, reden die Leute eben über dich. Ich glaube, die einzige Lösung ist, dich mehr und mehr davon zu lösen, was andere über dich denken. Und was das Thema angeht, womit du in Verbindung gebracht werden willst und womit nicht: Mach die Sachen, die du willst, veröffentliche deine Texte dort, wo du willst, und umgib dich mit Leuten, mit denen du dich unterhalten willst. Damit wirst du dann in Verbindung gebracht, und wenn das alles Sachen sind, die du dir ausgesucht hast, gibt's auch kein Problem. Aber man hat letztlich sowieso nicht komplett unter Kontrolle, mit wem man assoziiert wird.«

Es war klar, dass ich ihn verletzt hatte. Ich schrieb ihm: »Es tut mir leid, wenn das unhöflich oder verletzend rüberkam, was ich über dich und Muumuu House gesagt habe. So hab ich das nicht gemeint, ich weiß doch auch nicht. Ich bin dir wirklich sehr dankbar dafür, dass du meinen Text auf Muumuu House veröffentlicht hast, und auch für die viele Unterstützung und die Ratschläge von dir.«

Jeremy Lin antwortete: »Kannst du den Teil mit ›So hab ich das nicht gemeint, ich weiß doch auch nicht‹ wenn möglich vielleicht ein bisschen näher ausführen? Das würde bestimmt dafür sorgen, das seltsame Gefühl auf meiner Seite etwas zu verringern, und es interessiert mich auch wirklich. Außerdem würde ich auch gern mehr über den Rest der E-Mail erfahren, was du im Einzelnen gemeint hast. Von wem wünschst du dir Bestätigung? Dein Blog und dein Facebook haben bei mir für den Eindruck gesorgt, dass du Texte, die politische Themen behandeln und akademische Termini verwenden, für hochwertiger hältst als andere, aber die Texte, die du selbst schreibst, gehen überhaupt nicht in diese Richtung. Ich finde es interessant, dass es da diese Diskrepanz gibt. Ich verstehe auch, dass du mit bestimmten Dingen lieber nicht in Verbindung gebracht werden möchtest. Ich würde gern mehr von dir dazu hören, sowohl, weil es mich wirklich interessiert, als auch, um dieses unangenehme Gefühl bei mir abzubauen.«

»Es tut mir leid, ich wollte nicht, dass du dich deshalb blöd fühlst. Ich will nicht, dass du mich jetzt weniger magst oder gar nicht mehr. Ich weiß nicht genau, von wem ich Bestätigung haben will. Ich habe das Gefühl, ich bin immer unglücklich und verunsichert, solange nicht jeder Einzelne, der meine Texte liest, sagt, dass er sie gut fand und genau versteht, was ich damit meine. Aber das geht natürlich nicht. Ich glaube, der eigentliche Grund dafür, dass ich angefangen habe, meine Texte zu veröffentlichen, war das Bedürfnis danach, von anderen verstanden zu werden. Das ist aber nicht eingetreten, und jetzt komme ich mir blöd vor, das überhaupt erwartet zu haben. Stattdessen haben mich nur sehr viele missverstanden, und ich werde als Jeremy-Lin-Marionette und aufmerksamkeitssüchtig dargestellt.

Mir ist schon klar, dass mir diese Meinungen egal sein sollten, aber es ist eben frustrierend. Wieso bilden sich andere ein, sie würden meine Intentionen verstehen? Wieso denken die, die dürften einfach so meine geistige Gesundheit diskutieren? Wieso dürfen die ein Urteil darüber fällen, ob ich mich ›erniedrige‹ oder nicht, und lassen mich das nicht selbst entscheiden? Nur weil meine Texte sehr direkt sind und ich ein einundzwanzigjähriges ›Mädchen‹ bin, dürfen andere festlegen, dass ich keinerlei Intention mit meinen Texten habe als das, was da schwarz auf weiß zu lesen ist? Und so weiter ... ich will nicht mit dir auf schriftstellerischer Ebene in Verbindung gebracht werden, weil es anscheinend dazu führt, dass alle denken, ich würde nur schreiben, weil ich dich beeindrucken/berühmt werden/deinen Stil imitieren will.

Ich bewundere dich als Schriftsteller und als Mensch, und ich mag dich wirklich sehr. Mir gefällt, dass du so intelligent bist, aber nicht damit angibst, und dass du so ehrlich und einfach authentisch bist. Mit deinen Texten ist das ganz genauso.

Wahrscheinlich wollte ich damit, dass ich im Internet Texte veröffentliche, die Notwendigkeit umgehen, im echten Leben Beziehungen mit Menschen aufzubauen, weil mir das wegen meiner Unsicherheit und meiner Sozialphobie sehr schwerfällt. Ich glaube auch, ich wollte die Bestätigung von anderen in Bezug auf mein Schreiben, ich wollte mich selbst als Schriftstellerin sehen. Mir ist aufgegangen, dass ich wirklich sehr gern ein Buch schreiben will, auch wenn ich damit nicht reich werde und es wahrscheinlich auch nicht allzu gut ankommt. Ich kann dir nicht wirklich sagen, wieso ich schreibe. Es geht mir dabei nicht so sehr ums Geld wie dir (obwohl ich nichts schlimm daran finde, wenn man damit reich werden will). Schreiben ist einfach was, was ich jeden Tag getan habe, seitdem ich sieben bin, und es fühlt sich an, als müsste ich das auch jeden Tag machen, so wie essen oder so. Aber ich habe immer Angst, dass ich angeberisch klinge oder als würde ich mich selbst zu ernst nehmen, wenn ich das so ausspreche. Ich will nicht fake oder ehrgeizig sein, das stört mich auch an anderen immer sehr. Ich hasse jegliche Form von Künstlichkeit. Ich sehe mich schon zu so einer Frau werden, die total ehrgeizig ist und der ihre Karriere wichtig ist, die sich bei allen möglichen Leuten einschmeichelt und immer damit angibt, wo sie schon überall Texte veröffentlicht hat. So könnte ich aber nicht leben und auch nicht schreiben.«

»Danke, dass du mir das alles geschrieben hast, ich habe jetzt wirklich nicht mehr so ein unangenehmes Gefühl. Manche Leute haben dich und deinen Text ja auch verstanden. Der Wunsch nach einer Verbindung zwischen sich und anderen Menschen ist auch für mich einer der Hauptgründe, wieso ich schreibe und meine Sachen veröffentliche, das habe ich noch vergessen zu sagen. Hast du nicht das Gefühl, dass du das erreicht hast? Du hast doch durch dein Schreiben schon eine Menge Leute kennengelernt. Du hattest früher keinen Ehrgeiz? Was hast du dir denn dann dabei gedacht, als du deine Geschichten verschickt hast und mir E-Mails geschrieben hast, obwohl ich oft nicht mal darauf geantwortet habe? Ist das jetzt anders? Mich würde deine Meinung über Muumuu House interessieren, weil ich ganz ehrlich finde, dass im Moment nirgendwo so wenig Wert auf Karriere, Einschmeicheln und ›Wettbewerb‹ untereinander gelegt wird wie da, weil ich und auch die meisten Leute, die ihre Sachen auf der Seite veröffentlichen, der Meinung sind, dass es in der Kunst kein gut oder schlecht gibt. (Ich bin z. B. 100 % davon überzeugt, dass ein Text von einem zehnjährigen Kind nicht schlechter als ein Text von James Joyce ist, und das gilt auch für alle anderen Menschen.) Von uns käme niemand auf die Idee, Interesse zu faken oder sich bei jemand anderem einzuschmeicheln. Ich hätte gedacht, dass jemand, dem die Sachen wichtig sind, die du aufgezählt hast, sich bei Muumuu House wohl fühlen würde. Aber ich weiß auch, dass dir Bestätigung wichtig ist, und davon kriegt man dort nicht viel. Mir ist Intelligenz nicht wichtig, und ich mag auch das Wort ›Talent‹ nicht besonders. Wenn ich mir nur aufgrund deiner Geschichten ein Bild von dir machen würde, käme ich zu dem Schluss, dass dir meine Texte bestimmt gefallen. Aber wenn ich mir andere Aspekte deiner Persönlichkeit ansehe, würde ich zu dem Schluss kommen, dass dem nicht so ist. Wenn ich irgendwas nennen müsste, das das genaue Gegenteil von mir ist, würde ich sagen: ›Die Essays von den Leuten von n+1, die ich bis jetzt gelesen habe.‹ Deshalb war ich nicht sicher, was du von mir hältst und wieso du mir immer wieder Sachen geschickt hast. Kannst du mir das vielleicht ein bisschen näher erläutern? Und was hältst du so von den vielen Ratschlägen, die du so von Leuten bekommen hast? Immer, wenn ich von irgendeinem Ratschlag gelesen habe, den dir jemand gegeben hat, fand ich das ganz schlimm. Ich habe das Gefühl, du weißt schon, was du tust, und wenn ich dann den Rat von anderen lese, will ich dir immer am liebsten sagen, dass du diese Ratschläge alle gar nicht brauchst«, schrieb Jeremy Lin.

»Stimmt, manche Leute verstehen meine Texte. Und meine Freunde, die mich gut kennen, haben mich dadurch noch besser kennengelernt. Neulich hat z. B. eine Freundin zu mir gesagt: ›Eine Freundin, die ich noch aus der Schule kenne, findet deine Texte und dich total toll. Ich glaube, besonders Frauen verstehen intuitiv, wovon du in deinen Texten sprichst, und finden gut, dass du über diese Sachen schreibst.‹ Es fällt mir nur leider schwer, mir das regelmäßig vor Augen zu führen. Und ja, es stimmt auch, dass ich durch das Schreiben Menschen kennengelernt habe, die ich sehr mag. Es läuft nur alles immer wieder auf meine Unsicherheit hinaus und diesen Wunsch, von Intellektuellen oder eigentlich allen anerkannt zu werden. Ich weiß nicht, wie ich das ändern soll. Ich weiß nicht, wieso ich dir Texte von mir geschickt habe. Ich denke rückblickend, ich war wie auf Autopilot, als ob ich diese Sachen einfach gemacht habe, weil es sich richtig angefühlt hat, ohne irgendwelche tatsächlichen rationalen Überlegungen dahinter. Ich habe mir davor gar nicht wirklich Gedanken über Muumuu House gemacht, ich hatte noch nie was von den Autoren da gelesen bis auf ein paar Kurzgeschichten von dir und *Richard Yates*, aber die habe ich erst viel später gelesen, nachdem ich was auf Thought Catalog veröffentlicht und dir auch schon Geschichten geschickt hatte. Und ich nehme schon einen gewissen Wettbewerb, Ehrgeiz und auch ein gewisses Einschmeicheln wahr, auch wenn es tatsächlich nicht so ist wie auf anderen Seiten.

Ich finde es so schön, wie ernst es dir damit ist, dass Kunst deiner Meinung nach immer subjektiv ist. Ich bin nicht sicher, wie ich das sehe. Ich habe noch nicht genug darüber gelesen oder nachgedacht, aber mein spontaner Gedanke wäre, dass das nicht komplett stimmt. Jetzt, wo ich das schreibe, denke ich eigentlich doch, dass es so ist, aber wie gesagt, ich habe das Gefühl, noch nicht genug darüber nachgedacht oder darüber gelesen zu haben, um mir eine Meinung dazu erlauben zu dürfen. Die Zynikerin in mir sagt, dass ich es mir damit zu einfach mache, wenn ich über meine Texte sage, dass Kunst immer im Auge des Betrachters liegt. Über das Thema ›Talent‹ habe ich auch noch nicht genug nachgedacht oder gelesen, aber ich glaube, da ist meine Haltung ähnlich.

Was dich und deine Texte angeht: *Richard Yates* hat mir gut gefallen, und dann hab ich mir vor ein paar Wochen noch *Shoplifting from American Apparel* gekauft. Bevor du meine Geschichten veröffentlicht hast, war mein Interesse an dir eher ›soziologisch‹, du hast mich mehr als kulturelles Gebilde interessiert, weniger als Mensch oder als Schriftsteller. Mit dieser Einstellung habe ich auch *Richard Yates* gelesen, ich hatte eben diese Vorstellung von dir (ohne dass ich wirklich drüber nachgedacht hätte und selbst zu der Haltung gekommen wäre), dass du jemand ohne jegliches Talent bist, der nur aus Spaß schreibt. Jetzt sehe ich das natürlich ganz anders. Vielleicht hab ich dir meine Geschichten auch als eine Art Sozialexperiment geschickt. Ich war neugierig, wie du darauf reagierst. Ich hätte nie gedacht, dass du wirklich was von mir veröffentlichst.

Du meintest, ich mag und bewundere akademische und intellektuelle Texte, schreibe aber selbst ganz andere Sachen. Das stimmt. Mich faszinieren diese Texte einfach, und ich finde die auch interessanter als Fiktion. Ich denke viel über politische Themen nach, aber ich traue mich nicht, auch direkt über diese Themen zu schreiben, ich kann das nur indirekt in Form von Fiktion. Vielleicht wäre ich auch gar nicht intelligent genug dafür. Es ist wirklich frustrierend, ein ernsthaftes Interesse an bestimmten Dingen zu haben, aber nicht intelligent genug zu sein, um sich dann auch an irgendeinem sinnvollen intellektuellen Diskurs zu diesen Themen zu beteiligen. Außerdem denke ich auch nicht sonderlich rational, ich gehe eher intuitiv und emotional an Dinge heran und mache mir ›große Ideen‹ meistens zugänglich, indem ich Vergleiche zu mir und meinem eigenen Leben ziehe. Das funktioniert aber natürlich bei dieser Art akademischen Texten nicht.«

»Wieso meinst du, du machst es dir einfach, wenn du in Bezug auf deine Texte sagst, Kunst wäre subjektiv, läge immer im

Auge des Betrachters? Das macht dir das Leben schwerer, als es so schon ist (weil du nicht zu den 95% – oder wie viele es nun genau sind – gehörst, die das anders sehen), und außerdem (darüber habe ich schon mal was geschrieben, ich finde es nur gerade nicht, glaub mir einfach, ich habe schon oft darüber nachgedacht) ist die Haltung, dass Kunst immer im Auge des Betrachters liegt, moralisch und sorgt für weniger Schmerz und Leiden in der Welt (zusammengefasst kann man sagen, dass es dadurch weniger hierarchisches und qualitativ-abstrahierendes Denken gibt; vom moralischen Standpunkt abgesehen, ist die Betrachtungsweise historisch wahrscheinlich älter; und sowieso ist es akkurater, wenn man es unter dem Gesichtspunkt der Naturgesetze betrachtet). Wenn es darum geht, wie lange du an deinen Texten arbeitest, ist es irrelevant, ob Kunst subjektiv ist oder nicht. Selbst wenn sie es ist, hat ja trotzdem immer noch jeder Mensch seine Idealvorstellungen, und die Schwierigkeit, mit seiner Geschichte seinem eigenen Ideal zu entsprechen, bleibt gleich, egal, ob man meint, dass Kunst subjektiv ist oder nicht.

Ich würde viel lieber einen Essay zu einem politischen oder auch einem anderen Thema von dir lesen als irgendwas aus n+1, mit so vielen Fachausdrücken und vorgefertigten Meinungen. Ich habe auch das Gefühl, dass ein größerer Prozentsatz von Neuerungen oder Erfindungen von Menschen mit nicht-akademischem Hintergrund stammt, egal in welchem Bereich, weil die konkret über Sachen nachdenken können, anstatt die ganze Zeit Fachausdrücke verwenden zu müssen. In deinen Geschichten kannst du alles so beschreiben, wie es wirklich ist, nicht, wie man es erwartet, weil man es so schon aus tausend anderen Romanen kennt. Dein Gehirn sieht die Dinge so, wie sie sind, und das nutzt du für deine Texte, aber du weigerst dich, das auch im restlichen Leben zu tun. Immer, wenn du um Rat oder Trost gebeten hast, wolltest du eigentlich Bestätigung, das habe ich gemerkt.«

Nach dieser Unterhaltung dachte ich darüber nach, dass

ich Jeremy Lins offensichtliche Intelligenz und seinen Tiefgang bewunderte, fragte mich aber gleichzeitig, ob er nicht auch versuchte, meine Gedanken und Meinungen nach seinen Vorstellungen zu formen, und wusste nicht, was ich davon halten sollte.

*

Den Rest der Woche vor den Lesungen in New York war Jeremy Lin weiterhin für mich da, tröstete mich und gab mir Tipps, wie ich meine Texte am besten veröffentlichen konnte. Einmal erzählte er mir auch von seinen Selbstzweifeln in Bezug auf sein eigenes Schreiben, das rührte mich. Er schickte mir ein Heftchen mit Bildern von Koalas, die sich an Katzen klammerten, die er für mich gezeichnet hatte, und ich sah mir das Heftchen oft an.

*

Ich kam am 17. Februar in New York an. Ich übernachtete in der Wohnung eines Bekannten, den ich online kennengelernt hatte. In der Nacht musste ich ihn dazu überreden, mich im Arm zu halten, während ich vor lauter Panik weinte und zitterte. Ich hatte große Angst, auf einmal hier in New York zu sein und Jeremy Lin zu treffen und an Lesungen teilzunehmen, es war ein Gefühl absoluter Panik, das ich ihm gegenüber mit dem Satz zusammenfasste: »Ich habe das Gefühl, dass ich allen was schulde und es niemandem recht machen kann.«

»Die mögen dich doch schon wegen deiner Arbeit. Du musst denen gar nicht mehr geben. Du schuldest niemandem was. Selbst wenn dich Jeremy Lin und alle anderen völlig schrecklich finden, wenn sie dich jetzt persönlich kennenlernen, was nicht passieren wird, aber selbst wenn – du brauchst die doch gar nicht. Du brauchst die alle nicht«, sagte mein Bekannter.

Ich lag da und dachte: Ich weiß, dass ich Jeremy Lin nicht »brauche«, um Schriftstellerin zu sein, darum geht's mir doch auch gar nicht. Oder vielleicht brauche ich ihn schon, denn ich weiß, dass ich ohne seine emotionale und öffentliche Unterstützung durchgedreht wäre. Ich will, dass mich Jeremy Lin sehr mag, obwohl ich gar nicht genau weiß, wie sehr ich selbst ihn als Mensch mag und wie stark meine Sympathie von der Tatsache beeinflusst wird, dass er eben Jeremy Lin ist. Ich dachte darüber nach, dass ich nie jemandem vermitteln kann, dass mir meine gesamte Existenz wie eine Riesenbürde für alle anderen vorkommt, ich immer ein schlechtes Gewissen habe, weil ich andere Menschen zu Kontakt mit mir zwinge, und ich ganz genau weiß: Der Kontakt mit mir kann anderen wahrscheinlich nur Spaß machen, wenn ich meine wahre Persönlichkeit verstecke.

⋆

Am Freitag fragte ich Jeremy Lin, ob wir uns am Samstag treffen könnten. Er sagte, er hätte keine Zeit, aber dass wir uns am Tag der Lesung ein paar Stunden vorher treffen sollten. Wir verabredeten uns in einem Smoothieladen namens One Lucky Duck. Ich fuhr mit dem Taxi dorthin und rauchte, während ich davor wartete. Ich musste etwas Zeit totschlagen, weil ich etwa zwanzig Minuten zu früh dran war. Ich hatte große Angst gehabt, zu spät zu kommen, weil ich aus seinen Büchern wusste, wie sehr Jeremy Lin es hasste, wenn man zu spät kam.

Nach einer halben Stunde sah ich ihn mit einem MacBook unter dem Arm auf mich zukommen. Er lächelte. Ich fing auch an zu lächeln, als ich ihn sah, und fragte mich, ob ich mich freute, ihn zu sehen, oder ob ich mich nur freute, dass er lächelte, während er auf mich zukam.

Wir begrüßten uns. Jeremy Lin half mir bei der Wahl des Smoothies und kaufte ihn mir.

Wir setzten uns nebeneinander an einen Tisch.

»Ist das ein Tattoo?«, fragte Jeremy Lin. Ich hatte mir den Namen Tom mit schwarzem Filzstift auf den Arm geschrieben.

»Nein, so heißt mein bester Freund. Hab ich mir auf den Arm geschrieben, damit ich nicht so nervös bin.«

Jeremy Lin nickte. Wir saßen eine Weile schweigend da.

»Ich fand gut, als Adrien Brody in deiner Geschichte ›Am Appy‹ gesagt hat.«

»Ja, das war lustig.«

Jeremy Lin gab mir Xanax, damit ich während der Lesung nicht so viel Angst haben würde, und dann teilten wir uns noch eine MDMA-Tablette. Er legte sie mir direkt in den Mund. Ich musste daran denken, dass es im Internet bestimmt gleich heißen würde: »Jeremy Lin setzt junge Mädchen unter Drogen«, wenn uns jetzt jemand sehen könnte.

Er sah mich an und seufzte. »Ich kann nicht fassen, dass ich achtundzwanzig bin.«

Er fing an, sehr schnell irgendwas auf seinem MacBook zu tippen. Er wirkte gelangweilt.

»Mach ich was falsch?«, fragte ich.

»Nein. Ich hab das Gefühl, mit dir kann man gut reden.«

Er fragte mich, was ich bis jetzt so in New York unternommen hatte.

»Gestern hab ich mich mit dem Typen getroffen, der mich in diesem einen Artikel so fertiggemacht hat, zu dem du dann noch was geschrieben hast. Er meinte, er kommt zur Lesung, aber dass er gar nicht wüsste, wieso, weil er Muumuu House eigentlich scheiße findet. n+1 aber auch.«

»Ich glaube, manche Leute mögen Muumuu House, manche mögen n+1, und dann gibt's noch die anderen.«

»Ja, ich dachte auch, dass alle immer wenigstens eins von beiden mögen. Der Typ war aber sehr nett und echt klug. Ich glaube, ich hab mich ein bisschen verknallt.«

»So was passiert mir nicht mehr«, sagte Jeremy Lin.

Das überraschte mich und kam mir auch etwas schroff vor. Ich fühlte mich vor den Kopf gestoßen.

Wir schwiegen.

»Ich habe das Gefühl, du kannst mich nicht leiden«, sagte ich nach einer Weile.

»Doch, natürlich kann ich dich leiden. Ich mag dich, ich mag dich sehr.«

Ich kniff ihn in den Arm. Sein Arm fühlte sich ganz dünn und knochig zwischen meinen Fingern an, und das Gefühl gefiel mir nicht.

»Was machst du denn da?«, fragte er. Ich ließ ihn los. Das war mein wenig subtiler Flirtversuch gewesen, und er war fehlgeschlagen. Ich entschuldigte mich und schob es auf das Xanax.

Dann sagte ich ihm, ich würde auf ihn stehen. Ich war nicht mal sicher, ob das stimmte, aber behauptete es in dem Moment einfach, weil ich überhaupt nicht einschätzen konnte, was er für mich empfand, und es gern herausfinden wollte.

»Wie meinst du das, du stehst auf mich?«

»Gibt's da mehr als eine Art, das zu meinen?«

»Also meinst du, du würdest mit mir ins Bett gehen?«

»Ja.«

»Sag mal, gibt's eigentlich auch jemanden, mit dem du *nicht* ins Bett gehen würdest?«

Das verletzte mich, aber ich lächelte nur und antwortete: »Jungs von meiner Uni, die mich die ganze Zeit anmachen.«

»Das ist ...« Er winkte ab.

»Ich dachte, du stehst nur auf total große Männer.«

»Es geht mir hauptsächlich um Alter und Intelligenz.«

Er sagte, dass ich vor unserem Treffen doch extra darauf hingewiesen hatte, nicht auf ihn zu stehen.

»Das hab ich nur gesagt, damit du dich nicht komisch mir gegenüber fühlst.«

»Du bist echt hübsch ... ich stehe nur leider nie auf jemanden. Ich sehe zu viele Pornos.« Er grinste.

»Entschuldige. Ich glaube, das ist echt nur das Xanax. Diese Unterhaltung ist mir ganz schön peinlich.«

Er sagte, es sei schon okay und er würde peinliche Unterhaltungen mögen.

⋆

Er sagte, dass er mit einem Freund in einer Bar verabredet sei, also gingen wir dort zusammen hin.

Unterwegs fing er wieder von der E-Mail an, die ich ihm weitergeleitet hatte.

»Du bist so klug und schreibst so selbstbewusst. Wenn du doch endlich begreifen würdest, dass du von niemandem Ratschläge brauchst. Ich habe zum Beispiel das Gefühl, von manchen Schriftstellern gibt's schon fünfzehn andere Versionen, aber ...« Wahrscheinlich wollte er darauf hinaus, dass es nur eine Marie Calloway gab. Das fand ich natürlich schmeichelhaft, aber ich musste auch darüber nachdenken, dass er immer so darauf bestand, ich solle nur ja nichts auf die Ratschläge von anderen geben, während er mir die ganze Zeit ja selbst Ratschläge gab. Vielleicht wollte er eher, dass ich nur auf ihn höre?

Er fragte mich, was ich denn genau damit gemeint hatte, was ich in der weitergeleiteten E-Mail darüber gesagt hatte, nicht mit ihm und Muumuu House in Verbindung gebracht werden zu wollen.

»Das hab ich dir doch schon erklärt, ich hab dir doch eine E-Mail dazu geschrieben.«

Sein Misstrauen und seine Unzufriedenheit in Bezug auf meine Erklärung frustrierten mich. Ich fragte mich, ob es daran lag, dass es tatsächlich etwas in den Texten von Autorinnen gibt, das Männer einfach nicht verstehen.

»Ich habe das Gefühl, da ist noch was, was du mir nicht sagen willst.«

»Ich habe das Gefühl, dass da was ist, was *du* mir nicht sagen willst«, entgegnete ich. Wieso stritten wir uns jetzt hier über dieses Thema? Ich hatte ihm doch alles so gut erklärt, wie ich konnte.

»Ich habe den Eindruck, dass du mich nur benutzt, um deine Karriere als Schriftstellerin voranzubringen.«

»Nein!« Ich blieb mitten auf der Straße stehen. Ich war völlig schockiert, dass er das dachte.

»Was machst du denn da?« Er lachte.

Ich ging zum Bürgersteig hinüber, wo er stand. Er ging weiter. Ich blieb stehen und rieb mir die Augen. Ich weinte zwar wirklich fast, aber noch nicht richtig, und wollte unbedingt den Eindruck erwecken. Ich wollte weinen, damit ihm klarwurde, dass ich ein netter Mensch war und ihn nicht voller Berechnung ausgenutzt hatte, aber meine Tränen beeindruckten ihn kein bisschen. Er erzählte mir was darüber, wie manche Leute andere Leute in der Literaturszene ausnutzten, dass überhaupt die meisten Beziehungen ja so liefen und es in Ordnung sei, das auch ehrlich zuzugeben.

»Du projizierst Eigenschaften von anderen und von dir selbst auf mich«, sagte ich. Das dachte ich nicht wirklich, aber ich wusste nicht, wie ich sonst ausdrücken sollte, dass er meiner Meinung nach falschlag.

»Glaub ich nicht«, antwortete er, lachte und schüttelte den Kopf.

In dem Moment ging mir auf, dass man anscheinend einfach nicht schlauer als Jeremy Lin sein konnte, man ihn nicht austricksen konnte. Zumindest nicht, was das Zwischenmenschliche anging.

»Können wir jetzt weitergehen?«, fragte ich.

»Klar. Du bist doch stehen geblieben.«

Wir gingen eine Weile schweigend nebeneinander her. Schließlich sagte Jeremy Lin halb im Spaß, halb vorwurfsvoll: »*Good Morning, Midnight* hast du bestimmt gar nicht richtig verstanden, oder?«

»Doch, hab ich.« Ich war erleichtert, dass er nicht weiter über die E-Mail reden wollte, aber auch traurig, dass er tatsächlich glaubte, ich wollte ihn nur ausnutzen.

»Aber du hast noch nicht angefangen, es zu lesen?«

»Doch, ich hab damit angefangen, aber ... keine Ahnung. Ich mag Autoren wie Raymond Carver und Tolstoi und Joyce Maynard.«

»Jean Rhys' Stil ist deinem doch viel ähnlicher als Raymond Carver oder Tolstoi. Interessieren dich Autoren mit einem ähnlichen Stil wie du nicht?«

»Ich weiß nicht.«

⋆

Wir waren an der Bar angekommen und Jeremy Lin stellte mich seinem Freund vor, der auch Autor war und heute lesen würde. Die beiden unterhielten sich über Drogen, saßen einander gegenüber und mit dem Rücken zu mir. Ich saß daneben, bestellte mir ein Bier und trank es sehr schnell aus. Ich fühlte mich plötzlich sehr einsam. Ich dachte darüber nach, was ich manchmal für ein stiller Mensch war, wie leicht man mich ignorieren konnte. Ob ich mich in Jeremy Lins Gegenwart immer wie das fünfte Rad am Wagen fühlen würde, sobald andere Leute dabei waren?

⋆

Jeremy Lin, der andere Autor und ich gingen zusammen zu St. Mark's Bookshop. Drinnen saßen etwa achtzig Leute. Ich freute mich einerseits sehr und genoss, mich ein bisschen wie ein Promi zu fühlen, kam mir aber gleichzeitig genau deswegen auch absolut bescheuert vor und hatte Angst. Es war ja meine erste Lesung.

Wir trennten uns, und ich unterhielt mich mit meinen Freunden und ein paar Fans, die mich ansprachen.

Nach etwa einer halben Stunde Reden und Warten trat Jeremy Lin ans Mikro und erklärte, dass die Lesung jetzt anfing. Ich saß in der allerersten Reihe, die für die Vortragenden reserviert war.

Jeremy Lin eröffnete die Lesung und stellte sich vor. Er las ein paar Tweets aus seiner Timeline vor (»Horrorfilm mit dem Titel ›Fliegende Haie, die verschlossene Türen öffnen können‹«). Nach etwa dreißig Tweets hörte er plötzlich auf, sagte: »Mehr lese ich heute nicht«, und stellte mich vor. Die Leute applaudierten. Ich ging vor zum Mikrofon.

»Vielen Dank. Ich heiße Marie. Ich werde aus einer Geschichte mit dem Titel ›Adrien Brody‹ vorlesen …« Ich erklärte umständlich, worum es in der Geschichte ging. Ich kam mir blöd dabei vor, dachte aber, wenn ich nichts dazu sagen würde, wer ich bin und was das für eine Geschichte war, würde das arrogant wirken, als ob ich davon ausging, dass *natürlich* jeder wusste, wer ich war, und meine Geschichte kannte. Aus dem Augenwinkel sah ich Jeremy Lin lächeln, es sah aus, als würde er sich für mich schämen.

»Tut mir leid, ich bin ziemlich aufgeregt«, sagte ich und lachte. Das war als Entschuldigung in Richtung Jeremy Lin gedacht.

Ich fing an zu lesen. Ich sah kein einziges Mal hoch und schaffte es tatsächlich, mir einzureden, dass da nicht ein kompletter Buchladen voller Leute saß und zuhörte. Während ich las, hatte ich das Gefühl, zu einem Roboter zu werden. Ich las, was da auf dem Papier stand, ohne drüber nachzudenken oder irgendetwas dabei zu empfinden. Zum Ende hin lachte jedoch jemand bei der Zeile: »Ich merkte, wie seine Erektion verschwand«, und brach damit das Schweigen der Zuhörerschaft. Ich sah von meinem Blatt hoch und erschrak beim Anblick der hundert ausdruckslosen Gesichter, die mich anstarrten. Ich sah schnell wieder runter und las weiter, anfangs noch zittrig.

Als ich fertig war, klatschten alle. Ich setzte mich wieder und versteckte mein Gesicht in den Händen. Ich fand, dass ich das eigentlich ganz gut gemacht hatte, dachte aber, ich sollte so tun, als würde ich mich schämen, damit mich die anderen nicht blöd fanden.

*

Nach der Lesung gingen alle von Muumuu House mit ihren Freunden noch in die Bar Blue and Gold, die hier in der Nähe war. Während ich mich mit jemandem unterhielt, trat Jeremy Lin von hinten an mich heran und legte mir die Hand auf die Schulter. Ich mochte das Gefühl seiner Hand da sehr.

»Wie geht's dir?«

»Ich glaube, ich war nicht so gut.« Ich fand ja schon, dass ich ganz gut war, zumindest in Ordnung, aber ich wollte etwas Nettes von ihm hören.

»Ich finde, du hast das gut gemacht«, sagte er.

Den ganzen restlichen Abend wechselten wir kein Wort mehr miteinander. Jeremy Lin unterhielt sich mit seinen Schriftstellerfreunden, und ich unterhielt mich mit meinen Freunden, die wegen mir zu der Lesung gekommen waren. Zur Verabschiedung umarmte ich ihn, hatte aber das Gefühl, dass ihm das nicht recht war. Das war mir unangenehm. Er fühlte sich sehr dünn an, fast wie ein Skelett.

Ich war sicher, dass ihm mein Vortrag nicht gefallen hatte.

*

Am nächsten Tag schrieb er mir eine E-Mail. »Wie geht's, wie war dein Tag? Was hast du heute so gemacht?«

»Hi. Bin morgens mit dem Zug von der Wohnung von diesem einen Typen zurück nach Hause gefahren. Dann habe ich mich mit einem Literaturagenten getroffen. Er war sehr nett, und ich glaube, er mag mich und will mich wohl auch wirklich gern in seine Kartei aufnehmen, aber er meinte, als Nächstes sollte ich erst mal bei Zeitschriften wie *Harper's* unterkommen, bevor ich ein paar Kurzgeschichten veröffentliche. Angeblich wollen das die Leute. Danach hab ich lange geschlafen. Ich fühle mich einsam, kann aber gleichzeitig auch gerade keine Leute sehen.«

»Das mit dem Agenten interessiert mich. Ich kann mir gut vorstellen, dass es mittlerweile Agenten gibt, die ein Buch von dir rausbringen würden, wenn du aus den Texten ein Buch machst, die du bis jetzt hast, und vielleicht noch ein neuer dazu. Ich glaube, *Harper's* usw. ist gar nicht nötig. Es ist sowieso fast unmöglich, was bei *Harper's* zu veröffentlichen, wenn man keine Beziehungen hat, aber ein Buch rausbringen kann man auch ohne Beziehungen.«

»Da werde ich mal drüber nachdenken und dann ein bisschen rumfragen. Wollen wir uns heute treffen? Ich bin um halb zwei mit so einem Typen zum Essen verabredet, danach hätte ich bis zur Lesung Zeit.«

»Du kannst dich mit Fragen zu Büchern und Agenten immer gern an mich wenden. Ich weiß, wovon ich rede. Ich bin um halb sieben verabredet, würde mich aber gern mit dir treffen. Ich bin um halb fünf in der Bibliothek fertig. Ich bin dann 79 Washington Sq. South, aber wir können uns auch woanders treffen. Schreib mir einfach eine E-Mail oder eine SMS. Ich kann dir auch ein paar Xanax geben, wenn du willst.«

*

Ich fuhr mit dem R Train zur 8th Street. Wir trafen uns vor der Station. Jeremy Lin warf einen Blick auf meine *Monthly Review*. Wir gingen zu einem veganen Restaurant, weil ich gesagt hatte, ich würde vor der Lesung gern noch was trinken gehen.

Wir setzten uns rein und ich bestellte mir ein großes Sierra Nevada.

»Wie war das Treffen mit dem Agenten?«

»Ich glaube, er mochte mich.«

»Wieso? Wieso sollte dich irgendwer mögen?«, fragte er im Spaß.

»Keine Ahnung.« Ich lachte.

Er mag mich bestimmt, dachte ich. Solche Witze macht man doch nur mit jemanden, den man richtig mag.

Wir sprachen über die Lesung. Er las mir die letzte Zeile der Geschichte vor, die er am Abend vortragen wollte (»als ich die E-Mail von meiner Mom las, musste ich weinen«), und fragte, ob er noch die anderen Gründe anführen sollte, wieso er in dem Moment hatte weinen müssen, zum Beispiel weil er damals keine Freunde hatte.

»Damit erklärst du zu viel, damit machst du es dir zu einfach«, sagte ich.

»Aber es wäre ehrlicher.«

Am Ende ließ er es so, wie es war.

★

Wir gingen zu Housing Works Books, wo die Lesung stattfand.

»Was meinst du, wer ist dein größter Fan?«, fragte mich Jeremy Lin.

Ich lächelte. »Keine Ahnung. Wahrscheinlich niemand.«

»Ich.«

★

Als wir ankamen, ging Jeremy Lin gleich zu einer Freundin, die dünn und hübsch und blond war. Ich setzte mich auf einen der Plätze, die für die Vortragenden reserviert waren, und starrte die ganze Zeit zu Jeremy Lin hinüber, der mit der blonden Frau schwatzte, ganz dicht neben ihr stand und sich mit ihr zusammen Sachen auf seinem iPhone anschaute. Ich war als Zweite dran. Ich ging auf die Bühne und las wieder wie ein Roboter. Als ich fertig war, klatschte das Publikum. Ich setzte mich. Ich hörte den anderen gar nicht zu. Ich starrte immer nur die ganze Zeit Jeremy Lin und die blonde Frau an.

★

Nach der Lesung ging ich zu ihm hinüber und stellte mich neben ihn. Wir unterhielten uns gerade, da kam eine große Gruppe Fans dazu. Jeremy Lin sprach mit ihnen, und ich stand unsicher daneben.

Während ich dort stand und Jeremy Lin und seiner Fangemeinde zusah, dachte ich darüber nach, wie gern ich enger mit ihm befreundet sein wollte und dass er meine Texte von allen am meisten mochte und ich mich gleichzeitig von ihm beeinflusst fühlte und den Eindruck hatte, in seinem Schatten zu stehen – in diesem Moment gerade wortwörtlich, wo sich das Publikum um ihn scharte und mich komplett ignorierte, und auch als Schriftstellerin, wo meine innersten Gedanken und Gefühle von vielen als bloßer Versuch abgetan wurden, Jeremy Lin zu imitieren, als Liebesbrief eines Groupies an einen älteren Schriftsteller, mit dem sie unbedingt ins Bett wollte. Ich musste an einen Online-kommentar zu mir denken, den ich mal gelesen hatte: »eine Geschichte von einer jungen, unerfahrenen Autorin, die nur versucht, ihr schriftstellerisches Vorbild [Jeremy Lin] zu beeindrucken«, und dass ich mich wahrscheinlich immer in seinem Schatten und unter seinem Einfluss fühlen würde, solange ich es nicht schaffte, Jeremy Lin komplett aus meinem Leben und meiner Karriere herauszuhalten, und bereit wäre, den Schmerz und die Schwierigkeiten anzunehmen, die damit einhergingen. Würde ich je meinen Wunsch, als Schriftstellerin ernst genommen zu werden, mit meinem Bedürfnis vereinbaren können, geliebt zu werden?

⋆

Nach der Lesung wollten Jeremy Lin, die blonde Frau, meine Freundin, die mich zur Lesung begleitet hatte, und ich noch zu ihm nach Hause. Wir hatten nicht zu viert Platz im Taxi, deshalb wollte er mit der Frau vorfahren, meine Freundin und ich sollten nachkommen. Als wir in seine Straße einbogen, sah ich, dass er nicht auf uns gewartet hatte. Ich musste an eine Doku denken, die ich mal gesehen hatte, in der Cynthia Lennon in einem Interview erzählte, wie John Lennon sie mal im Zug sitzenließ, und dass ihr in dem Moment klarwurde, dass ihre Beziehung zu Ende war. Dann kam ich mir bescheuert vor und fragte Jeremy Lin einfach per SMS nach seiner genauen Adresse.

⋆

Meine Freundin und ich kamen an der Wohnung an. Dort waren noch vier andere Leute. Als Erstes fiel mir auf, wie dunkel es in der Wohnung war. Es war wirklich ziemlich schummerig und bis auf ein Bett und das Allernötigste an Hausrat völlig leer.

Ich ging an Jeremy Lins Schreibtisch und nahm mir zwei MDMA-Tabletten und eine Ritalin.

Dann ging ich zu ihm.

»Darf man bei dir rauchen?«

»Nein, nein, nein, nein ...«

Ich rauchte am Fenster – zusammen mit den anderen vier Leuten, die da waren. Die blonde Frau, mit der sich Jeremy Lin auf der Lesung unterhalten hatte, versuchte mit mir ins Gespräch zu kommen. Sie sagte nette Sachen zu mir, während ich gemeine Sachen über sie dachte.

Ich setzte mich auf Jeremy Lins Bett. Sein MacBook lag dort, und sein Gmail-Konto war aufgerufen. Ich tippte »Marie« in das Suchfeld und klickte auf ein paar E-Mails zwischen ihm und einem anderen Schriftsteller, der auch an der Lesung teilgenommen hatte.

»Ich mag Marie, aber ich will nichts von ihr«, hatte Jeremy Lin geschrieben.

»Ich hätte gedacht, dass ich sie live heißer finde. Außerdem hat sie ›schlecht‹ gelesen, aber sie hat eine schöne Stimme«, hatte der andere Schriftsteller darauf geantwortet.

Jeremy Lin setzte sich neben mich aufs Bett. »Wie hat er das gemeint?«, fragte ich ihn.

»Es steht in Anführungszeichen. Wie soll er das wohl gemeint haben?«

»Dass er schon bessere Lesungen gehört hat?«

»Ja, genau.«

Ich benahm mich wahrscheinlich gerade wie Mädchen, über die Männer immer sagten, sie wären »anstrengend« und würden »ständig Bestätigung brauchen«, aber unter Drogen kann ich mich bei so was nicht zusammenreißen.

»Wieso stehst du nicht auf mich?«

»Ich stehe nur auf Mädchen, die unter fünfzig Kilo wiegen.«

»Du denkst, dass ich dich nur ausnutzen will.«

»Nein.«

Jeremy Lin stand auf und unterhielt sich mit den anderen.

Ich klappte sein MacBook wieder auf und googelte meinen Namen. Ich rief absichtlich nur die Seiten auf, wo jemand etwas Negatives über mich gesagt hatte. (»Da versucht lediglich irgendein Mädchen, einen auf [Jeremy Lin] zu machen.«)

Jeremy Lin sah, was ich angeklickt hatte, und schnaubte verächtlich. Er meinte, ich solle endlich damit aufhören, mir so was durchzulesen, weil es mich »nur traurig machen« würde.

»Glücklichsein ist doch nicht alles im Leben. Obwohl, nein, eigentlich ist es schon ziemlich dumm von mir gewesen, dass ich mir so viele Gedanken über die negativen Kommentare gemacht habe. Das ist doch völlig egal angesichts von Lesungen und Agententreffen und unter Leuten sein, die einen unterstützen.«

»Gut.«

Ich stand auf und unterhielt mich mit meiner Freundin, die am Fenster stand. Wir sprachen über Männer, die Sicht auf den eigenen Körper und das Schreiben.

»Ich weiß noch, wie du mal gesagt hast, dass du irgendwann eine Geschichte schreiben willst, die Männer nicht verstehen können«, sagte meine Freundin.

»Stimmt, das würde ich gern«, sagte ich und lächelte.

»Das ist sexistisch. Du bist der sexistischste Mensch, den ich kenne«, mischte sich Jeremy Lin ein.

Ich ließ mich auf sein Bett fallen. »Männer haben es ja so schwer«, seufzte ich. »Ich habe mich gerade mit meiner Freundin darüber unterhalten, dass es lächerlich ist, dich als Feministen zu bezeichnen, aber dass du auf Muumuu House auch wieder viele Autorinnen unterstützt und auch mal einen Artikel darüber geschrieben hast, dass Autorinnen weniger ernst genommen werden als Autoren.«

»Ja, das habe ich geschrieben ... und ich glaube übrigens, jeder Mensch ist sexistisch und rassistisch.«

Ich zündete mir eine Zigarette an und rauchte sie auf Jeremy Lins Bett.

Ich sagte, er sei rücksichtslos.

»Inwiefern bin ich denn rücksichtslos?«

»In deinen Büchern«, sagte ich. Ich musste an eine Rezension in der *New York Times* denken, in der eine Figur aus *Richard Yates* als »jemand, der sein Umfeld tyrannisiert« beschrieben wurde. Ich fand »Tyrann« zwar ein bisschen zu hart, aber die Figur wollte andere tatsächlich immer kontrollieren und die weibliche Figur im Buch nach seinen Vorstellungen verändern. Das fand ich interessant, weil ich ja auch das Gefühl gehabt hatte, dass Jeremy Lin genau das mit mir versuchen würde.

Er wollte gerade etwas erwidern, aber beim Aufsetzen verteilte ich aus Versehen Asche auf seiner weißen Bettwäsche.

»Das war jetzt aber total rücksichtslos von dir!« Das war das erste Mal, dass Jeremy Lin in meiner Gegenwart laut geworden war, ich hatte davor nicht mal von anderen gehört, dass er das jemals getan hatte.

»Na ja, jetzt hast du wenigstens für immer was von mir in deinem Bett.« Ich lachte.

Er sah mich an. Ich sah weg. Er wirkte angewidert.

»Ich muss schreiben«, sagte ich.

»Was musst du denn jetzt schreiben?«

Ich hatte keine Ahnung. Ich hatte nichts Bestimmtes im Kopf. Ich hatte nur das starke Bedürfnis, irgendwas zu schreiben. Jeremy Lin schob mir sein MacBook zu und sah mir über die Schulter. Ich schrieb, ich hätte das Gefühl, dass Jeremy Lin mir etwas schuldig wäre und eine Verantwortung mir gegenüber hätte.

»Ich finde, ich habe dir schon ganz schön viel Publicity besorgt«, tippte er darunter.

Ich war genervt, weil er nicht verstanden hatte, was ich wirklich meinte.

Ich zählte schlimme Sachen auf, die mir passiert waren, und dass ich oft fand, männliche Autoren wären schlecht darin, weibliche Figuren zu schreiben, aber dass ich seine Darstellung eines jungen Mädchens in *Richard Yates* phantastisch fand.

Jeremy Lin stand vom Bett auf und ging zu seinen Freunden.

Meine Freundin und ich lagen auf seinem Bett und redeten. Dann stand Jeremy Lin auf und rief nach mir. Er hatte eins seiner Bücher in der Hand, *Bed*.

»Das hat mir nicht gefallen. *Richard Yates* fand ich aber toll«, sagte ich.

»Was, du magst keine hochtrabende Prosa?«, fragte er grinsend.

Ich fragte, ob er vielleicht eine Ausgabe von *Selected Unpublished Blog Posts of a Mexican Panda Express Employee* für mich hätte, weil mir die Lesung der Autorin sehr gut gefallen hatte.

»Da wirst du doch bloß wieder eifersüchtig.«

»Wieso sollte mich das Buch eifersüchtig machen?«

»Weil sie meine Frau ist, das wusstest du doch, oder?«

»Klar wusste ich das.«

Er warf vier oder fünf Muumuu-House-Bücher nach mir.

⋆

Die anderen Partygäste verstanden das als Signal zu gehen, und verschwanden einer nach dem anderen. Jeremy Lin und meine Freundin drängten mich auch zum Gehen, aber ich sagte, dass ich noch nicht gehen wollte und gleich nachkommen würde.

Jeremy Lin lag ausgestreckt auf seinem Bett, so weit weg von dort, wo ich saß, wie nur möglich. Ich sagte ein paar Sachen, und er schwieg dazu.

Schließlich sagte er: »Deine Freundin wartet bestimmt schon.« Er klang unglaublich genervt.

Ich dachte darüber nach, dass diese Situation, irgendwo zu sein und mit jemandem zu reden, der mich nicht dorthaben und nicht mit mir reden wollte, ja meine größte Angst war. Aber wegen der Drogen machte mir das alles überhaupt nichts aus. Das fand ich interessant, wie ich da gerade zum ersten Mal im Leben die Angst überwand, mit jemandem zu reden, obwohl ich wusste, dass derjenige das nicht wollte.

»Ach so, ja.« Ich hatte meine Freundin tatsächlich vergessen. Mir wurde klar, dass ich wirklich gehen sollte, weil sie auf mich wartete.

»Ich will bloß nicht, dass du jetzt das Interesse an mir verloren hast und nicht mehr mit mir redest, Jeremy«, sagte ich leise.

Er sagte, das wäre nicht so, und dass er nur Texte von Menschen auf Muumuu House veröffentlichen würde, bei denen er davon ausging, sehr lange nicht das Interesse an ihnen zu verlieren.

Ich stand von seinem Bett auf und verließ seine Wohnung.

*

Nachdem ich aus New York wieder zu Hause war, schrieb ich als Erstes Jeremy Lin eine E-Mail.

»Hi. Tut mir leid, dass ich mich auf der Party danebenbenommen habe. Wenn ich Drogen nehme, kann ich immer nicht aufhören zu reden. Wenn so was in meinen Geschichten passiert, gefällt dir das bestimmt, aber wahrscheinlich weniger, wenn du es live bei einem verrückten Mädchen mitbekommst, das auch noch high ist. Übrigens macht es mir ganz ehrlich nichts aus, dass du nicht auf mich stehst.«

»Schon okay. Normalerweise habe ich auch nichts gegen solche Unterhaltungen, in dem Moment war mir nur gerade nicht danach. Ich war auch genervt von ein paar anderen Sachen, die du gemacht hast, wie das mit der Zigarettenasche in meinem Bett. Deshalb hatte ich in dem Moment keine Lust, mit dir zu reden. Aber andere Gespräche, die wir an dem Abend hatten, fand ich wieder gut. Habe ich dir *you are a little happier than I am* mitgegeben? Da geht's fast nur um ein Mädchen, das ich sehr mochte und mit dem ich gern enger befreundet gewesen wäre, als sie wollte. Da habe ich mich so gefühlt wie du, als du auf meinem Bett gelegen hast und nicht gehen wolltest. Darüber gibt's auch ein Gedicht in dem Buch, da will ich ewig nicht gehen, und das Mädchen schmeißt mich dann irgendwann raus.«

Ich hätte ihn gern gefragt, wieso er mir ausgerechnet von diesem Teil des Buchs erzählte, aber ich traute mich nicht.

*

»Ich glaube, Jeremy Lin mag mich nicht mehr. Ich habe Angst, dass er das Interesse an mir verloren hat«, schrieb ich einem gemeinsamen Freund von Jeremy Lin und mir in einer E-Mail.

Wenige Minuten später schrieb er mir zurück: »Ich glaube, du verstehst ihn nicht. Du erwartest, dass er dich als Sexobjekt sieht, aber für ihn bist du ein Mensch, eine Schriftstellerin. Du solltest aufhören, Sex als deine einzige Stärke anzusehen, und dir klarmachen – was Jeremy schon lange begriffen hat –, dass deine größte Stärke deine Texte sind.«

unerträglich

4. Mai

wusstest du eigentlich, dass ich mir schon vor langer Zeit ein paar von deinen freizügigeren Facebookfotos gespeichert habe und sie mir manchmal vor dem Einschlafen ansehe

»kannst du von jetzt an mir gehören, nur mir ganz allein?«

marie
ok
du könntest dich besaufen und dann so tun als ob du verliebt in mich bist

z
ich hab neulich nicht nur so getan

z
ich bin wirklich verliebt

z
ich glaube ich hab den leuten auf der party gesagt dass ich in marie calloway verliebt bin

marie
yay

z
»wieso ist sie nicht hier«

Z
hast du den flugreiseplan bekommen den ich dir an kahimikarie@yahoo geschickt hab?

Marie Calloway
ja
:)

Marie Calloway
Fr 25 MAI

LV 14:00 LAS VEGAS
AR 20:58 DETROIT

Z
ich bin zum ersten mal seit wochen wieder richtig glücklich

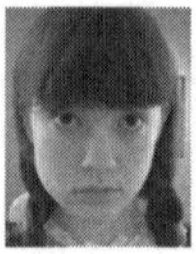

Marie Calloway
ich auch

marie
hm

falls ich dir je das herz breche verarbeitest du das hoffentlich in irgendeinem krass frauenfeindlichen aber total tollen kunstwerk

z
auf jeden

und das kunstwerk ist eine collage aus fotos von meinem schwanz und fotos von chicken wings

und das nenne ich dann »leck das ab marie calloway du elende schlampe«

marie
ok

z
ich will heute abend einschlafen und wenn ich aufwache sitz ich im auto und bin auf dem weg zum flughafen

marie
ja

http.//i50.tinypic.com/517yns.jpg mein letzter freitag bevor ich verheiratet/schwanger bin. ich bin so hässlich! (✿'◡'✿)

http://i50.tinypic.com/517yns.jpg my last friday before i'm married/pregnant. i'm hideous! (✿'◡'✿)

»ich fühle mich hier zu Hause«

»es ist krass, wie ähnlich du anna karina siehst. es ist krass, wie schön du bist. du machst mich fertig.«

werde ich mich irgendwann noch mal anders fühlen? nicht immer nur unsicher, müde, gelangweilt, genervt, traurig?

»ich bin so fertig«

»[in deiner nähe zu sein, deprimiert mich.]«

»wie geht's marie?«

»unerträglich«

»die benimmt sich, als wenn sie noch nie mit leuten zu tun hatte«

»sie ist so komisch und so langweilig. ich halte es echt nicht mehr lange mit ihr aus«

»Baby.«

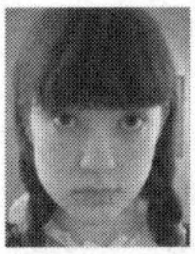

Marie Calloway Montag

thx

vielleicht bring ich mich einfach auf seinem bett um

Montag

lass ihm einen zettel mit »haha« drauf da, weil er ja alles saubermachen und deine leiche verschwinden lassen muss!!

Marie Calloway Montag

»ich fühl mich wie der schlimmste mensch auf der welt. gestern abend hast du gesagt, ich soll aufhören, aber ich hab nicht aufgehört.«

»war doch nur spaß«

um ehrlich zu sein – wie ich versucht habe, ihn von mir runterzuschubsen, das war eine der erotischsten und schönsten sachen, die ich je erlebt habe

Hey, Marie hat mich gebeten, dir eine E-Mail zu schreiben. Ich hoffe, das macht jetzt nicht alles noch seltsamer zwischen uns.

Ich schreib dir nicht, um dich zu ärgern oder so, ich will nur versuchen, sie dir ein bisschen zu erklären. Wie du ja bestimmt schon selbst gemerkt hast, ist sie eine ziemlich harte Nuss. Sie ist viel ängstlicher und introvertierter, als man meinen könnte, wenn man nur ihre Onlinepersönlichkeit kennt. Dafür gibt es eine Menge Gründe, die ich jetzt hier nicht alle aufzählen werde, aber man kann es zusammenfassen mit: Sie ist eben nicht wie andere Mädchen.

Ich fühle

Sie kommt nicht gut damit klar, mit vielen Leuten zu tun zu haben, mit wenigen eigentlich auch nicht. Das ist eine Lektion, die ich auch erst lernen musste, und es war ein schmerzhafter Weg dahin. Irgendwann musste ich einsehen, dass man sie nicht einfach so zu seinen Freunden mitnehmen kann, egal, wie gern man hätte, dass die sie mal kennenlernen. Im günstigsten Fall machen Menschen ihr Angst. Die Lesungen in New York konnte sie zum Beispiel nur durchziehen, weil sie vorher total viel MDMA genommen hatte, und selbst da hatte sie noch eine halbe Panikattacke. Außerdem musst du wissen, dass sie nicht mit Kritik umgehen kann. Da zieht sie sich dann immer völlig zurück. Das macht ihr Angst.

mich

gedemütigt

Um es kurz zu machen, man muss eine Engelsgeduld mitbringen. Das fällt den meisten Menschen wahrscheinlich ziemlich schwer, und ist auch schwer zu verstehen. Im Moment fühlt sie sich ungeliebt und empfindet sich als Belastung für andere; ich bin sicher, dass du ihr dieses Gefühl nicht vermitteln wolltest, aber so ist das nun mal.

Wie Guillermo schon meinte, wird sie nach ein paar Bier meistens ein bisschen entspannter, jetzt gerade ist sie völlig am Ende und hatte große Angst. Mit viel Geduld kann man das hinkriegen, sie zu umarmen hilft auch oft, wenn sie einen denn lässt. Vielleicht kann sie mit dir darüber reden, was los ist, vielleicht auch nicht, auf jeden Fall ist sie leider nicht sehr gut darin, ihre Emotionen zu artikulieren, wenn sie direkt vor einem sitzt.

Ich schäme

mich so

Ich glaub, das wär's erst mal. Entschuldige, dass ich dir hier Ratschläge gebe, um die du nicht gebeten hast. Ich verstehe, wenn du mir übelnimmst, dass ich dir das hier geschrieben habe, es ist schon alles eine sehr seltsame Situation. Aber ich mache mir einfach Sorgen um eine gute Freundin. Ich hatte übrigens nie den Eindruck, dass du gemein zu ihr warst. Du warst bloß nicht darauf vorbereitet, wie verrückt die liebe Marie Calloway tatsächlich ist. Wenn du noch mehr Tipps für den Umgang mit ihr willst, meld dich. Ich verstehe sie mittlerweile teilweise wirklich sehr gut, hatte ja jahrelang Gelegenheit, sie zu studieren.

»ich hab ihr gesagt, dass sie mir viel bedeutet.«

»ich wollte nur mal sehen, wie du reagierst«
er ist aus spaß gemein zu mir
[»du bedeutest mir wirklich viel … meine Gefühle für dich machen mir Angst … ich bin wie ein kleiner Junge, der das Mädchen ärgert, das er mag.«]
das stimmt überhaupt nicht. er will mich nur manipulieren. das fand ich ja anfangs so interessant an ihm, dass er erzählt hat, wie gut er Leute manipulieren kann. er kam mir sehr intelligent vor.

---

mich hat mal eine gebeten, sie zu schlagen, und ich hab das gemacht und es hat sich toll angefühlt. und dann habe ich die auch noch gewürgt. ich hab meiner mutter gesagt, dass ich anscheinend ein frauenhasser bin, weil es mir manchmal einfach spaß macht, gemein zu frauen zu sein. 10:35 PM

ich glaube, ich manipuliere die meisten menschen. ich hatte noch nie das gefühl, eine situation nicht unter kontrolle zu haben, und wenn es doch mal so war, war mir das egal. 10:35 PM

ich hab mich mit ihm verbunden gefühlt, ich wollte bei ihm sein.

Marie Calloway
»ich hasse dich.«
Montag

»ich will dir nah sein.«

Like · Comment

Akiko Yoshida, Christa Harader and 5 others like this.

»wir sind uns doch nah, wir liegen doch hier nebeneinander auf der matratze.«
»Du weißt genau, was ich meine. Wieso hast du gesagt, du bist ›erleichtert‹, dass ich Freitag wieder nach Hause fahre?«
»Das Thema hatten wir doch schon.«
bin ich es nicht mal wert, dass man mit mir redet?

marie
meine liebe marie

Marie Calloway
miau
lieb von dir
ich vermiss dich, süßer ~~

lässt du's dir zu hause mit j gut gehen

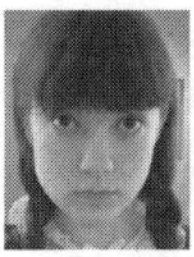

Marie Calloway
er ist grad erst nach hause gekommen
marie hat geschlafen
ich hab dich lieb
schlaf nicht auf der couch

na gut mach ich nicht ☺

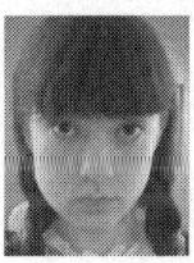

Marie Calloway
ok
miau
ich wollte dass wir uns nahe sind
aber jetzt hab ich so viel angst und bin so traurig dass ich in seiner gegenwart immer komplett unentspannt bin
aber du fehlst mir
miau

»ich fühl mich im moment, als wäre ich ganz allein auf der welt.«
»so fühl ich mich eigentlich immer, aber ich denke normalerweise nicht drüber nach.«

er ist erst um 4 uhr morgens nach hause gekommen. ich bin bis um 2 aufgeblieben und hab auf ihn gewartet. irgendwann bin ich eingeschlafen, ich hab mich mit seiner jacke zugedeckt. ich bin aufgewacht und da hat er vor mir gestanden und auf mich runtergesehen und mich angelächelt und meine haare gestreichelt. in dem moment wollte ich für immer lieb zu ihm sein. ich war sehr glücklich und hab mich sehr geborgen gefühlt. ich wollte bei ihm sein. ich wollte ihm gehören. ich hab mir gewünscht, dass ich immer bei ihm sein, damit er immer so lieb zu mir sein kann. er sollte nie wieder damit aufhören, mir so die haare zu streicheln. äußerlich bin ich sehr hübsch, aber ich habe einen ekelhaften charakter.

o..........,.,.,.,.,.,
ich glaub ich mag das internet nicht

Marie Calloway
wieso

ich bin's einfach nicht gewohnt dass es für jemand anderen so eine große rolle spielt in der beziehung und so. keine ahnung ist iwie verstörend

---

Marie Calloway
ok
versteh ich jetzt nicht ich hab doch von anfang an klargemacht dass ich schüchtern, verrückt und internetsüchtig bin

---

ja ich wusste halt nicht genau was das bedeutet
sehen uns heute abend nach der arbeit

Marie Calloway
ok

muss noch ein bisschen aufräumen
hab dich lieb

---

mein leben ist bescheuert. es sollte sofort beendet werden.

»du bist doch gar nicht fähig, kunst zu erschaffen«

später hab ich mich dafür entschuldigt, dass ich das zu ihm gesagt habe

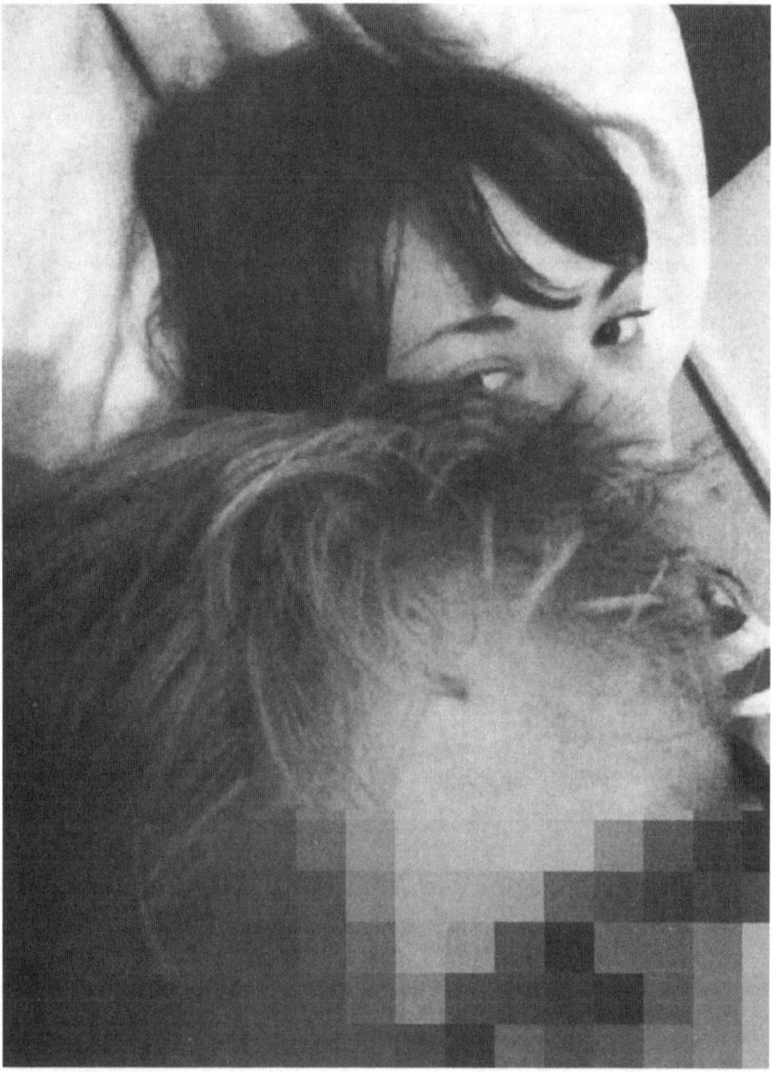

»ich weiß nicht genau, was ich für dich empfinde«
ich mag mein leben hier

Marie Calloway Gestern
ich hab meinem freund was zu essen und so
was ins büro gebracht
dann hab ich seinem mitbewohner blumen gekauft
jetzt bin ich zu hause
müde

Gestern
nett von dir
gibst dir echt voll mühe

Marie Calloway Gestern
kA
gestern abend waren wir im kino
ich geb mir mühe nett zu sein
funktioniert aber iwie nicht
traurig
freitag morgen fahr ich wieder nach hause

»Das Thema hatten wir doch schon.«

Es gab immer schon viele, viele, viele Männer, die sich in das Konzept ›Marie Calloway‹ verliebt haben, und jetzt, wo du halb berühmt bist, werden es natürlich noch mehr. Wann lernst du denn endlich mal deine Lektion?

[redacted]
vielleicht solltest du mal aufhören ständig beziehungen mit irgendwelchen leuten anzufangen die du nur aus dem internet kennst, besonders wenn es denen eigentlich nur um deine texte geht, fang doch erst mal an zu krabbeln bevor du laufen lernst
das ist jetzt das dritte oder vierte mal seit ich dich kenne
ich will dich hier nicht fertigmachen ich denke echt du solltest versuchen dich selbst mehr zu akzeptieren und zu lieben und so, bevor du dir gedanken darüber machst, ob andere das machen

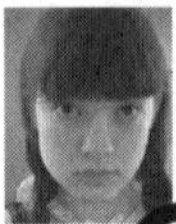
Marie Calloway
haste recht
ich bin aber schon besser darin geworden so ein bisschen
ich glaub das passiert mir nicht noch mal weil dieses mal echt schlimm war

[redacted]
du scheinst dich immer aus den völlig falschen gründen in irgendwelche beziehung zu stürzen und hoffst anscheinend, damit irgendeine leere oder so was zu füllen
und dann wird es furchtbar entweder weil du gar nicht wirklich so was willst oder weil der typ ein riesenarschloch ist
du kannst einfach nicht gewinnen dabei

Marie Calloway
stimmt

hör auf mir zu erklären, wie dumm ich bin, das weiß ich selbst.

»ich könnte mein ticket noch umbuchen, ich muss nicht freitag schon fahren, aber das willst du wahrscheinlich nicht.«
»ja ich glaub mir wär's lieber, wenn du es nicht umbuchst.«
»ich hab das gefühl, du bist gar nicht in mich verliebt.«
ich hasse es, wenn andere einem erklären wollen, was man angeblich empfindet.

Ich fing an zu weinen.
Er lachte mich aus. »Ist schon okay.
Du bist in niemanden verliebt!«
»du warst die letzten zwei tage voll
lieb und süß. ich glaub ich würde dich
echt toll finden, wenn ich nicht schon
eine seite an dir gesehen hätte, die ich
schlimm fand.«
wie kann man nur so gemein sein

Marie Calloway
zu hause geht's mir bestimmt wieder besser
aber
wieso ist er so gemein
wieso kann er mich so wenig leiden
er wollte mich nicht mal mehr anfassen
es war ihm egal dass ich geweint hab

weil er kein netter mensch ist

Marie Calloway
er wollte mich loswerden

er ist ein arschloch
es reicht. fahr heute noch.

Marie Calloway
eigentlich hätte ich es merken müssen
zum beispiel ist marie einmal mit ihrer freundin unterwegs gewesen und erst um mitternacht nach hause gekommen
zac hat einfach weiter am computer gespielt, wollte nicht mal mit mir reden oder so
ich bin so dumm

er will mich nicht mal mehr anfassen. jetzt sag doch endlich, dass du mich nicht leiden kannst. sei doch bitte ehrlich. nicht mal das bin ich ihm wert. »ich bin keine puppe.« *ich auch nicht. die ganze mühe umsonst.*

wahrscheinlich bewundere ich sein leben

er arbeitet bei american apparel und in einem programmkino
mit seinen ganzen coolen, gutaussehenden hipsterfreunden,
und geht abends immer weg und trifft sich mit ganz vielen
leuten und alle mögen ihn
mein leben ist das genaue gegenteil davon
und ich fand es schön mit ihm zu kuscheln/sex zu haben/etc

wieso kann er mich so wenig leiden

marie calloway's ticket $10.00
One Way; 1 Adult: This fare is restricted to 1 adult and is refundable until 48 hours prior to outbound departure.
From Ann Arbor (Blake Transit Center), MI to Detroit Metro Airport (North Terminal-Ground Transportation), MI
Departing on 06/01/2012 07:45 AM, MFL 8006
w/ 1 bags

Sales Tax **$0.00**

Total Amount Paid **$10.00**

MICHIGAN FLYER 1141719A-1
BOARDING PASS

FROM: ANN ARBOR (BLAKE TRANSIT CENTER) MI DEP: 01Jun12 07:45am

TO: DETROIT METRO AIRPORT (NORTH TERMINAL-GROUND TRANSPORTATION) MI SCHED MFL 8006

OW-1A ADULT MARIE CALLOWAY

»[Du bist zu direkt, was das Thema Sex angeht. Da will man dann gar nicht mehr.]«

Marie Calloway
miau
kA
er will sehr oft sex
aber er will nicht oft mit mir ins bett
ich brauche viel sex/anfassen/etc um mich geliebt und so zu fühlen

---

Marie Calloway
er hat mir erzählt wie er versucht hat, seine freundin mit einer freundin von ihr zu betrügen
das hat mir echt das herz gebrochen
kA
:<
mich hat noch nie ein typ so traurig/unsicher gemacht

ich weiß, dass er mich nur als idee gesehen hat; marie calloway die autorin, die mit tao lin befreundet ist und lesungen in new york hält also hätte ich eh nichts machen können damit er mich liebt, aber es tut sehr weh nicht gemocht zu werden
Was er wohl seinen Freunden jetzt für schreckliche Sachen über mich erzählt?

Marie Calloway
zac benimmt sich wie ein soziopath
ist aber bestimmt nur weil er noch so jung ist
und gutaussehende leute werden außerdem
eh immer besser behandelt was sie dann
zu soziopathen macht kA
ich bin froh dass ich früher hässlich war
und deshalb kein arschloch aus mir werden konnte

---

ja geht mir genauso
ein glück dass ich asperger hab

»ich hab das gefühl du verbringst nicht gern zeit mit mir.«
»doch, genau das will ich heute den ganzen tag machen.«
nein, eigentlich willst du, dass ich nach hause fahre. bitte hör endlich auf aus höflichkeit so zu tun, als ob du mich magst. Das ist demütigend.
»komm mit raus. lieg nicht den ganzen tag traurig in meinem bett rum. das zieht mich runter.«
»tut mir leid.«
versteh das doch endlich. du kannst ihn nicht dazu bringen dich zu trösten. nicht mit weinen, nicht dadurch dass du auf der couch schläfst. du bedeutest ihm nichts.
Der denkt garantiert, ich bin verrückt. Aber ich bin nicht verrückt!!
ich kann nicht mehr; ich hab's versucht.
ich wär so gern normal.
ich wär so gern normal.
ich wär so gern normal.
ich wär so gern normal.
ich wär so gern normal.
ich wär so gern normal.
ich wär so gern normal.
ich wär so gern normal.
ich wär so gern normal.

»Bitte sei nicht gemein zu mir, wenn ich wieder weg bin.«

»Ich bin doch nie gemein!«

ich bin sehr traurig und fühle mich sehr einsam.
vielleicht kann man mich gar nicht lieben, solange ich so bin? wie kann ich mich reparieren?
~fin~
p.s.:

20. Januar, 6:31

Hallo! Ich habe vor ein paar Wochen *Adrien Brody* gelesen und gestern Abend noch mehrere Stunden lang Essays von dir, und hab mir auch Fotos von dir angesehen. Du hörst das wahrscheinlich ständig, aber ich finde wirklich toll, was du machst. Ich bin sehr gespannt, wie es mit deiner Karriere als Autorin weitergeht, falls du noch mehr schreibst.

Liebe Grüße

z
Tschüs Marie~!! pic.twitter.com/y1POGAJo
View Foto

Marie Calloway
ich weiß du kannst mich nicht leiden aber ich vermisse es, in deiner nähe zu sein
es hat [illegible] so [illegible]ch[illegible]efühlt [illegible]s du [illegible]ich [illegible]erührt [illegible]st
fühl m[illegible]ch [illegible]c[illegible] a[illegible] [illegible]ch g[illegible] [illegible] bei[illegible]m e[illegible]ste[illegible] [illegible]s wir uns unterhalten haben
ich weiß, dass du dich über mich lustig machen wirst/ich mich lächerlich mache
wüns[illegible] [illegible]k[illegible]te[illegible] bei dir [illegible]
mir eg[illegible] [illegible]ss [illegible] [illegible]st und m[illegible] [illegible]ht l[illegible]de[illegible] k[illegible]s[illegible]
ich hab dich geblockt weil es mir das herz brechen wird wenn ich tweets von dir sehe dass du mit anderen mädchen geschlafen hast und so
du fehlst mir so sehr

meld dich nie
wieder bei mir

bdsm

Miau wirst du auch dafür sorgen dass ich heule

Ja. Das wird der Hammer.

Miau wann denn am Samstag ??

Wann du willst. Wann würdest du denn gern anfangen?

Was wär dir denn am liebsten ???

WANN DU WILLST. Ich würd sagen so 8, 9.

»Du bist ganz schön seltsam.«

»Wieso bin ich seltsam?«

»Du guckst immer weg, wenn ich mit dir rede.«

»Wieso findest du es so toll, dominiert zu werden?«

»Weiß ich nicht.«

»Hast du da noch nie drüber nachgedacht? Schreibst du nie über deine sexuellen Erfahrungen?«

»Nein«, sagte ich.

»Ach so. Ich dachte, alle Schriftsteller machen das. Ich mach das jedenfalls«, sagte er.

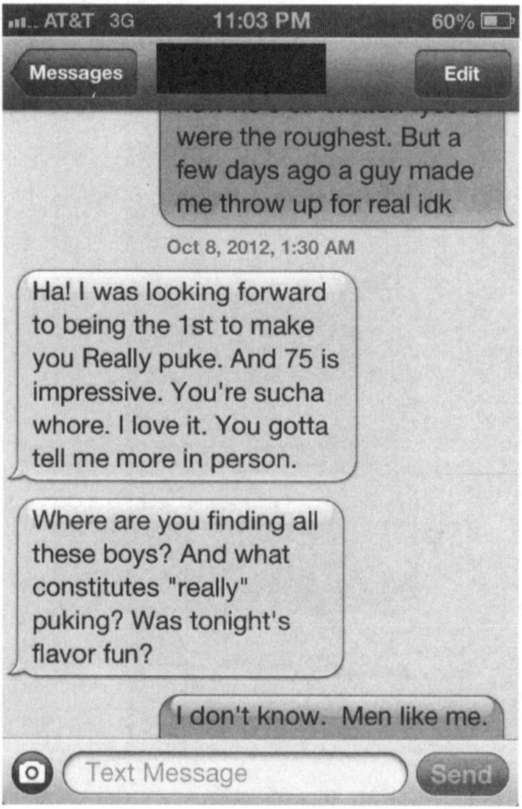

warst am brutalsten. Aber vor ein paar Tagen hat mich ein Typ zum Kotzen gebracht, also so richtig, kA

Krass! Hatte mich schon drauf gefreut dass ich der erste bin der dich zum kotzen bringt. Und 75 wow nicht schlecht. Du bist so eine nutte. Find ich geil. Musste mir mal mehr von erzählen.

Wo kriegst du denn immer die ganzen typen her? Und was heißt »so richtig« zum kotzen gebracht? Was geht heute abend?

Keine ahnung. Männer stehen halt auf mich.

»Mal sehen, wie sich mein Knutschfleck so im Vergleich zu dem von dem anderen Typen macht.«

⋆

Er legte seine Hände um meinen Hals und drückte ein bisschen zu. Ich konnte nicht mehr stöhnen und atmete nur noch flach durch den Mund. Ich sah ihn an. Er lächelte und drückte ein wenig fester zu. Mein Atem wurde flacher.

»Nimmst du die Pille?«

»Nein.«

»Schade. Ich hatte Lust auf Creampie.«

Ich fand komisch, dass er »Creampie« sagte anstatt »in dir kommen«. Wahrscheinlich sah er zu viele Pornos.

⋆

»Sag, dass du mein Stück Fleisch bist.«

⋆

»Wer war brutaler?«

»Du.«

»Wieso?«

»Weil du mich schlägst.«

»Stimmt, ich schlage dich. Weil ich da Lust drauf hab. Und wieso kann ich das einfach?«

»Weil du heute Nacht mit mir tun und lassen kannst, was du willst.«

»Ganz genau. Das wollte ich hören. Sag's noch mal.«

»Du kannst mit mir tun und lassen, was du willst.«

»Scheiße, ey, ich liebe deine Stimme so. Was für ein Mädchen ...«

⋆

»Wenn ich deinen Hals ficke, hast du den Kopf nicht wegzuziehen, ist das klar?«

»Ja.«

»Was ist klar?«

»Ich darf den Kopf nicht wegziehen.«

*

»Weißt du eigentlich, wie unglaublich geil mich das macht, wenn du keine Luft mehr kriegst?«

*

»Willst du mein Kätzchen oder mein Hund sein?«

»Dein Kätzchen.«

»Dann mach miau.«

Ich fing an zu lachen.

»Los. In deinen SMS sagst du das doch auch immer.«

Ich lachte wieder. Es war mir peinlich.

Er schlug mich so lange, bis ich miaute.

»Na los. Noch mal. Zeig mir, dass du rollig bist.«

…

»Mach miau mit meinem Schwanz im Mund.«

Ich gehorchte.

»Noch mal.«

*

»Fick mich.«

*

»Du musst jetzt schon kotzen?«

*

Er schrieb etwas mit grünem Filzstift auf mein Gesicht.

»Was steht da?«

Ich lachte. »Ich kann das doch nicht lesen.«

Er schlug mich. »Was denkst du denn, was da steht?«

Ich lachte einfach weiter, weil es mir so peinlich war.

Er schlug mich noch mal.

»Da steht ›Nutte‹.«

⋆

»Sag, dass du meine Nutte bist.«

»Ich bin deine Nutte.«

»Ich bin eine total schlechte Nutte.«

»Ganz genau.«

⋆

Ich starrte mein Spiegelbild an.

»Was denn?«, fragte er.

»Meine Augen sind ganz rot.« Das Weiße in meinen Augen war komplett rot.

»Ich weiß.«

⋆

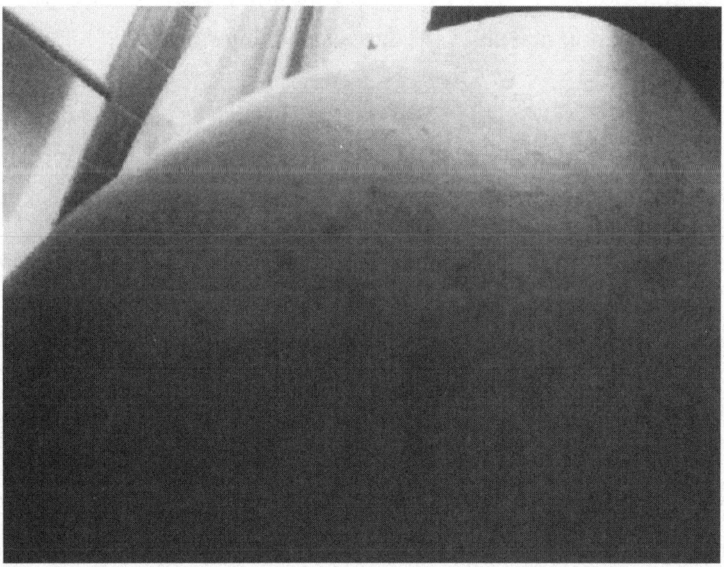

»Du bist keine gute Sub.«

»Mir egal.«

»Hab ich jetzt bei dir irgendein altes Trauma hochgeholt, oder was?«

»Nein.«

»Ist dir klar, dass du gerade total abweisend wirkst?«

»Ja.«

»Was ist das Brutalste, was du je mit einem Mädchen gemacht hast?«

»Ich hab bei ein paar Mädchen dafür gesorgt, dass sie Blut gekotzt haben. Bei ein paar hat hinterher auch die Muschi geblutet. Und ein Mädchen hab ich zum Kotzen gebracht und dann musste sie es wieder auflecken.«

⋆

»Mein Schwanz sieht so riesig aus in deinem kleinen Mund.«

⋆

»hat dir schon mal einer auf das gesicht abgespritzt?«

»ja.«

Ich fühle mich weder erniedrigt noch erregt. Ich fühle im Moment überhaupt nichts.

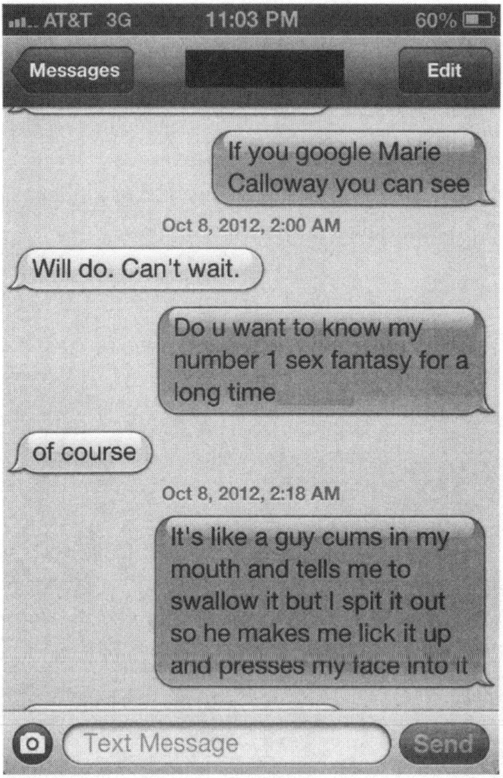

Google einfach Marie Calloway dann siehst du mich

Mach ich. Freu mich schon.

Soll ich dir meine lieblings-sexphantasie sagen

na klar

also der typ kommt in meinem mund und sagt ich soll schlucken aber ich spuck es aus und dann zwingt er mich das wieder aufzulecken und drückt mein gesicht rein

Er leerte das Kondom in meinen Mund.

»Na, schluckst du oder spuckst du es wieder aus?«

»Du weißt, was jetzt kommt. Leck es auf.«

(Man muss sich mal vorstellen, wie das ist, Sperma von einem Handtuch voller Kotze aufzulecken.)

»Noch mal.«

⋆

»Sag was Liebes zu mir«, sagte ich.

»Du bist sehr hübsch. Du hast eine nette Stimme. Du ziehst dich echt schick an. Und du bist eine Wahnsinns-Sub.«

⋆

»hier, schmeck dich selbst.«

er drückte mir den finger grob in den hals.

»so ist brav, du scheißnutte.«

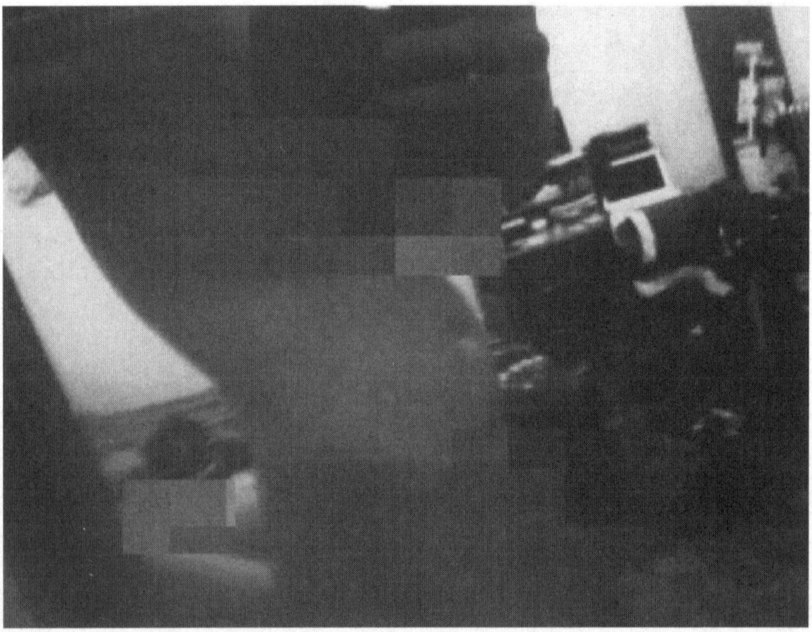

[redacted]
Die Fotos gehen gar nicht.

Marie Calloway
wieso

[redacted]
Tu nicht so.

Marie Calloway
??

[redacted]
Du zeigst deine Brüste auf FB …
und du bist voller blauer Flecke

Marie Calloway
lol

[redacted]
Hat dich jemand wie in einem
Hardcoreporno verprügelt oder
was …

Marie Calloway
ja er hat mich echt krass geschlagen
u hat mich zum kotzen gebracht
deshalb das foto vorm spiegel
u hat mein gesicht in die kotze
gedrückt und ich musste das auf-
lecken etc
kA

[redacted]
Ganz schön eklig.
Gefällt dir so was?

Marie Calloway
ja hat spaß gemacht

[redacted]
Wurdest du als Kind missbraucht?

»Hör endlich auf dich zu wehren und mach den Scheißmund auf.«

⋆

Blickkontakt fällt mir sehr schwer, und das wusste er.
Ich sah zu Boden.
Er verpasste mir eine Ohrfeige und schrie: »Ich hab gesagt, du sollst mich ansehen!«

⋆

Pectus Excavatum

Hi Bunny its Dad
Are you ok I heard you vomiting
To be objectively beautiful you need to be a vessel
It were an objectively cold house I kept

*Quelle: bunnyrogers/cunny4.tumblr.com

»Na los, du Schlampe, ich will dich endlich heulen sehen.«

*

Es tat so weh, dass mir die Luft wegblieb. Ich wusste nicht, dass Schläge so unglaublich weh tun können.

*

»Mach endlich den Scheißmund auf, du Nutte.«

*

Ich hielt schützend die Arme vors Gesicht.

»Nein, das muss so sein. Wenn du damit nicht klarkommst, dann ab auf den Fußboden.«

Er zog mich grob an den Haaren und drückte mein Gesicht auf ein Handtuch auf dem Boden, auf das ich mich übergeben hatte.

»Fühlst du dich schmutzig?«
Ich nickte.
»Gefällt dir das?«
Ich nickte.

[redacted]
Dass mir jemand das Gesicht in Erbrochenes drückt. Da würde ich ja lieber sterben.

Marie Calloway
echt
hm
kA

[redacted]
Um genau zu sein, wenn mir mal so was passieren würde, würde ich hinterher dafür sorgen, dass mich jemand umbringt, wenn ich denjenigen schon nicht selbst umbringen könnte, damit ich ja nicht mit der Erinnerung an diese absolute Erniedrigung leben müsste.

Marie Calloway
steht halt jeder auf was anderes

[redacted]
Ich nehm dir deine Coolness bei dem Thema nicht ab.

---

*

»Halt die Fresse!«

es klang genau wie damals, genau der gleiche tonfall wie früher als kind, wenn mich mein stiefvater anschrie. und ich war wie gelähmt und klinkte mich einfach aus, genau wie als kind.

oft machen sich leute über mädchen/frauen lustig, die über sex schreiben oder irgendeine form von kunst veröffentlichen, und sagen, die hätten einen Vaterkomplex, und ich hatte immer große angst davor, dieses label verpasst zu bekommen, deshalb hab ich nie über dieses thema geredet, mich nicht mal getraut, darüber nachzudenken. aber mir ist klargeworden, dass es wirklich wichtig ist, dem nachzugehen, dass es eigentlich der kern meines ganzen projekts ist. und männer sagen solche sachen sowieso egal was man macht wieso sollte ich was darauf geben wieso sollten männer diese unterhaltung dominieren die unterhaltung in der es um mich selbst und meine eigene sexualität geht. ist ganz schön krass dass die angst vor einem label einen davon abhalten kann über irgendwas auch nur nachzudenken.

»Jetzt krieg dich mal wieder ein!«, schrie er und schlug mir ins Gesicht. Eine Woche später war ich bei meinem Freund, und ich war betrunken und sehr emotional. Da musste ich darüber nachdenken, dass ich gern hätte, dass er mich anschreit und sagt ›Jetzt krieg dich mal wieder ein!‹, und mich richtig hart schlägt, so wie R. *Das brauche ich von einem Freund …*

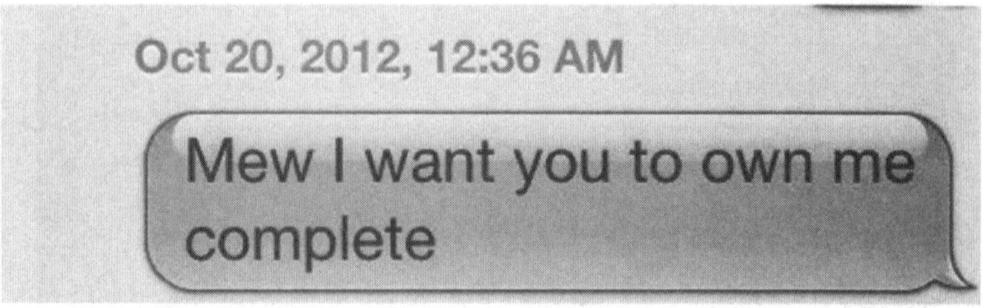

Miau du sollst mit mir machen, was du willst

»Das fühlt sich zu gut an, das sieht zu gut aus.«

Marie Calloway
mein vaterkomplex wächst immer mehr, iwann kippt der noch um wie ein jengaturm 👥

Marie Calloway
nicht dass ich wüsste
ich war genervt weil er gern angibt und so
aber jetzt ist mir klar dass er eben einfach noch sehr jung und unsicher ist und älter wirken will

---

[redacted]
Und er drückt gern anderen Leuten das Gesicht in ihr Erbrochenes?

Marie Calloway
ja

[redacted]
Wie kann es denn Spaß machen, sich zu übergeben? Das ist doch eine der unangenehmsten Körperfunktionen, die es gibt.

Marie Calloway
na ja ist eher so

Marie Calloway
jemand rammt dir seinen schwanz so hart in den mund dass du davon kotzt

Marie Calloway
u es fühlt sich krass intensiv an
ich mag halt
wenn sich was intensiv anfühlt weil man da nicht mehr nachdenkt

---

[redacted]
Ganz im Ernst, so habe ich mich noch nie gefühlt, wenn ich vor der Toilette knie, schwitze und sauren Mageninhalt hochwürge.

[redacted]
Im Gegenteil, da wollte ich immer am liebsten ganz weit weg sein, das bloß nicht machen müssen.

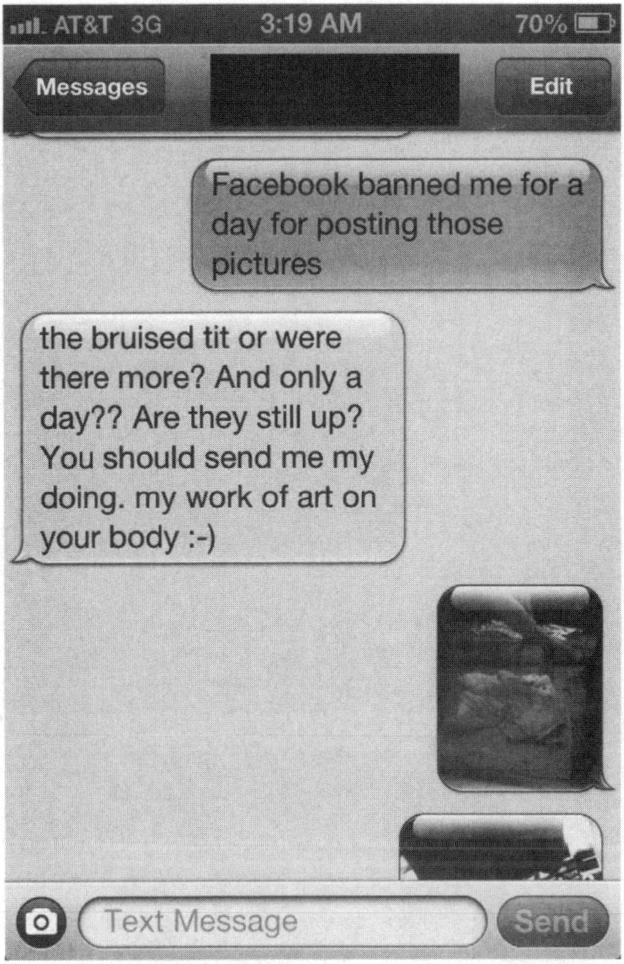

Facebook hat mich wegen den fotos für einen tag gesperrt

das mit den blauen flecken auf den titten oder gabs noch andere? Und nur für einen tag? Kann man die jetzt noch sehen? Du solltest mir mein werk schicken. Mein kunstwerk auf deinem körper :-)

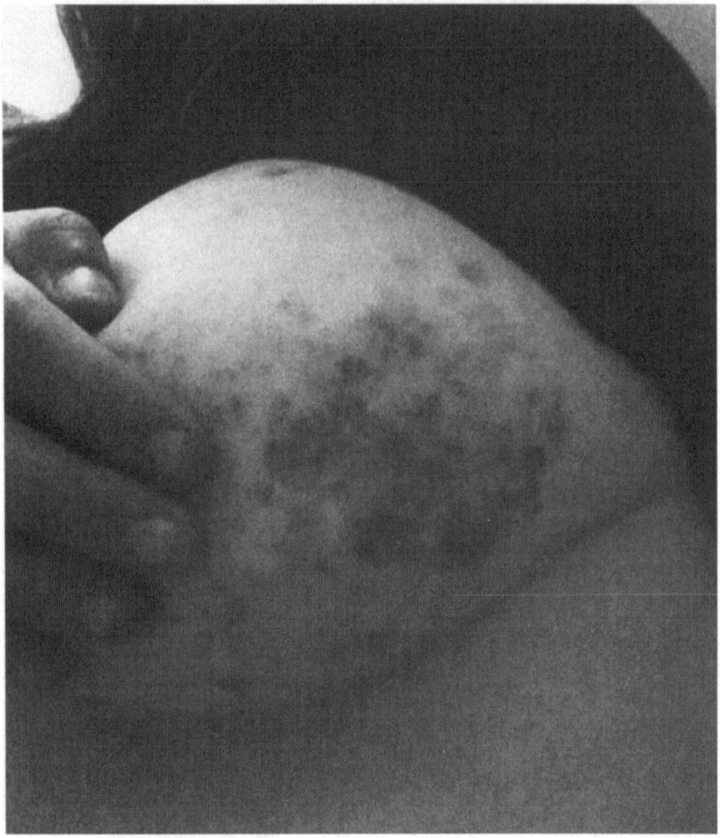

[redacted]

dass so eine masochistische selbstausbeutung jetzt als Third-Wave-Feminismus gilt, find ich nicht gut

[redacted]

es ist ja ok nicht aktiv an der befreiung mitzuarbeiten, aber mit so was trägst du auch noch aktiv zu deiner eigenen unterdrückung bei

Ich frage mich, ob es diese Art der Perversion, also diese Dom/Sub-Sache, in einer tatsächlich liberalen Gesellschaft überhaupt noch geben würde.

Ich weiß nicht genau, ob mir das hier Spaß macht. Irgendwie muss es mir gefallen, sonst wäre ich ja nicht noch mal hingegangen. Aber ich weiß nicht, ob mir das Spaß macht, weil mich so was eben geil macht, oder ob ich zwanghaft traumatisierende Erlebnisse aus meiner Vergangenheit nachspiele und das eher so eine Psychogeschichte ist … Ich habe dabei immer dasselbe Gefühl mich auszuklinken ist es okay weil ich dabei endlich aufhören kann nachzudenken … ist das überhaupt ein Ausklinken? Ich glaube, es ist nicht gut, sich auszuklinken, dieses Gefühl haben zu wollen …

⋆

»Sag: ›Ich will deinen Schwanz, Daddy‹.«
»Ich will deinen Schwanz, Daddy.«

⋆

»Halt die Fresse!«, schrie er und schlug mich.

Später bat ich meinen Freund, ›halt die Fresse‹ zu mir zu sagen.

★

»Du kannst ganz schön was wegstecken. Bist du stolz, dass du so viel Gewalt ertragen kannst?«

»Ich fühle eigentlich gar nichts.« *Es wäre ganz schön traurig, wenn ich stolz darauf wäre.*

★

»[Der Rahmen, was als sozial akzeptiert gilt, ist so eng gesteckt auf dieser Welt]« – sagte mein Mitbewohner Lonely Christopher, nachdem sich Leute bei ihm über mich beschwert hatten.

[redacted]

Das Facebookkonto meiner Mitbewohnerin Marie Calloway wurde vorübergehend gesperrt, weil ein paar verklemmte Idioten ihre Studien als Provokation interpretiert haben. Vielen Dank auch, ihr kranken Arschlöcher.

»Was haben denn deine Facebookfreunde zu den Fotos gesagt?«

»Die meisten fanden die nicht gut … manche fanden die frauenfeindlich.«

»Wen fanden sie frauenfeindlich, mich oder dich?«

»Mich. Weil ich die Fotos gepostet habe.«

»Hast du denen erklärt, dass das nicht frauenfeindlich ist, wegen Fuck-Me-Feminismus und so?«

»Da gibt's anscheinend verschiedene Meinungen zu dem Thema.«

»Versteh ich. Das ist ganz schön paradox. Findest du die Fotos denn frauenfeindlich?«

»Hab ich noch nicht drüber nachgedacht.«

»Ich bitte dich doch jetzt gerade, drüber nachzudenken und mir deine Meinung zu sagen.«

»Ich bin nicht intelligent genug, um eine Meinung zu haben.«

⋆

marie, ich kann verstehen, wenn du jetzt nicht auf die nachricht hier antwortest und es tut mir leid, dass ich dir die e-mail geschrieben hab, und du hast auch recht, mein kommentar zu deinem FB-foto war nicht der richtige weg, eine unterhaltung über das thema anzuregen.

aber: ich finde schon, dass du wissen solltest, dass diese fotos für manche vielleicht eine positive einstellung zu bdsm/»hartem« sex darstellen, aber bei anderen (wie mir zum beispiel) die erinnerung an sexuelle übergriffe oder vergewaltigung hochholen können.

das wollte ich nur sagen.

danke, dass
du mich
angefasst hast

2. August 2012

»Bin beim M Noodle Shop, U-Bahn-Station Lorimer. Was machst du gerade?«

»Bin in einem Hotel in Manhattan.«

»Wir gehen zu einem Konzert und dann aufs Dach vom Wythe-Hotel. Sag Bescheid, falls du in der Hood bist.«

Ich schrieb nicht zurück, also meldete sich Kip ein paar Stunden später noch einmal.

»Bist du noch wach? Ich würd jetzt losgehen.«

»Bin hier. Kannst gern herkommen.«

»Okay, wenn ich in zwei Stunden oder so komme?«

»Okay.«

Zwei Stunden später schrieb mir Kip wieder.

»Yo, ich bin hier am Tanzen. Bin auf einem total geilen Konzert mit Chris Feldman, aber er ist müde, und ich bin voll wach. Ich würd gern nachher noch vorbeikommen, wenn du Lust hast, ist ja dein letzter Abend und so.«

»Klar! Bring Christopher ruhig mit.«

»Welches Hotel und welche Zimmernummer?«

»Das Radisson. Zimmer 1709. 32nd St Ecke Broadway.«

»Sind unterwegs. :* Chris ist auch wieder wach.«

»Okay. Ich bin übrigens voll müde. Sorry, falls man das merkt.«

Es war zwei Uhr morgens, und ich hatte seit sechsunddreißig Stunden nicht mehr geschlafen. Ich lag auf dem Bett und versuchte wach zu bleiben. Wie sollte ich Kip und Christopher in diesem Zombiemodus bloß gleich unterhalten?

Ich war mit Kip und Christopher auf Facebook befreundet, beide waren Anfang zwanzig und kamen aus London. Sie waren zufällig zur gleichen Zeit in New York wie ich und hatten mich schon vor einer Weile gefragt, ob wir uns dann sehen könnten. Es war schon spät und ich wollte einfach nur noch schlafen, aber Kip hatte mich die ganze Woche lang ständig gefragt, wann wir uns sehen könnten, deshalb dachte ich, wir sollten uns sehen, bevor ich wieder nach Hause fuhr. Und heute war mein letzter Abend in New York.

Ich hatte mich mit Kip über Skandinavien, Sheila Jeffreys und Jon Gnarr unterhalten (»Ich habe einen Freund in New York, der sich mit Jon Gnarr gemailt hat. Der hat zu mir gesagt: Was hältst du davon, wenn wir alle nach Island ziehen? Und wo wir gerade beim Thema Comedians sind, ich hab eben eine E-Mail von Jon Gnarr bekommen, der meint, Island könnte eine anarcho-sozialistische Gesellschaft werden, aber dazu müssten alle guten und kreativen Menschen der Welt da hinziehen und mitmachen.«), Christopher hatte mir lange Nachrichten über Literatur und Politik geschickt, ich konnte mich aber nie dazu durchringen, sie zu lesen (»Ich schreibe meine Dissertation über zeitgenössische Experimentalliteratur: Gibt es heutzutage noch eine Avantgarde? Wie würde diese Avantgarde von heute aussehen? Sagt diese Bezeichnung heutzutage überhaupt noch was aus etc. ... Ich habe deinen Text über London gelesen und fand ihn echt interessant, vor allem kann ich mir diesen Typen richtig gut vorstellen, davon laufen da viele rum, und ich finde es spannend, wie andere Leute London so wahrnehmen, und dann ist es natürlich für einen Mann auch immer interessant, was über Sex aus Sicht einer Frau zu hören ...«).

⋆

Etwa eine halbe Stunde nach der letzten SMS schrieb mir Kip, dass sie jetzt da wären, und eine Minute später klingelte das Telefon in meinem Zimmer.

»Miss, hier sind zwei Herren, die zu Ihnen wollen.«

»In Ordnung.«

Ich wollte sie unten abholen. Vor dem Fahrstuhl trafen wir uns. Wir begrüßten uns und mussten lachen, dass wir uns fast verpasst hatten. Kip und Christopher waren aufgekratzt und schwatzten die ganze Zeit, ich schlief halb und sagte kaum etwas.

Ich schloss meine Zimmertür auf.

»Wow, schick. Wie kannst du dir das denn leisten?«, fragte Kip.

»John, ein Freund von mir, hat das Zimmer für uns beide gemietet. Er ist schon wieder nach Hause nach Connecticut gefahren, deshalb hab ich das Zimmer heute Abend für mich.«

Wir setzten uns aufs Bett.

»Kann ich das haben?«, fragte ich und nahm das Bier, das Kip auf dem Schreibtisch abgestellt hatte. Er sagte, klar, und ich trank es schnell aus.

»Morgen geht's wieder nach Hause?«, fragte Christopher.

»Ja, mein Flug ist früh um sieben«, sagte ich und lachte.

»Wohin fliegst du denn?«

»An die Westküste.«

»Dann kommst du also gar nicht wirklich aus Island? Schade. Ich wollte doch, dass du meine ganzen Freunde in Reykjavík kennenlernst. Ich hab Skandinavistik studiert«, sagte Kip.

Christopher und Kip unterhielten sich darüber, nach Chicago zu fahren. Ich sagte, dass die Leute da teilweise unglaublich unhöflich waren.

»Lass mich gefälligst durch, du Arsch!«, sagte Kip in einem Chicagoer Dialekt mit ziemlich britischem Einschlag.

»In London gibt's aber auch genug Idioten«, fügte er hinzu.

»Ja, die Leute in London wirken manchmal ziemlich kalt«, sagte ich.

»Einmal war ich spätnachts mit einer Freundin unterwegs, und sie musste pinkeln, also hat sie sich auf die Straße gehockt. Und ein Typ kam vorbei und hat das gesehen und hat ihr zugerufen: ›So benimmt sich doch keine Dame!‹ Wir haben uns dann den ganzen Abend gegenseitig zugerufen: ›So benimmt sich doch keine Dame!‹«

»Was hast du bis jetzt so in New York gemacht?«, fragte Kip.

Ich lachte unsicher. »Ich hatte einen Dreier mit einer Freundin und ihrem Mann, und es war eine der peinlichsten Aktionen, die ich je gemacht habe.«

»Aber darum geht's doch im Leben, peinlichen Quatsch machen und das Schöne daran sehen.«

Ich war zu müde, um etwas darauf zu antworten, und lächelte nur.

»Bist du so eine, die ständig schlecht drauf ist?«, fragte Kip.

»Bevor ihr hergekommen seid, war so ein Typ hier, und der meinte zu mir: ›Baby, ich hab mich so auf dich gefreut‹, und ich so: ›Und ich freu mich aufs Sterben.‹«

Kip lachte und gab mir einen Kuss auf die Haare. Das überraschte mich, aber ich tat es als Teil seiner aufgeschlossenen Art ab.

»Was war das Schönste und das Schlimmste, das dir in New York passiert ist?«, fragte Christopher.

»Ich hab meiner Freundin ins Bett gekotzt.«

»War das das Schönste oder das Schlimmste?«

»Beides irgendwie.«

Kip holte ein Tütchen Gras aus der Jackentasche und fragte, ob ich Papers dahätte. Ich hatte keine.

»Wir haben für die ganze Tüte nur zwanzig Dollar bezahlt, krass, oder?«

»Das Gras ist hier besser als bei euch, nicht?«

»Ja, vielleicht ...«, antwortete Christopher zögerlich.

Wir gingen zu Duane Reade, um Papers zu kaufen. Kip und Christopher nahmen auch noch Bier mit. Wir fragten an der Kasse nach, aber der Kassierer sagte, sie hätten keine Papers. Kip kaufte stattdessen Parliament-Zigaretten. Er meinte, er könnte bestimmt den Tabak rausholen und das Papier dann nehmen.

Draußen rauchten wir eine.

»Ich hab was für dich«, sagte Kip und holte einen Energyshot aus der Tasche, den er gerade geklaut hatte.

»Oh, danke.«

Kip fragte alle Leute, die an uns vorbeigingen, nach Papers. Niemand hatte welche. Ich war fasziniert davon, wie er so locker und charmant einfach jeden ansprach, es machte ihm überhaupt nichts aus. Christopher und ich standen daneben und sahen ihm zu. Ich trank den Energyshot und verzog das Gesicht. Nach einer Viertelstunde fühlte ich mich aber tatsächlich sehr viel wacher.

»Solche Leute haben alle keine Papers«, sagte Kip. »Wir müssen uns einen Penner suchen.«

Ein ungepflegt wirkender Mann kam auf uns zu und bat uns um eine Zigarette. Kip gab ihm eine.

»Was sind denn das für Zigaretten?«

»Parliament. Weißt schon, diese Junkiezigaretten mit dem langen Filter.«

»Wo kommst du her?«

»Aus London.«

»Klingst auch so.«

»Das hoffe ich doch.«

»Hab gehört, ihr nennt Zigaretten ›fags‹, so wie Schwuchtel. Stimmt das?«

Kip bestätigte es.

»Hey, haste mal 'ne fag?«, sagte Christopher und versuchte einen amerikanischen Akzent.

Der Mann nahm die Zigarette und ging.

»Ich hab das Gefühl, in New York ist es den Leuten völlig egal, ob man einen Akzent hat oder nicht. Die sind hier alle zu kosmopolitisch. *Wissen die etwa nicht, wer wir sind?«*

»Ja, genau, und wie wichtig wir sind?«, fügte Christopher hinzu.

Kip sprach noch ein paar Leute an, hatte jedoch weiterhin keinen Erfolg. Wir gaben auf und gingen zurück ins Hotel.

Ich war sehr müde und setzte mich aufs Bett. Kip setzte sich neben mich, drückte sich sofort an mich und fing an, mich zu küssen. Ich war verwirrt, weil ich nicht den Eindruck gehabt hatte, dass er auf mich stand. Ich war davon ausgegangen, dass niemand auf mich stehen könnte, so wie ich gerade aussah mit meinem müden Gesicht, ungeschminkt, die Haare nicht gemacht und mit alten, zerknitterten Klamotten.

»Kann ich kurz duschen?«, fragte Kip.

»Klar.«

Kip ging ins Bad und schloss die Tür.

Christopher setzte sich neben mich.

»Wo kommen deine Vorfahren eigentlich her?«, fragte er.

»Ich bin halb Koreanerin, halb Deutsche.«

»Das Deutsche merkt man dir an. Deutsche sind immer gut drauf.«

Wir unterhielten uns über London und darüber, wo wir schon überall gewesen waren und dass wir beide Japan sehr mochten.

Ich war ein bisschen betrunken, und mir gefiel die Vorstellung, mit Christopher rumzumachen, während Kip uns nicht sehen konnte. Ich versuchte, ihn zu küssen.

»Wir müssen uns nicht küssen«, sagte er, aber ich blieb dran, und wir fingen an, miteinander rumzumachen.

Kip kam vollständig angezogen aus dem Bad und sah uns an. Wir hörten auf, uns zu küssen, Christopher setzte sich in einen Sessel und holte sein Handy aus der Tasche.

Kip setzte sich neben mich. Ich fing an zu reden, aber er gab mir einfach einen Kuss auf die Haare und dann auf den Mund. Dann waren seine Hände unter meinem Pullover und dann unter meinem BH. Er streichelte meine Brüste, knöpfte mein Oberteil auf und zog mir den BH aus. Er küsste meine Brüste sehr lange.

Ich hörte Christopher im Zimmer herumlaufen und ab und zu etwas in die Hand nehmen und wieder hinstellen. Er wusste offensichtlich nicht, was er machen sollte. *Macht er das jetzt direkt hier vor seinem Freund?* Ich wusste nicht, ob es mir peinlich war oder mich anmachte.

Und dann war Kips Hand unter meinem Rock und spielte durch die Unterwäsche an meiner Klit rum. Es machte mich nervös, dass Christopher dabei war und sich bestimmt unwohl fühlte. Ich war unsicher, was hier eigentlich gerade passierte. *Will er jetzt echt hier Sex haben, während sein Freund dabei ist?*

Kip schob mir einen Finger rein. Ich stöhnte leise. Ich war fasziniert davon, dass er im Gegensatz zu anderen Männern kein bisschen nervös oder unsicher war. Er wollte mich, also setzte er sich eben neben mich und fing an, mich zu küssen und mich anzufassen. Es war ihm völlig egal, dass sein Freund dabei war. Kip zog mir den Rock runter. Es war mir unglaublich peinlich, da vor Christopher halbnackt herumzuliegen und angefasst zu werden.

»Sieh mich an«, sagte Kip.

Ich sah hoch. Er hatte leuchtend grüne Augen. Er sah wirklich unglaublich gut aus. Ich wurde rot, weil es so ein intensives Gefühl war und mir klarwurde, dass er mein müdes, nacktes Gesicht jetzt ebenfalls ganz aus der Nähe sehen konnte.

»Ist das okay?«, fragte er.

Ich schloss die Augen und nickte.

Kip stand auf und ging zu seiner Tasche.

Ich lag bis auf die Unterwäsche nackt auf dem Bett. Ich bemerkte, dass Christopher jetzt auf der anderen Seite des Betts lag und sich mit seinem iPhone beschäftigte.

»Chris, ziehst du den bitte mal runter?«, bat Kip. Christopher sah hoch. Ich fragte mich, was jetzt passierte.

Christopher krabbelte über das Bett zu mir herüber und zog mir den Slip runter.

Kip leckte mich, während Christopher mich küsste und dann an meinen Brüsten leckte. Das Gefühl, von zwei Männern gleichzeitig angefasst zu werden, war seltsam. Es war schön und aufregend, weil es ein völlig neues Gefühl war, aber es war mir andererseits auch zu viel, so sehr, dass ich mich gern im Kopf wieder mal ausgeklinkt hätte. Außerdem machte ich mir Sorgen, dass die beiden hinterher schlecht von mir denken könnten. Diese beiden Männer schafften es also, mir das Gefühl zu geben, es gäbe einen Grund, auf mich herabzublicken. Zwangen meinem Körper mit ihren eigenen ein Schamgefühl auf. Christopher steckte mir die Finger in den Mund.

Kip küsste mich, meine Ohren, meinen Hals, und Christopher leckte mich.

Ich sah hoch. Kip packte ein Kondom aus und gab es Christopher. Das fand ich aufregend, als wäre ich ein Geschenk von Kip an Christopher.

Christopher zog das Kondom über und drang in mich ein. Er hielt meine Beine hoch. Kip küsste mich weiter. Ich fand es schwer, ihn zu küssen, weil ich die ganze Zeit stöhnte. Er steckte mir die Zunge so weit in den Hals, dass es mich kurz würgte. Das gefiel mir.

»Sieh mich an«, sagte Kip.

Ich hob den Kopf, ließ die Augen aber geschlossen.

»Total heiß. Total sexy«, sagte er eindringlich.

Wirkte ich etwa, als müsste man mich wegen meines Aussehens trösten? Ich machte mir in dem Moment eigentlich gar keine Sorgen mehr um mein Aussehen. Die Situation war mir unglaublich peinlich, aber ich fand es auch sehr aufregend, dass Kip zusah, während ich von jemand anderem gefickt wurde. Ganz tief drinnen hatte ich auch ein bisschen Angst, ich war nicht sicher, was in Kip vorging, und verstand die ganze Situation auch nicht so richtig. Vielleicht hatte ich ganz einfach Angst vor ihm als Person.

Kip nickte Christopher zu, und der hörte sofort auf, mich zu ficken. Kip zog sich ein Kondom über und drang in mich ein. Ich stöhnte laut. Er ging viel härter ran als Christopher. Es war mir peinlich, dass sie mich jetzt beide dabei gesehen hatten, wie ich mit zwei Typen direkt hintereinander Sex hatte. *Ob sie sich über meine Erlebnisse als Prostituierte in London unterhalten hatten? Ob sie sich generell darüber unterhalten hatten, dass ich über Sex schrieb? Hatten sie sich gedacht, dass sie deshalb eh alles mit mir machen können und ich bestimmt nicht nein sagen würde ...?*

Ich drehte den Kopf zu Christopher. Er sah Kips Schwanz dabei zu, wie er bei mir rein und raus ging. Er sah verstört aus, konnte aber anscheinend auch nicht wegschauen. Wie es wohl für einen heterosexuellen Mann war, seinem Freund dabei zuzusehen, wie der in eine Frau eindrang? Ihm beim Sex zuzuschauen, seinen Schwanz zu sehen? War das für Christopher aufregend, machte ihn das an, war das verstörend? Ich nahm mir vor, ihn später im Facebookchat zu fragen.

»Dreh dich mal um«, sagte Kip.

Ich drehte mich auf den Bauch und ging dann auf alle viere. Kip nahm mich von hinten. Christopher stellte sich vor mich. Mir wurde klar, was Kips Plan war. Ich sollte Christopher einen blasen, während er mich von hinten nahm. Ich fand es interessant, dass Kip nicht nur über mich, sondern auch über den anderen Mann bestimmte, und wie subtil er das tat, ganz ohne Zwang.

Ich hörte, wie sich die beiden auf den Mund küssten.

Wie sie wohl nachher darüber reden würden? Würden sie sich über mich lustig machen, sobald sie hier raus waren? Ich stellte mir vor, wie sie mein Stöhnen nachmachen und darüber lachen würden. Ein Teil von mir wollte nur noch weinen. Ich hatte das Gefühl, dass sie mich nicht als Mensch sahen und nur benutzten.

Wenn ich jemandem erlaubte, mich so absolut zu benutzen, gelang es mir nie, meine Erregung und meine Neugier, meinen Wunsch, Dinge auszuprobieren, mit diesem Gefühl unter einen Hut zu bringen, nicht mehr als Mensch gesehen und nicht geliebt zu werden.

Kip wollte mit Christopher die Plätze tauschen. Sie gingen

um mich herum. Ich lag auf dem Bett, halb zusammengerollt, mein Atem ging schwer. Ich merkte, dass mein Gesicht schmerzverzerrt war, und ich gab mir keine Mühe, das zu verstecken. Einem Teil von mir war nach Weinen zumute, aber es war nicht so schlimm, dass ich es nicht unterdrücken konnte. Christopher sah mich an und sagte dann zu Kip: »Wollen wir mal eine Pause machen? Wir können ja ein bisschen kuscheln oder so.«

Kip nickte, setzte sich auf den Boden und drehte einen Joint. Christopher legte sich aufs Bett.

Ich hatte das Bedürfnis zu schreiben, weil es mir nicht gut ging und mich das, was ich fühlte, überwältigte. Ich ging wortlos zum Schreibtisch und schrieb auf dem Hotelbriefpapier einen Stream-of-consciousness-Text:

»Es hat sich angefühlt, als ob die beiden durch mich miteinander Sex hatten. Dass der eine dem anderen ein Kondom und Gleitgel gegeben hat, dass mich der eine sofort lecken wollte, nachdem der andere das gemacht hatte, und natürlich der Wunsch, mich hin und her zu reichen ... zwei Penisse in derselben Vagina, so nah daran, sich zu berühren, wie es gerade noch erlaubt ist. Homosozialität. Britischer Akzent. Der Kuss mittendrin.«

Ich riss das Blatt vom Block und steckte es in meine Handtasche.

»Alles in Ordnung?«, fragte Christopher.

»Ja.«

»Wirklich?«

Ich nickte.

*

Kip hatte den Joint fertig gebaut, und wir gingen zusammen ins Bad, um ihn zu rauchen. Wir waren alle noch nackt. Christopher legte ein Handtuch vor die Tür, damit der Rauch nicht ins Zimmer zog.

»Nennt ihr das auch ›hotbox‹?«, fragte Kip.

»Ich glaube, wir nennen das einfach ›ein Handtuch vor die Tür legen‹.« Ich zuckte mit den Schultern.

Kip und Christopher unterhielten sich. Ich betrachtete mich im Spiegel.

»Wenn du aus Island wärst, hättest du hellere Brustwarzen«, sagte Kip plötzlich zu mir.

Ich wurde rot.

Wir reichten den Joint rum, bis er alle war.

»Kann ich mir noch einen bauen?«, fragte Kip.

»Es ist jetzt schon ganz schön verraucht hier drin ... man muss zweihundert Dollar Strafe zahlen, wenn die rausfinden, dass man im Zimmer geraucht hat«, sagte ich.

»Also, ich hab schon ganz oft in Hotelzimmern geraucht, und da hat nie jemand was mitgekriegt.«

»Aber es ist natürlich deine Entscheidung«, sagte Christopher.

»Darf ich?«, fragte Kip.

»Lieber nicht«, sagte ich und lachte unsicher.

Christopher und Kip gingen aus dem Bad, ich folgte ihnen, nachdem ich die Asche im Waschbecken weggespült hatte.

*

»Ist schon fast fünf«, sagte Christopher, um klarzumachen, dass er und Kip bald gehen würden.

Ich wollte aber nicht, dass sie gingen. Ich wollte, dass er zu Ende brachte, was er angefangen hatte, ich wollte, dass er in mir oder auf mir kam. Und ich wollte einfach sehen, was noch passieren würde, wenn wir weitermachten. Es fühlte sich wie etwas an, das ich mal erlebt haben sollte. Ich überlegte, ob das eine selbstzerstörerische Tendenz war, die mich da antrieb.

Ich sah Kip an. Er küsste mich, und wir machten eine Weile miteinander herum. Ich versuchte, ihn sanft zum Bett hinüberzuziehen, aber er schubste mich drauf und zerrte mir grob das T-Shirt über den Kopf und den Rock herunter.

Kip küsste mich tief und fingerte mich.

Ich fragte mich, wieso Männer nie auf die Idee kamen, dass

es einem Mädchen weh tat, wenn sie lange Fingernägel hatten. Jedem anderen hätte ich gesagt, er soll aufhören, weil es eben weh tat, aber bei Kip …

»Du klingst echt so heiß, wenn du stöhnst. Fühlt sich das gut an?«, fragte Kip.

»Ja.«

Er fragte mich noch mehrmals, obwohl ich laut stöhnte und dreimal bejaht hatte. Früher fand ich es immer ganz schlimm, wenn Männer es unbedingt für ihr Ego brauchten, Frauen zum Kommen zu bringen. Ich fand das peinlich und unehrlich. Mittlerweile hatte ich meine Meinung darüber jedoch geändert und genoss das Gefühl der Demütigung, das Gefühl, so benutzt zu werden. Auch wenn ich mir hinterher immer sehr benutzt vorkam. Ich hatte meine eigene Sexualität willentlich verändert, so dass sie kompatibler mit den sexuellen Bedürfnissen des durchschnittlichen Mannes war. Scham und Erregung überwältigten mich.

Ab und zu öffnete ich die Augen. Kip sah mich die ganze Zeit unverwandt an und strahlte.

»Bringst du gern Mädchen zum Kommen?«, fragte ich.

»Ja, geh ich voll drauf ab.«

»Weißt du, was mich richtig anmachen würde? Wenn du gemein zu mir wärst.«

»Gemein sein? Kann ich gut, du hast ja keine Ahnung.«

Er biss mich in den Hals, den Oberschenkel, die Arme und die Brüste, er biss so hart zu, dass ich jedes Mal leise aufschrie, dass ich noch Tage später rote Bissspuren auf der Haut hatte.

»Fick mich … fick mich … fick mich …«, stöhnte ich. Ich wollte ihn geil machen, ich wollte ihn herausfordern, um zu sehen, was er alles mit mir machen würde. Ich hatte das Gefühl, dass ich aus dieser Situation etwas Neues mitnehmen konnte, etwas, das ich noch nie erlebt hatte.

»Chris, wärst du bitte so nett und würdest Marie ficken?«

Wieso wollte Kip mich nicht selbst ficken?

Christopher sah von seinem Handy hoch und kam zu uns rüber. Er holte sich hektisch einen runter, um eine Erektion zu bekommen. »Fick mich«, stöhnte ich wieder. Schließlich hatte Christopher eine Erektion und drang von hinten in mich ein. Er schlug mich hart auf den Hintern. Ich überlegte, ob er meinte, vor einem anderen heterosexuellen Mann dominanter auftreten zu müssen, als er das normalerweise tat, oder ob er jetzt seine Macht über mich demonstrieren wollte, weil Kip ihn davor so kontrolliert und dominiert hatte.

Ich sah ihn an. Er hatte die Augen fast geschlossen und lächelte.

»Gefällt dir das?«, fragte ich.

»Fühlt sich phantastisch an«, stöhnte er.

Wir hatten ein paar Minuten lang Sex, dann hörte Christopher auf, damit Kip mich ficken konnte.

Kip drückte sanft auf eine Stelle an meinem Rücken, so dass ich sofort flach aufs Bett fiel, und drehte mich dann auf den Rücken. Er drang in mich ein und verpasste mir dann eine Ohrfeige. Ich stöhnte laut.

»Gefällt dir das?«, fragte ich.

»Du hast eine geile Muschi«, sagte Kip.

Mich hatte noch niemand so tief gefickt. Ich hielt mir mit beiden Händen den Mund zu, um nicht zu schreien, und auch, um Kip zu zwingen, irgendwie Kontrolle über mich auszuüben. Christopher griff brutal nach meinen Armen und hielt sie runter, so dass ich meine Schreie nicht unterdrücken konnte. *Fühlt sich an, als würden mich mehrere Männer gemeinsam vergewaltigen.*

Kip wurde nicht müde. Er fickte mich, fingerte mich, leckte mich, und das alles mit einer unglaublichen Energie, obwohl das Ganze ja auch schon eine Weile ging. Irgendwann musste ich sagen: »Hör auf damit. Hör auf«, und seine Hand wegschlagen, damit er endlich aufhörte. Er setzte sich neben mich.

Ich bin absolut leergefickt. Ich lag da und dachte über den Traum nach, den ich in der Nacht davor gehabt hatte. Ich war darin für eine Geschichte über den sexualisierten Mord an mir selbst kritisiert worden, die die Leser eigentlich anmachen sollte. Ich dachte darüber nach, wie mir eine Freundin geschrieben hatte, dass sie sich gern mal auf einer riesigen, uralten Meeresschildkröte sonnen würde. Ich dachte darüber nach, wie ich vor ein paar Tagen auf einer Party betrunken und hundemüde einem Freund auf den Schoß geklettert war und er meine Haare gestreichelt und gesagt hatte: »Was sollen wir denn bloß mit dir machen, Marie?«

»Habt ihr so was schon mal gemacht?«, fragte ich.

»Nicht mit zwei Typen«, sagte Christopher.

»Nicht mit Chris«, sagte Kip.

»Echt, du hast es schon mal mit einem anderen Typen zusammen gemacht? Mit zwei Mädchen macht aber auch Spaß.«

Kip meinte, wir sollten uns ein Taxi teilen, ich könnte an meiner U-Bahn-Station aussteigen und die beiden würden weiter nach Brooklyn zu ihrer Unterkunft fahren.

*

Kip und ich standen vor dem Hotel, Christopher wartete auf der Straße auf ein Taxi. Kip umarmte mich und gab mir einen Kuss auf die Haare und auf die Wange. Ich war gereizt und genervt. Ich wollte nicht, dass er so liebevoll zu mir war, dass er so tat, als würde er irgendwas für mich empfinden. Ich war nicht sicher, was ich von Kip hielt. Ich dachte darüber nach, dass es Menschen gab, für die andere gar nicht richtig existierten, aber dass ich ja auch mitgeholfen hatte, dass Kip sein Selbstbild so mit mir ausleben konnte. Ich dachte darüber nach, dass ich unbedingt hatte glauben wollen, dass er anders war als andere, in der Hoffnung, dass er irgendeine transzendente Erfahrung mit mir teilen würde. Ich überlegte, ob wir uns gegenseitig zum Ausleben unterschiedlicher Rollen (maskulin/aktiv – feminin/passiv) derselben Phantasie benutzt hatten. Und Christopher dazwischen ... Ich dachte darüber nach, dass ich jetzt mit diesen ganzen verrückten

Gefühlen klarkommen musste, während Kip bestimmt gar nicht mehr an mich denken würde.

»Ich hoffe, es war okay«, sagte er.

»Wie meinst du das?« Ich wollte ein bisschen kokett tun. Oder jedenfalls nicht zugeben, dass es mir etwas ausgemacht hatte, was passiert war.

»Ich hoffe, es hat dir mehr Spaß gemacht, als es sich seltsam angefühlt hat.«

»War's denn so für dich?«

»Für mich auf jeden Fall.«

Er fragte, wo ich herkam.

»Portland.«

»Da kommen viele schöne Sachen her. Da haben die Leute bestimmt immer große Erwartungen, wenn sie dich treffen.«

»Ich will keinen Erwartungen entsprechen müssen. Ach, keine Ahnung.«

Wir unterhielten uns noch ein bisschen, dann hatte Christopher endlich ein freies Taxi gefunden. Wir stiegen ein. Ich saß in der Mitte. Kip legte den Kopf auf meine Schulter, und ich lehnte mich bei Christopher an. Ich überlegte, wann ich wohl endlich nicht mehr bereit wäre, für die Hoffnung auf neue Erfahrungen und neue Eindrücke immer gleich alles mit mir machen zu lassen. Wir schwiegen die gesamte Fahrt über.

Am meiner U-Bahn-Station stiegen wir alle aus. Kip sagte, es sei schön gewesen, mich mal persönlich kennenzulernen, umarmte und küsste mich. Christopher umarmte und küsste mich auch. Und dann sagte er: »Ich wünsch dir eine gute Reise, egal, wo es für dich hingeht.«